Celine Clair

No *Love* for

rich bastards

Roman

© 2020 Celine Clair

Alle Rechte vorbehalten

1. Auflage 2020

Umschlaggestaltung: © Jaqueline Kropmanns

Korrektorat: Zoë Glod

Verlag & Druck: tredition GmbH, Halenreie 40-44, 22359 Hamburg

ISBN: 978-3-7497-5501-1

Dieses Buch enthält Passagen, die Sex, Liebe und mitunter derbe Aussagen beinhalten. Ich bitte dich daher, von diesem Buch Abstand zu nehmen, solltest du kein Freund von erotisch angehauchten Romanen sein, denn du könntest anderen Lesern den Spaß daran verderben. Das Buch ist für Jugendliche unter 16 Jahren nicht geeignet.

Inhaltsverzeichnis

Vorwort

Geschichten werden geschrieben, um zu berühren, zum Nachdenken zu anzuregen, schöne Stunden zu gewähren und einen aus dem grauen Alltag, traurigen Momenten oder schwierigen Lebenssituationen hinwegzutragen. Womöglich dienen sie auch der Unterhaltung, zum Mitärgern, weil Protagonisten nicht so ‚funktionieren‘, wie man es selbst tun würde, oder sie locken Tränen aus den Augenwinkeln, sei es aus Freude oder Trauer.

Ich hoffe daher, diese Geschichte kann auch dir eine wunderbare Lesezeit ermöglichen. Sollte es tatsächlich so sein, wäre das schönste Lob und die größte Unterstützung deine Meinung in Form einer Rezension in einer dir genehmen Onlineplattform oder in einem Onlineshop dazulassen ;)!

Danke!

1 | Unüberwindbares Klischee

ie Sie unschwer erkennen können, ist diese Wohnzimmereinrichtung untragbar", hörte Tamika Herrn Wagner verstimmt äußern, als er sie durch den opulenten Raum mit seinen fünfzig Quadratmetern führte. Ihre Pupillen fuhren das teure, stark gemusterte Parkett ab, dann die maßgeschneiderte Wohnwand aus Apfelholz und weiß lackiertem Vollholz, nicht zu vergessen die moderne Designerdeckenleuchte, die mit Bestimmtheit doppelt so viel gekostet hatte, wie Tamika im Monat verdiente.

Ganz klar: untragbar!

„Sehen Sie sich allein dieses Sofa an. Das Leder ist bereits nach zwei Jahren schmuddelig, obwohl das Material sogar aus Italien importiert wurde", fuhr er in hoher Stimmlage fort und schwang theatralisch die rechte Hand, um auf eine Sofalandschaft in schwarz-weißem Leder zu verweisen, die mit eingebauten LEDs, Lautsprechern und USB-Anschlüssen punktete. Tamika konnte nur die Augen aufreißen und musste sich besinnen, den Fehler bei sich ankommen zu lassen, um dem Kunden das Gefühl zu geben, dass sie sein Leid verstand. Als Innenarchitektin musste sie sich in den Klienten hinein-versetzen, sehen, was er sah, und erkennen, welche sehnlichen Wünsche und Bedürfnisse in ihm schlummerten. Selbst wenn es manchmal schwer war …

Als Tamikas Augen an der circa zweiundzwanzigjährigen Frau auf dem Sofa hängen blieben, sprangen ihr die Brauen in die Höhe. Sie trug ein Negligé-ähnliches Kleidchen und ihre

Brustwarzen drängten sich geradezu durch den feinen Stoff. Alles an ihr war gepimpt: der Busen, die Lippen, die Wimpern – und nicht zu vergessen: das Haar. Natürlich war sie für 10:00 Uhr morgens zu sehr aufgetakelt und ihre rasierten, ellenlangen Beine lagen ungalant auf dem niedrigen Beistelltisch vor ihr, während sie sich genüsslich kleine Häppchen Käse mit Weintrauben und Wahlnüssen reinschob. Kurz war Tamika versucht, Herrn Wagner zu seiner bildhübschen Tochter zu beglückwünschen, als er ihr zuvorkam: „Darling, könntest du dich bitte woanders hinsetzen? Und lass die Käseplatte sein, du hattest bereits ein ausreichendes Frühstück. Wir wollen doch, dass du beim Empfang in das Kleid passt, das ich dir gekauft habe, nicht wahr?"

Tamikas Hals wurde trocken und es bildete sich ein Kloß, sodass sie ihn wegräuspern musste. Nervös strich sie ihren beigefarbenen Blazer glatt, der – wie sie zu ihrem Leidwesen gerade feststellte – enorme Knitterfalten aufwies – und zudem einen frischen Make-up-Fleck.

Gott sei Dank ist mir das mit der Tochter nicht rausgerutscht, ich hätte den Auftrag vergessen können!

Schweiß drang durch jede Pore ihres Körpers und mithilfe eines aufgesetzten Lächelns konnte sie nun Herrn Wagner anblinzeln, während er seine Freundin oder Frau übertrieben wegscheuchte.

„Ist schon gut, ich stell' den Teller weg." Wie ein verschrecktes Huhn sprang die junge Dame auf und nahm das teure Porzellan mit, als Herr Wagner sie gerade noch am

Handgelenk zu fassen bekam und abrupt abbremste: „Hast du nicht etwas vergessen?"

Bei Tamika zog sich, der sehr kratzige Stimme des Mannes lauschend, eine Gänsehaut im Nacken auf. Als sich Herrn Wagners Mundwinkel auf einer Seite süffisant hochzog, wurde Tamika die Situation unangenehm. Sie fühlte sich komplett fehl am Platz, als die junge Frau verunsichert lächelte und mit den Wimpern klimperte. Herr Wagner drängte ihr seinen Willen auf, indem er sie an sich heranzog und ihr einen sabbernden Kuss direkt auf die Lippen presste. Dann drückte er sie weg, drehte sie wie eine Marionette um, um ihr keck einen Klaps auf den Hintern zu verpassen. Die Frau sprang wie ein Fohlen, kicherte unreif und lief dann mit ihr fast aus der Hand gleitendem Teller in Richtung Küche.

Während Herr Wagner wieder das Thema aufnahm, kämpfte Tamika mit einem Würgereiz. Sie bekam das Bild des verrunzelten Schlauchbootes des mit Sicherheit über sechzigjährigen Millionärs auf den blutjungen Lippen des Mädchens nicht aus dem Kopf.

„Wo waren wir stehengeblieben? Ach ja! Sehen Sie diese zarten Risse, die sich bereits im Leder gebildet haben? Vor allem hier ist es offensichtlich sehr beansprucht worden."

Tamika schüttelte die ekligen Bilder ab, als sich nun allzu deutliche Szenen dieses Liebespaares auf exakt dieser Stelle des Sofas in ihren Gedanken manifestierten. Und zwar die junge Frau mit Hundehalsband und Leine, die von hinten von ihrem stinkreichen Herrn bestiegen wurde.

Doch Tamika wollte professionell bleiben, denn sie brauchte die Provision, daher trat sie näher an das Möbelstück heran und ließ ihr geschultes Auge über die besagte Stelle gleiten. „Ich sehe, was Sie meinen, Herr Wagner. Ich werde selbstverständlich bei der Wahl der neuen Wohnlandschaft auf hochwertigeres Material achten." Dann wandte sie sich ihm zu und setzte das freundlichste Lächeln auf, das sie gerade zur Verfügung hatte, und ergänzte: „Ich versichere Ihnen, auch die Wohnwand wird so exklusiv sein, dass bei Ihren Besuchern kein Zweifel bestehen bleibt, dass Sie hier die Crème de la Crème für die Inneneinrichtung engagiert haben. Mit Frank Johnsen & Partner haben Sie die richtige Agentur für Ihre Wohnträume ausgewählt."

Die hellblauen Augen, die außen herum bereits mithilfe von Botox glattgebügelt worden waren, begannen zu leuchten und auch das Lächeln von Herrn Wagner wurde überschwänglich. Genau diese Reaktion hatte Tamika erreichen wollen. Nun musste sie ihre Ideen nur noch in Realität gießen, was sie dem Kunden soeben immerhin versprochen hatte. Doch ihr kreatives Auge skizzierte bereits Lösungen und sie hoffte, dass ein weiterer persönlicher Besuch in der Villa dafür nicht nötig wäre, denn sie hatte genug gesehen.

2 | Auszeit vom Leben

ast du das Buch eingesteckt, das ich dir empfohlen habe? Es ist unheimlich wichtig, dass du die Zeit dort nutzt, um dich mit dir selbst auseinanderzusetzen. Das ständige Ablenken und Schönreden macht es nicht besser", hörte sie Evelyn sagen, während sie mit dem Auto an der Haltezone vor dem Flughafenterminal zum Stehen kam. Tamika schnallte sich ab und stieg seufzend aus. Zum Glück hatte sich ihre Freundin bereit erklärt, sie um 21:00 Uhr abends zum Flughafen zu bringen, wodurch sich Tamika die Kosten für ein Taxi hatte ersparen können, denn ihr Freund war ja ‚beschäftigt'. Dennoch hatte sie sich die gesamte Fahrt über anhören müssen, dass es mit ihrer Beziehung zu Pascal nicht mehr so weitergehen könnte. Seit drei Jahren war Tamika nun mit ihm zusammen und seit geschlagenen elf Monaten versuchte sie verzweifelt, einen Schlussstrich darunter zu ziehen, doch sie war unfähig, sich von ihm zu lösen. Sie hörte sich selbst Ausreden spinnen à la ‚Er ist mein Ruhepol, bei ihm fühle ich mich geborgen und daheim', ‚So einen verständnisvollen Mann, der all meine Faxen akzeptiert und mich so nimmt, wie ich bin, finde ich nie mehr' und ‚der Sex passt auch'. Aber vor allem waren ‚Er bemüht sich so und arbeitet hart an sich. Vielleicht passiert so etwas nie wieder ...' ihre Lieblingssätze.

Tamika atmete tief durch und wollte ihrer Freundin dabei helfen, den fast 20 Kilo schweren Koffer aus dem großen Heck ihres Kombis zu hieven.

„Sag mal, wo fliegst du noch mal hin? Sagtest du nicht 9 Tage Malediven? Was brauchst du da mehr als zwei Bikinis und ein Handtuch? Das ist ja nicht normal, wie schwer dein Koffer ist!", beschwerte Evelyn sich lautstark. Plötzlich entglitt der Freundin das Gepäckstück, und noch bevor Tamika den Riemen fassen konnte, knallte es schnurstracks auf ihren Fuß. „Autsch!", keuchte Tamika, presste ihre Lider fest aufeinander, während sie ihren tollpatschigen Koffer langsam vom Rist schob. Das pochende Kribbeln breitete sich warm aus und es tat gut, als es wieder nachließ.

„Oh mein Gott, das tut mir leid!" Evelyn legte sanft ihre eine Hand auf Tamikas Schulter, die andere war auf ihrem offenen Mund geparkt.

Schmerzverzerrt winkte Tamika ab und hoffte, dass zumindest nun Ruhe in Bezug auf ihr Leben und die Beziehung zu Pascal einkehren würde.

Doch weit gefehlt.

„Und wie lautet nun die Antwort?", wollte Evelyn mit großen Rehaugen wissen, während sie sich ihren schlecht gebundenen Dutt wieder richtete und den Schweiß von der Stirn wischte.

Auf welche all der Fragen? Tamika rauchte der Kopf. Sie sah ihre Freundin an, die ihr bis zur Schulter reichte und für den Abend in rosa- und graufarbene Schlabberklamotten geschlüpft war.

„Der Koffer ist so schwer, da ich meine Tauchausrüstung dabeihabe. Ein Neoprenanzug, Schnorchel und Flossen sind nicht gerade leicht. Aber nun spare ich mir zusätzliche Leihgebühren", probierte sie die naheliegendste Antwort und drückte sich selbst innerlich die Daumen.

Evelyn prustete durch die Nase. „Das hab' ich nicht gemeint. Hast du das Buch ‚Glücksregeln für die Liebe' eingepackt?" Evelyn übernahm wieder ihren Koffer und schob ihn mithilfe der kleinen Rollen in Richtung Schiebetür. Natürlich beäugte Evelyn sie weiter, Tamika kam also nicht darum herum.

„Ja, sogar im Handgepäck." Mit einem Griff in ihren Rucksack zog Tamika das Eck des beigefarbenen Buches heraus, wodurch sie ein breites Grinsen von ihrer Freundin kassierte. „Sehr brav! Und jeden Tag wirst du dir vor dem Spiegel aufsagen, dass du dich selbst anerkennst und dass du dich liebst. Dass du keinen Mann nötig hast, um glücklich zu sein und vor allem nicht verzweifelt an etwas festhältst ...", posaunte sie darauf los, während Tamika ihren Blick hilfesuchend auf die elektronische Informationstafel richtete, die sich direkt hinter der Schiebetür in der Eingangshalle des Flughafens befand. Ihr Flug OS137 würde in 70 Minuten starten und der Check-in fand beim Gate A38 statt, dessen Lage sie mit geschärftem Blick bereits erahnen konnte. Also war eine Hürde schon gepackt.

„Schon gut, Evelyn. Ich hab's verstanden. Zudem werde ich mich massieren lassen, jeden Tag autogenes Training betreiben und den Yogalehrer flachlegen, hast du dir das so vorgestellt?", wollte sie ihre Freundin aus dem Konzept bringen. Doch das Energiebündel war nicht zu bremsen: „Und versuche, nicht so viel Schokolade in dich reinzustopfen, lass weißes Mehl und Rohrzucker weg ... Moment mal! Wie war das? Vom Yogalehrer ist nicht die Rede gewesen! Du sollst ein Problem nicht durch ein anderes ersetzen." Evelyn baute sich direkt vor Tamika auf, um ihre Aufmerksamkeit zu erhalten, als im Hintergrund ein lautes Hupen zu vernehmen war.

Tamika musste schmunzeln, als sie Evelyn ansah, die sich nicht ernst genommen fühlte und eine beleidigte Schnute aufsetzte.

„Komm schon her. Ich weiß, dass du es gut meinst. Und vielen, vielen Dank! Ich werde mich darum bemühen, dass der Knoten aufgeht und ich endlich herausfinde, wie es in meinem Leben weitergehen soll. Ich verspreche dir, ich nehme mir deine Ratschläge zu Herzen und arbeite an mir." Tamika breitete ihre Arme aus und hoffte auf eine herzliche Verabschiedung.

Erneut war ein energisches Hupen zu hören. Es wurde jedes Mal lauter, wenn die Schiebetür sich öffnete und weitere Fluggäste eintraten.

„Ja, Herrgottszeiten! Darf man sich nicht einmal kurz verabschieden, ihr Vollpfosten! Immerhin ist das eine Haltezone!", brüllte Evelyn außer sich zwischen den sich öffnenden Türen. Die Stirn hatte sie in Falten gelegt, nur um sie in der nächsten Sekunde wieder glattzubügeln und mit breitem Grinsen und ausgestreckten Armen die Umarmung schlussendlich glücken zu lassen. Tamika drückte ihre Freundin fest gegen die Brust und schloss dabei die Lider. Eigentlich traurig, in einer Beziehung zu sein und bei einer längeren Reise nicht vom Partner verabschiedet zu werden. Es stach mitten ins Herz, selbst wenn sie gewusst hatte, dass sie alleine fliegen würde, als sie den Flug gebucht hatte. Speziell bei einem Reiseziel, das sich grundsätzlich vor allem Honeymooner gönnten.

„Halt die Ohren steif, Tamika. Genieß deine Auszeit und komm frisch erholt und mit klarem Verstand zurück, damit die nächste Entscheidung eine endgültige ist und nicht wieder nur eine Woche lang anhält." Evelyn drückte sich abermals aus der Umarmung heraus und zwinkerte ihr keck zu.

Wenn es nur so einfach wäre, wie es sich anhört …

„Danke, Evi, fürs Herbringen. Und ich schick' dir ein paar Fotos, wenn ich zwischendurch mal online bin."

Als das Hupen nun ohne Pause zu hören war, nahm Evelyn den Weg bereits rückwärts und winkte ihr noch ein letztes Mal zu. „Ist nicht notwendig. Es schadet dir nicht, einmal die Finger vom Handy zu lassen. Würde deine Seele reinigen und du kannst dich mal auf Wesentliches konzentrieren. Also absolutes Handy- und Internetverbot, hörst du?"

Ah jap, genau. Sie könnte meine Mama sein.

Tamika winkte ihrer Freundin zurück, während sich die Schiebetür zwischen ihnen bereits quietschend schloss und sie nur noch eine dunkle Silhouette von ihr wahrnehmen konnte. Dann drehte sie sich um und war umzingelt von begeisterten Fluggästen, die zu den Gates wuselten, euphorisch ihre Koffer durch die Gegend schoben, schallend lachten und knutschende Geräusche des Abschiedes von sich gaben. Mittendrin durchströmte der Geruch von frischem Gebäck die hohe Halle, den die angrenzende Bäckerei auslöste. Und obwohl Tamika glücklich sein sollte – immerhin gönnte sie sich seit zwei Jahren endlich wieder einmal einen richtigen Urlaub –, war es die erste Reise in ihrem Leben, die sie wehmütig antrat.

3 | Einsames Paradies

aurice hatte starke Kopfschmerzen. Er konnte dem Wellenrauschen, der gedämpften Beleuchtung im Restaurant und dem exotischen Ambiente nichts abgewinnen. Er ging alle E-Mails an seinem Handy durch, dabei war der Empfang grottenschlecht. Wie sollte es auch anders zu erwarten sein auf einer Insel, die man in geschlagenen zehn Minuten zu Fuß umrunden konnte? Ungehalten las er die Informationen seines Arbeitskollegen, der während seiner Abwesenheit mehr schlecht als recht versuchte, in seine Fußstapfen zu treten. Je mehr E-Mails von Jakob Maurice las, umso mehr zweifelte er seinen gesunden Menschenverstand an, seine Softwarefirma ausgerechnet Jakob anvertraut zu haben. Doch mittlerweile wurden die Aufträge zu viele, die Anfragen häuften sich und Maurice wusste, dass er Vertrauen in seine Mitarbeiter schöpfen musste, da er sich nicht vierteilen konnte. Aber immerhin hatte er sich diesen Betrieb mühsam aufgebaut und das Gefühl, dass absolut KEINER die Leistung auch nur halbwegs so gut abrufen konnte wie er selbst.

Es war sein erster Urlaub seit Langem gewesen und streng genommen hatte Maurice die Reise nur angetreten, da sie bereits bezahlt gewesen war. Denn in Anbetracht dessen, wie die letzten Wochen verlaufen waren, war ihm alles andere als danach, seinen Bauch mitten im Indischen Ozean in der Sonne brutzeln zu lassen. Maurice wollte zwar so weit weg wie möglich, doch der Mond, der Saturn, oder am liebsten ein anderer weit entfernter Planet, hätte ihm eher als Ort zum Verschwinden zugesagt.

Als der Kellner ihm seinen Whiskey mit Eiswürfeln auf den Tisch stellte, dauerte es ein paar Sekunden, bis Maurice das bemerkte. Misstrauisch lugte er auf die drei kleinen Zusätze, die das Getränk offenbar kühlen sollten, und ihm sogleich den Trinkgenuss zerstörten. „Hey! Stehen geblieben!", fuhr er den flüchtenden Mitarbeiter an. „Was fällt Ihnen ein? Was lernen Sie bitte in Ihrer Benimmschule? Whiskey wird durch Eiswürfel verwässert, Sie Hornochse!"

Der braun gebrannte Kellner, dessen Körper dürr und fast schon ausgemergelt war, trat in geduckter Haltung näher heran. Es war ihm nicht möglich, Maurice direkt in die Augen zu blicken, was diesen noch mehr in Rage brachte: „Bringen Sie mir gefälligst einen neuen und DER geht übrigens auf Ihre Rechnung!" Mit Schwung leerte er den Inhalt des Glases vor den Augen aller anwesenden Gäste auf den Boden und Maurice war es egal, dass nun im Restaurant schlagartig Ruhe eingekehrt war. Das Dinner hatte erst begonnen und ihm war abrupt der Appetit vergangen. Wofür zahlte er Länge mal Breite für jeden Schnickschnack und bekam dann nicht, was er orderte?

„Ja, Sir. Entschuldigen Sie die Unannehmlichkeiten", entgegnete der Kellner in gebrochenem Englisch, was für Maurice wieder unterstrich, dass dieser Laden hier nicht so exquisit war, wie er vom Reisebüro beworben wurde.

Unfähiges Pack!, ärgerte er sich weiter in sich hinein, während er sich umsah und die neugierigen Gesichter mit einem bösen

Blick strafte. Es gab hier nichts zu sehen und sie sollten sich alle gefälligst um ihren eigenen Mist kümmern.

Tamika war geschafft von der langen Reise. Sie hatte im Flugzeug kaum ein Auge zugedrückt, da sie regelmäßig dem Ellenbogen oder dem lauten Atem ihres Sitznachbarn ausgesetzt gewesen war. Die Filme hingegen, die das Bordprogramm zu bieten hatte, konnten ihr die Zeit vertreiben und waren immer noch besser als die Selbstfindungslektüre von Evelyn. Obwohl sie sich fest vorgenommen hatte, bis zum Ende ihres Aufenthalts damit durch zu sein. Aber Zeit sollte sie auf der Trauminsel en masse haben, denn was konnte man hier sonst mit sich anfangen, außer faul am Strand rumzuliegen, sich im Fitnessstudio abzuplagen, zu schnorcheln oder zu tauchen? Genau deshalb hatte sie diesen Urlaub auch gewählt. Tamika wollte sich einmal mit sich selbst beschäftigen, ausschlafen und einfach nur simple Dinge tun, wie die Füße im weichen Sand zu vergraben und den unendlichen Horizont zu betrachten. Außerdem hatte sie die Malediven jahrelang auf ihrer Wunschliste immer wieder nach hinten geschoben, wollte stets auf den richtigen Moment warten, um solch etwas Besonderes zu erleben. Zwar hatte sie sich diesen Moment ganz anders ausgemalt – und zwar mit Herzchen in den Augen und übertrieben breitem Grinsen im Gesicht – doch bereits ein Buchtitel hatte es auf den Punkt gebracht: Das Schicksal war ein mieser Verräter und manchmal musste man selbst für das Gute im Leben sorgen, wenn es nicht von alleine kam. Und sie hatte im Moment keinen Bock auf viel Getümmel. Denn bei einem Urlaub in Ägypten – ja, natürlich wäre das spektakulärer und billiger geworden – hätte sie sich mit weiteren 1.000 Touristen am Strand um die Plätze streiten, ständig lästige Massage- oder Ausflugheinis abwimmeln und zudem noch Avancen von ledigen Männern, die eine Chance, in reichere Gefilde einzudringen, witterten, abwehren müssen. Auf dieser Insel bestand diese Gefahr eindeutig nicht. Wie Tamika bald schweren Herzens feststellen würde.

Endlich wieder stabilen Boden unter den Füßen spürend schritt sie auf dem Holzsteg in Richtung Hotelempfang entlang und staunte über das türkisfarbene Meer. Etliche kleine Fischschwärme schienen sie hektisch zu begrüßen, als sie unter dem Holzpfad hindurch schwammen, und ein paar undefinierbare Vögel mit langen Beinen spazierten zwitschernd am Strand entlang. Die Sonne ging gerade unter, und dennoch war der Klimawechsel eindeutig zu spüren. Ohne Lichtschutzfaktor 30 würde Tamika morgen keinen Schritt aus den geschützten Räumen wagen.

An der Rezeption angelangt, parkten emsige Helfer bereits ihr Gepäck. Das Hotel strotzte nur so voller Exotik, leuchtende Blumenbouquets auf dem Tresen und neben dem Empfang in geflochtenen Körben hießen die Gäste willkommen. Die Einrichtung bestand aus stark gemustertem Holz, Bambus und weißem Granit. Es roch nach Salz und frischen Blüten, und alle Mitarbeiter trugen eine Uniform mit einer Orchidee im Jackett oder im hochgesteckten Haar.

Tamika strahlte ein Mann mit hochgetackerten Mundwinkeln entgegen und begrüßte sie: „Willkommen im Barafta Island Resort. Darf ich Ihnen einen Cocktail anbieten, bevor wir Sie in Ihre Honeymoonsuite begleiten dürfen?"

Ein Kloß bildete sich in Tamikas Hals, war er denn blind? Gerade als sie antworten wollte, spazierte ein sich anschmachtendes Pärchen an ihr vorbei, das die Finger kaum voneinander lassen konnte.

Das kann ja heiter werden ..., es war unausweichlich, ihnen mit den ineinander verschlungenen Händen, den glühenden Wangen und dem Leuchten in den Augen nachzusehen. Die Verliebten hatten genau das, was man sich ein Leben lang wünschte ...

„Misses ...", der Rezeptionist blätterte in den Unterlagen vor sich und holte sie ins Hier und Jetzt zurück.

„Miss. Und das mit der Honeymoonsuite muss wohl ein Missverständnis sein. Ich habe einen Single-Bungalow direkt am Strand gebucht." Erst jetzt wurde ihr bewusst, dass sie flüsterte und nervös ihre Finger auf der Ablage vor sich knetete.

Warum komme ich mir nur so verloren und wie ein ungewollter Welpe vor? Ich bin doch gar nicht Single!

Tamika übergab dem Mitarbeiter ihren Pass, um ihre Buchung zu bestätigen. Mit hochgezogenen Augenbrauen musterte der Mann sie nun und seine Lippen formten sich spitz zusammen, als würde es sich bei ihr um ein ganz spezielles Klientel handeln. Nämlich jenes, das nicht himmelhochjauchzend durch die Gegend sprang und unachtsam mit

Dollarnoten um sich warf. Sprich: die knausrigen, schlecht gelaunten Sportler, die jeden Cent dreimal umdrehten.

Aus irgendeinem Grund fühlte Tamika sogleich mehr Gewicht auf ihren Schultern wachsen und sie wollte nur rasch in ihren Bungalow. Immerhin war es spät und sie wollte das Abendessen noch ausnutzen. Letztendlich schien der Angestellte Nachsehen mit ihr zu haben, durchstöberte erneut die Unterlagen vor sich und murmelte: „Oh, hier haben wir es. Frau Tamika Kaider. Einzelbelegung mit Halbpension. Ich bitte um Verzeihung." Das kurze Zucken seiner Mundwinkel sollte wohl die Entschuldigung darstellen.

„Den Cocktail würde ich aber trotzdem gerne nehmen", wechselte Tamika das Thema und langte nach einem Glas auf dem Tablett schräg vor ihr, während eine zweite bemühte Rezeptionistin ihr ein paar Flyer mit Informationen entgegenhielt.

„Darf ich Ihnen Unterlagen betreffend unserer Ausflugsziele mitgeben? Ab zwei Personen finden die Touren statt und bei der Buchung von mindestens zwei davon bekommen Sie sogar einen Rabatt von zehn Prozent." Ihre weißen Zähne traten aufgrund des makellos braunen Teints stark hervor und die magentafarbene Blüte passte perfekt zu diesen exotischen Augen. Sie war jung, schien ihr Leben noch vor sich zu haben und somit auch etliche Türen, die ihr offenstanden. Im Gegensatz zu ihr. Tamika fühlte sich schlagartig steinalt.

Warum ziehst du dich wieder so runter?, schalt sie sich selbst.

Der Mitarbeiter räusperte sich auffällig, legte seine flache Hand rasch auf den Stapel Papierflyer, bevor Tamika danach langen konnte, und lugte seine Kollegin mit unzufriedener Miene an.

„Mandy, das Taucherpaket, bitte." Er entriss ihr die Informationsbroschüren und wedelte damit vor den Augen der Mitarbeiterin herum, bis es offensichtlich bei ihr Klick machte, sie sich hinhockte und merklich im Untergrund hinter der Theke kramte.

Na toll!, im Taucherparadies schien das Taucherpaket wohl nicht oft beworben zu werden. Tamika seufzte und kratzte sich an der Schläfe, als sich hinter ihr ein weiteres Pärchen gegenseitig durch die Empfangshalle jagte, jegliche Mitarbeiter tunlichst aus dem Weg sprangen und ein freundliches Lächeln aufsetzten, um Sekunden später wieder unbekümmert mit ihrer Arbeit fortzufahren.

Tamika begann gerade daran zu zweifeln, ob ihre Wahl für dieses Reiseziel wirklich gut durchdacht gewesen war, als die Rezeptionistin wieder unter der Theke hervorkam und ihr einen dünnen Zettel mit Tauchangeboten entgegenhielt. Tamika nahm ihn nur halb enthusiastisch in Empfang, wollte gerade an ihrem Cocktail schlürfen, als sie feststellte, dass ihr bereits zur Seite gestelltes Glas abhandengekommen war. Offenbar war es ungetaner Dinge abgeräumt worden, bevor sie davon auch nur hatte kosten können. Verärgert starrte Tamika den Rezeptionisten vor sich an, der ihr ohne Worte einen neuen Cocktail auf dem Tablett anbot.

Was für ein Start …

4 | Gemeinsam allein

„Du hast tatsächlich der unverschämten Erhöhung der Programmierleistungen von Sporax zugestimmt? Begreifst du denn nicht, dass wir nun einen Level erreicht haben, wo die Geier über uns kreisen und ein Stück vom Kuchen ergattern wollen? Wie blind bist du eigentlich? Wir arbeiten so hart und müssen standhaft bleiben. Wir lassen uns weder unter Druck setzen noch erpressen und wir finden genügend andere Partner, die es für weniger …" Maurice rieb sich genervt das Gesicht, da er nicht fassen konnte, was Jakob ihm für Ausreden auftischte, warum er den Vertrag mit Sporax erneut verlängert hatte. Und das, obwohl diese Firma gierig geworden war. Er lauschte den Ausführungen und es fiel ihm schwer, nicht ausfallend zu werden, denn er schätzte Jakob im Grunde. Immerhin war er von Anfang an mit dabei gewesen und hatte ihn Tag und Nacht beim Aufbau dieser Firma unterstützt. Und dies tat Jakob selbst bei unmöglich scheinenden Vorschlägen, ohne Einwände einzubringen, loyal und stets ohne sich zu beschweren. Doch in letzter Zeit krachte Maurice mit ihm häufiger zusammen und verstand nicht, warum. Früher waren sie die besten Freunde gewesen und nun diskutierten sie fast täglich am Handy, als würde dies die Kommunikation oder die Problemlösung fördern.

„So, jetzt sage ich es dir noch einmal. Du wirst gefälligst den Vertrag nehmen, dich mit Dr. Laurenz von der Anwaltskanzlei zusammensetzen und prüfen, ob es einen Schlupfwinkel gibt, um da wieder rauszukommen." Als würde Jakob vor ihm stehen, wedelte Maurice mit dem Zeigefinger und stapfte im tiefen Sand vor dem Beautysalon auf und ab. Dabei verscheuchte er bereits Personen, die mit dem Gedanken gespielt hatten, sich im Schönheitstempel verwöhnen zu lassen. Aber Erholung zu finden, wenn er hier lautstark seine Geschäfte tätigte, schien niemand für wahrscheinlich zu halten. Selbst einen verschüchterten Mitarbeiter, der ihn höflich gebeten hatte, etwas leiser zu reden, hatte Maurice bereits gekonnt ignoriert.

„Parallel dazu holst du neue Angebote ein", fuhr er indes fort und zupfte an seinem dunkelblauen Baumwollhemd, das ihm an der Brust klebte, herum. „Das sollte reichen, um Sporax Feuer unter dem Arsch zu machen, denn das wird sich gewiss rumsprechen, und dann überdenken sie ihren horrenden Preis noch einmal!"

Maurice langte es, er wollte lieber eine Massage über sich ergehen lassen, ein paar Whiskeys in sich hineinschütten und den Tag hinter sich bringen, anstatt sich weiter herumzuärgern. Doch Jakob blieb standhaft bei der Meinung, dass der Vertrag gut genug wäre und sie dankbar dafür sein sollten, dass Sporax die Kapriolen des Firmengründers noch duldete.

„Kapriolen? Hast du gerade MEINE Kapriolen gemeint?", brüllte Maurice ins Handy und trat wütend mit dem Fuß gegen die nächstgelegene Palme direkt am Eingang. Die dünnen Lederschuhe waren dabei nicht gerade hilfreich.

Als er am anderen Ende ein Seufzen hörte und ein Ton angeschlagen wurde, der nur so vor bemühtem Verständnis triefte, wurde Maurice noch wütender. „Fang jetzt nicht damit an, das hat nichts mit Shanice zu tun!" Erneut holte er aus und trat gegen die robuste Pflanze, doch diesmal fuhr ein Schmerz durch den Knöchel bis in die Wirbelsäule. „Verfluchter Mist!" Maurice biss sich verkrampft in die Unterlippe. „Ich muss aufhören, ich melde mich später, und wehe dir, wenn du den verdammten Vertrag nicht platzen lässt!"

Wutentbrannt würgte er das Handy ab und war nahe dran, das verhasste Ding direkt ins wenige Meter entfernte Meer zu schleudern, als ein verunsichert wirkendes Pärchen schnellen Schrittes an ihm vorbeitänzelte. Mit einem aufgesetzten Lächeln rief er ihnen „Alles Gute wünsche ich euch Turteltäubchen!" hinterher und hatte nicht minder Lust, nun ihnen das Handy nachzupfeffern, obwohl er genau wusste, dass sie nichts für seine Misere konnten. Sie waren vielleicht eine Ausnahme, in der es wahre Liebe und tief greifende Verbundenheit tatsächlich gab. Oder sie waren noch nicht lange genug zusammen und verblendet für die Realität. Was auch immer, Maurice brauchte einen Drink.

„Mister, brauchen Sie vielleicht Hilfe?", kam der Mitarbeiter des Beautytempels ein weiteres Mal in geduckter Haltung näher, als Maurice ein paar Schritte in seine Richtung humpelte und der Schmerz kaum zu unterdrücken war.

„Sehe ich etwa so aus?", fluchte er ungalant, musste sich aber dann eingestehen, dass kalte Umschläge womöglich spätere Folgen noch ausbügeln könnten. „Bringen Sie mir eine Krankenschwester oder was Sie sonst so hier auf der Insel herumlungern haben und einen Whiskey, aber gefälligst ohne Eiswürfel! Und jetzt lassen Sie mich vorbei, ich brauch' eine Liege und geschickte Hände." Als der Mitarbeiter hilfsbereit hinter ihm herschlich, bremste Maurice ihn mit einer Handbewegung und deutete auf eine exotische Schönheit direkt beim Empfang des Beautysalons. „Sie haben gewiss keine geschickten Hände, aber DIE da. Sie soll mitkommen." Hinkend schritt Maurice bereits weiter in die Richtung der Kabine, die er jeden Nachmittag nutzte, und hörte leise Stimmen und geschäftiges Treiben hinter sich. Er wusste, dass seiner Aufforderung rasch entsprochen werden würde, da er zwei Hundert-Dollar-Scheine auf dem Tresen liegengelassen hatte.

Diese verfluchte Schlaflosigkeit. Woher kam es bloß, dass die Gedanken einen nachts wach hielten, bis ins Unermessliche quälten, obwohl man die Fragen ohnehin nicht beantworten konnte? Warum war es so eine Folter und der Geist gönnte einem nicht einmal ein paar Stunden Frieden? So kam es, dass Tamika bereits um 7:00 Uhr die Lider aufgeschlagen hatte, obwohl die Zeiger laut europäischer Zeit erst 4:00 Uhr ankündigten. Durch die Bettflucht war sie gleich als Erstes zum Frühstück geeilt und hatte danach die Insel leicht joggend umrundet – okay, sie hatte nach zwei Minuten aufgegeben, da sie so tief im Sand versunken war, dass das Keuchen schon ungesund geklungen hatte. Sie wollte tunlichst auf eine Mund-zu-Mund-Beatmung durch einen, bei ihrem Glück, zahnlosen Mitarbeiter verzichten. Zudem kam ihr das Frühstück säuerlich hoch, was ihr die falsche Reihenfolge ihrer Tagesplanung vor Augen rief.

Nachdem sie verdaut hatte, war sie bemüht, im Gym eine Stunde totzuschlagen, und hatte dort gähnende Leere vorgefunden. Wie sollte es auch anders sein? Um 9:30 Uhr lagen sich die frisch Verheirateten noch in den Armen oder takelten sich für das Frühstück auf. Doch Tamika war unermüdlich. Sie klapperte den Souvenirladen ab, trug sich für einen Tauchgang für den nächsten Tag ein und studierte die Anleitung ihrer Unterwasserkamera. Zum dritten Mal. Ach ja, fast vergessen! Stolz konnte Tamika auch von sich behaupten, ganze drei Kapitel aus Evelyns Buch gelesen zu haben. Zwar im Tempo eines Eilzuges, aber dennoch: Aufgabe abgehakt.

Und jetzt?

Da sie bereits rote Haut vom Sonnenbaden und Schwimmhäute vom stundenlangen Schnorcheln aufwies, hatte sie es sich im Schatten bequem gemacht. Es war bereits später Nachmittag und Tamika hatte einen Abschirmfilter gegen die glücklichen Pärchen entwickelt. Sie nahm sie kaum noch wahr, was ihr recht war, denn das Glück der anderen zu sehen, verschärfte ihre Fragen, warum sie es nicht auch sein konnte? Wie war sie mit ihren geschlagenen 33 Jahren nur allein hier gelandet? Was machte sie bloß falsch? Und genau dieses Kopfzerbrechen nervte sie.

Hallo? Ich bin mitten im Indischen Ozean, am schönsten Ort, den man sich nur erträumen kann, und da will ich alles, nur nicht Trübsal blasen!

Darum war es nicht verwunderlich, dass sie letztendlich bei der Poolbar gelandet war, wo Jolo – so hatte er sich vorgestellt – Tamika freundlich in Empfang nahm und sie mit extrem bunten Kreationen verwöhnte. Im Hintergrund lief Reggaemusik, das Palmendach der kleinen Bar hing tief hinab und der Holztresen war bereits von eingeritzten Namen und Brandflecken gezeichnet. Jolo stellte einen neuen Cocktail vor Tamika ab, dessen Glasrand in bunten Kristallzucker getaucht worden war.

Eine Scheibe Ananas, die von einem mit einer Kirsche gespickten Spieß verziert wurde, rundete das in Regenbogen-schichten gezauberte Getränk ab. Sie konnte den Barkeeper einfach nur anstrahlen und in Englisch für dieses Talent beglückwünschen: „Das ist ein wirkliches Kunstwerk, Jolo. Wie lange hast du dafür geübt?", schmeichelte sie ihm und genoss seine lockere Art. Sie schätzte ihn auf etwa 27 Jahre. Er war recht drahtig gebaut und sein Versuch, sich einen Dreitagebart stehen zu lassen, scheiterte kläglich an Mutter Natur. Aber dafür hatte er freche Locken, die ihm bis ins verschmitzte Gesicht reichten, und ein bezauberndes Lächeln, das seine dunklen Augen noch betonte.

„Ich habe diese Kreation gerade für dich erfunden. Also zum ersten Mal." Er zwinkerte ihr charmant zu und sie musste grinsen. Natürlich war das gelogen und Tamika war sich gewiss, dass er diese Masche jeden Tag bei den Frauen anwandte. Doch spielte es eine Rolle? Es tat ihrer Seele gut und lenkte sie ab. Die weitläufige Freiheit hier, der unendliche Horizont und der Charme, den diese Insel ausstrahlte, schlussfolgerten, dass auch ein kleiner Flirt erlaubt sein musste. Obwohl, als Flirt würde sie die Sache gar nicht titulieren, sondern das Ganze fiel eher in die Kategorie ‚sich nett unterhalten'. Aber jeder würde das anders auslegen.

„Und wie lange wirst du hierbleiben?", fragte Jolo neugierig und wischte zum dritten Mal die Theke ab, an der ansonsten nur zwei weitere Personen saßen. Er tat offenbar alles dafür, um viel Zeit bei den von ihr in Anspruch genommenen fünfzig Zentimetern Holz verbringen zu können.

Tamika strich sich durchs zottelige Haar, das das Meer ihr verpasst hatte. „Leider nur eine Woche. Einerseits wird mir hier wohl rasch langweilig werden, andererseits ist es auch schön, einmal weit weg von allem zu sein."

Jolo hielt in seinem Putzwahn inne, musterte sie direkt und lehnte sich dann näher zu ihr, als würde er mit ihr im Geheimen sprechen wollen: „Du meinst, von den Sorgen in deiner Heimat?"

Tamika schürzte ihre trockenen Lippen und es fiel ihr schwer, ihm unverwandt in die Augen zu blicken. Dabei war es offensichtlich. Was wollte sie vor ihm verbergen? Vor allem sagte man Barkeepern nach, dass sie berufsbedingt verkappte Seelsorger waren. Daher nickte sie und begleitete ihre Kopfbewegung mit einem müden Seufzen. Hinter sich hörte sie das Wellenrauschen, was die Szene noch melancholischer wirken ließ.

Eine Augenbraue sprang bei ihrem Gegenüber in die Höhe und seine Stirn bekam eine tiefe Falte. „Wo hast du deinen Freund gelassen?"

Eine sehr geschickte Frage, um herauszufinden, ob sie Single war. Doch streng genommen hatte sie keine Lust, darüber zu reden. Ihr Instinkt machte ihr jedoch klar, dass Jolo nicht lockerlassen würde. Ewig auszuweichen könnte sich als mühsam herausstellen, noch dazu plauderte es sich mit Fremden besonders leicht von der Seele. Eigentlich war sie das Thema leid, da sie sich darüber bereits bei ihrer Familie und engsten Freunden ausgiebig ausgekotzt hatte. Vielleicht war Jolo jedoch geschickt genug, etwas zu sagen, was sie stutzig machte und die Dinge von einem anderen Winkel aus betrachten ließ. Immerhin war sie hergekommen, damit der Knoten platzte, selbst wenn die bisherigen Gespräche nichts losgetreten hatten.

„Es ist kompliziert", begann sie, langte nach dem Cocktail und schlürfte zwei große Schlucke Mut. Und wie erhofft war er köstlich: angenehm erfrischend und nicht zu süß.

Sehr kumpelhaft stellte Jolo ein weiteres Glas zu ihrem und schenkte sich eine Cola ein, damit sie nicht alleine trinken musste. Irgendwie eine schöne Geste, stellte sie schmunzelnd fest, und blickte ihm tief in die Augen.

„Ist es das nicht immer? Kompliziert?", flüsterte er und strahlte dabei Verständnis aus.

Maurices Knöchel schmerzte noch immer, als er auf seinen Tisch im Restaurant zuhumpelte. An diesem Abend saßen mehr Gäste an den Tischen, die Geräuschkulisse war stärker, was unterstrich, dass ein Wechsel der Touristen stattgefunden hatte. Die Hochsaison hatte begonnen, was ihm nicht unbedingt gefiel. Er war lieber für sich allein, mit weniger Getümmel und mehr Exklusivität. Sogar der Umstand, dass diese Mini-Insel nur 40 Bungalows für Reisende zur Verfügung stellte, ließ das Restaurant abends überbevölkert wirken. Aber zum Glück hatte er seinen fix reservierten Tisch, und zwar am besten Platz, um direkt die imposante Spiegelung des Mondes in der Brandung auszukosten ... Doch heute war es anders. Es hatte sich unverschämterweise eine Dame an seinen Tisch verirrt, saß dort in einem wallenden Blumenkleid mit tiefem Ausschnitt und wehendem, blondem Haar. Sie sah ihn nicht kommen, da sie wie gebannt den Blick auf den Horizont gerichtet hielt, an dem nur noch ein zarter Hauch von Orange vom Sonnenuntergang zu erkennen war.

Maurice räusperte sich und machte sich auf Englisch bemerkbar: „Entschuldigen Sie, Miss, aber offensichtlich haben Sie es sich am falschen Tisch bequem gemacht."

Sie zuckte zusammen und wandte sich mit großen blauen Augen ihm zu. Er schätzte sie auf circa 30 Jahre, also in seinem Alter, und sie hatte wohlgemerkt ein sehr attraktiv geschnittenes Gesicht. Eine kleine Stupsnase, volle Lippen und dezentes Make-Up. Ihr Mund formte ein überraschtes ,O', was sie etwas verpeilt und niedlich zugleich wirken ließ. Maurice schenkte ihr daher ein kleines Schmunzeln.

„Oh, das tut mir leid", rutschte es ihr auf Deutsch heraus. Bis sie kurz ihre Hand auf die Stirn legte, die Augen schloss und den Kopf schüttelte, als ihr offenbar bewusst wurde, dass sie die falsche Sprache benutzt hatte. Doch nur eine Sekunde später machte sie diesen Fehler wieder gut und Maurice war verwundert, wie perfekt sie sprach. Sie musste also entweder studiert, viel Zeit im Ausland oder mit *Native Speakern* verbracht haben.

„Verzeihen Sie mir, ich wusste nicht, dass es eine Tischordnung gibt. Ich habe mich bereits gestern einfach irgendwo hingesetzt, wollte aber nicht unhöflich sein." Als sie sich erhob und ihren Sessel zurück unter den Tisch schieben wollte, wurde ihm bewusst, dass sie offenbar schon mit dem Mahl begonnen hatte, da ein gefüllter Salatteller vor ihr stand. Maurice kam sich nun unnötig kleinkariert vor. Er stoppte die Frau durch eine Handbewegung, als sie den Teller nehmen wollte.

„So wie es aussieht, sind wir beide der deutschen Sprache mächtig."

Tamika sah den gepflegten Mann an. Er hatte enorm dichtes, schwarzes Haar und eine sehr kurze Frisur. Nur an der Stirn wurde es etwas länger und stand ihm gegelt nach oben. Sein feines rostbraunes Hemd war drei Knöpfe weit offen und ließ eine glatte, gebräunte Brust erkennen. Womöglich verweilte er bereits länger auf den Malediven. Eine dunkelblaue, gerade geschnittene Leinenhose deutete eine gut trainierte Statur an und aufgrund der hochgekrempelten Hemdärmel musste sie unweigerlich auf seine starken Unterarme, die großen Hände und eine fette Breitling blicken. Bei den Schuhen angelangt – die teuer wirkten, wie auch der Ledergürtel mit gebürstetem Verschluss –, war es nicht mehr zu leugnen, dass er wohlhabend sein musste. Als eine Brise ihr noch sein Parfüm aufdrängte, wusste sie, was für eine Typ Mann er war, und straffte ihre Schultern.

„Ja, die Welt ist klein. Wie gesagt, war mir nicht bewusst, dass man hier Tische reservieren kann und ich überlasse ihn Ihnen natürlich." Ihr Lächeln beließ sie kurz, als er erneut Anstalten machte, sie vom Gehen abzuhalten. Genau in diesem Moment kam ein Kellner herbeigeeilt und brachte ihm ein Getränk. Der Mitarbeiter wirkte verängstigt, hatte Schweiß auf der Stirn und seine Augen waren geweitet. „Hier, Ihr Whiskey, Sir. Diesmal natürlich ohne Eiswürfel." Sein Adamsapfel sprang nervös auf und ab, als er strammstand wie beim Militär und beide Arme ins Kreuz schob. Der Angestellte schien einen Heidenrespekt vor ihm zu haben, aus welchem Grund auch immer.

Tamika wunderte sich über die Reaktion des Mannes, denn er schien den Mitarbeiter keines Blickes zu würdigen, als wäre dieser nicht existent für ihn. „Das will ich hoffen. So viel Unfähigkeit traue ich Ihnen auch nicht zu", spuckte er dem Kellner entgegen. Die Stimme war tief, wirkte selbst im Flüsterton bedrohlich und sogar Tamika wurde es flau im Magen, als der reiche Schnösel sich wieder auf sie konzentrierte. Komischerweise hatte er für sie eine viel freundlichere Mimik vorzuweisen: „Wissen Sie, um ehrlich zu sein, esse ich nicht gerne alleine, und wie ich sehe, sind Sie auch ohne Begleitung. Möchten Sie mir vielleicht Gesellschaft leisten?" Galant wies er sie erneut zum Stuhl, wodurch der Kellner wohl automatisch erkannte, dass ein weiteres Gedeck nötig wäre, und eilig lossprinten wollte. Doch Tamika legte sanft eine Hand auf den Oberarm des tüchtigen Mitarbeiters, der abrupt stoppte und sie verwirrt anstarrte. Daher ließ sie von ihm ab und blickte ihm freundlich in die Augen. „Das ist sehr zuvorkommend, aber nein, danke. Ich werde mich woanders hinsetzen."

Erschrocken wechselte der Kellner nun den Blick zwischen ihr und dem Mann, dessen zuvor zuversichtliches Lächeln in Verwunderung umschlug.

„So-soll ich Sie vielleicht mit dem Teller begleiten?" Plötzlich strahlte der Angestellte, der sich beachtet fühlte, ergriff ihren Salatteller und stellte sich dann wartend neben sie. Tamika musste erneut freundlich lächeln, für sie kam dies aber nicht infrage. Es reichte, wenn die anderen verwöhnten Gäste diese Art Service genossen, sie war selbstständig und legte keinen Wert darauf. Daher nahm sie ihm das Geschirr vorsichtig ab und kassierte sofort eine enttäuschte Miene, als würde sie dem Kellner die Lebensgrundlage rauben.

„Das ist wirklich nicht nötig, aber sehr reizend von Ihnen, Mister …" Tamika erkannte sofort den rührseligen Ausdruck in den glänzenden Pupillen. War es nicht traurig, dass ein wenig Freundlichkeit und Beachtung für die Mitarbeiter hier so eine Seltenheit darstellten, dass sie derart emotional reagierten? Womöglich war der Kellner nie zuvor nach seinem Namen gefragt worden.

„Enrico, Miss", sagte er mit stolzer Brust und Tamika wiederholte den Namen freundlich, während sie im Augenwinkel erkannte, wie der reiche Schnösel sich genervt hinsetzte und ihnen den Rücken zuwandte. Überlaut schüttelte er seine Stoffserviette aus, um sie sich anschließend auf den Schoß zu betten.

„Es war mir eine Freude, Enrico." Und mit einem kurzen Blick zu dem Gentleman auf dem Sondersitz ergänzte sie: „Und vielen herzlichen Dank für Ihr Angebot. Ich wünsche Ihnen noch einen wundervollen Abend."

Mit einer hochgezogenen Braue und einem aufgesetzten Lächeln nickte er ihr nur von der Seite her zu, als wäre er beleidigt: „Wünsche ich Ihnen ebenfalls." Gleichzeitig schickte er dem Kellner einen strengen Blick und deutete auf sein leeres Glas, das er aus Frust offenbar auf Ex ausgetrunken hatte.

5 | Feuchtfröhliche Nacht

amika spazierte am Strand entlang und hielt sich dabei selbst im Arm. Es war kurz nach Mitter-nacht und sie hatte erneut kein Auge zugetan. Daher hatte sie den Plan gefasst, einen kleinen Spaziergang an der frischen Luft zu tätigen, der sie hoffentlich müde machen würde.

Ein starker Wind war aufgezogen, aber die Reflexion des Mondes auf dem Meer hatte etwas Mystisches und es war so friedlich, da sie mutterseelenallein war. Das Rauschen hatte eine beruhigende Wirkung, aber auch eine merkwürdig befreiende, wodurch ihr aus unerfindlichem Grund Tränen über die Wangen liefen. Ihr wurde bewusst, wie einsam sie sich fühlte und wie armselig und traurig es war, diesen Moment allein genießen zu müssen. Generell allein zu verreisen. Egal, wie großartig die Erlebnisse hier wären, sie würde nicht in 20 Jahren mit einem Partner das Fotoalbum durchgehen und in Erinnerungen schwelgen können, wie schön es damals gewesen war à la: ‚Kannst du dich noch erinnern …?' Dabei waren es genau diese Momente, die eine Beziehung stärkten, vertieften und durch die man zusammenwuchs. Und exakt in diesem Augenblick wuchs sie ausschließlich mit dem feuchten Sand unter ihren Zehen zusammen. Die Tränen bildeten warme Striemen auf ihrer Haut und mit ihnen kamen die sie geißelnden Fragen zurück:

Ist Pascal der Richtige? Werde ich glücklich mit ihm, obwohl wir unterschiedliche Vorstellungen davon haben, was eine Beziehung betrifft? Obwohl er Emotionen kaum ausdrücken kann, seine

Interessen nicht so vielseitig wie meine sind und ich – sobald seine Freunde ins Spiel kommen – für ihn zweitrangig werde?

Dabei würde Klarheit in Bezug auf die wichtigsten Fragen alle anderen gleichgültig werden lassen. Nämlich: *Liebe ich ihn wirklich? Habe ich ihn je geliebt, oder war es eher die Vorstellung, wieder in einer Beziehung zu sein, in die ich mich verschossen habe, nachdem die Bindung mit der ersten großen Liebe zuvor nicht geklappt hat?*

Tamika schüttelte diese schmerzhaften Gedanken ab, da sie sich ihnen nicht stellen wollte. Es war so viel einfacher, sich über die Momente zu freuen, die zwischen ihr und Pascal funktionierten.

Plötzlich überrollte sie eine Gänsehaut. Ihre Augen nahmen einen größeren Schatten wenige Meter vor ihr wahr, das teilweise im Wasser lag und keinem gewöhnlichen Felsen glich. Dankbar für diese Abwechslung beschleunigte sie ihre Schritte und beobachtete, wie größere Krabben sich von dem Objekt entfernten, je näher sie kam. Sie konzentrierte sich auf die Konturen und erkannte rasch, dass es sich um eine leblose Person handeln musste, und bekam Panik. Nun lief sie los, bis sie kurz vor ihrem Ziel feststellte, dass es sich nur um eine Alkoholleiche handelte. Denn es war ein Mann, der sich in exakt diesem Augenblick nach links in Lümmelposition drehte und selbst dabei seine Whiskeyflasche nicht loslassen wollte.

Tamika rollte mit den Augen, da sie nicht verstand, wie man so seinen Rausch ausschlafen konnte. Immerhin lag der Mann mit den Hosenbeinen bereits im Wasser und müsste bald den Eindruck gewinnen, sich eingenässt zu haben.

„Hey! Aufwachen! Ich denke, Sie haben sich einen sehr ungünstigen Schlafplatz ausgesucht. Soll ich jemanden vom

Hotel holen?" Tamika beugte sich zu ihm hinab und ihr wehte eine starke Alkoholfahne entgegen, als der Mann die Lider öffnete und mit aller Mühe versuchte, sie geradewegs anzuvisieren. Das war auch der Moment, als Tamika den reichen Macker vom Dinner wiedererkannte. Eigentlich hätte sie nie im Traum daran gedacht, dass ein Mann wie er sich so gehen lassen könnte, und falls doch, das auch geschehen lassen würde.

Leicht schwankend streckte er eine Hand nach ihr aus, doch anstatt sie – wie zuerst angenommen – im Gesicht zu berühren, klammerte er sich nun an die nächstbeste Rettungsboje, die er auserkoren hatte, und dies war ausgerechnet ihr Fußgelenk. „Ssshhanice? Bis' du das?", lallte er und bekam dabei beinahe einen Knoten in der Zunge.

Da seine starke Hand an ihrem Gelenk geparkt war, war Tamika sich unsicher, was sie mit ihm anstellen sollte. Geradewegs zur Rezeption laufen und den Vorfall melden? Konnte man die Schnapsdrossel in diesem kläglichen Zustand alleine lassen? Und jetzt laut um Hilfe zu brüllen und alle auf der Insel hochzuschrecken, würde wohl im Urlaub niemand so prickelnd finden. Tamika rieb sich genervt das Gesicht und ging ihre Optionen durch. Immerhin reden wir hier von einem erwachsenen Mann, der mit seinem Leben eigentlich klarkommen sollte. Andererseits kannte sie diese Momente im Leben, wo man einfach abstürzen und auf alles pfeifen wollte. Sie tat es nur nie …

Ein Blick über ihre Schulter bestätigte, dass ihr Bungalow der nächstgelegene war. Dort befand sich eine abschließbare Terrasse, auf der ein bequemes Schaukelbett montiert war. In betrunkenem Zustand stellte es zwar noch eine Verstärkung der Seekrankheit dar, aber Tamika zählte es zu Freizeitrisiko, wenn man sich wie er so unachtsam volllaufen ließ. Zudem kam ihr der Gedanke, dass die Mitarbeiter ihr genau genommen sehr dankbar dafür wären, sie nicht seiner strengen Laune auszusetzen, wenn sie ihn hier finden und wegbewegen wollen würden. Immerhin war der verwöhnte Schnösel bereits mit dem Kellner wüst Schlitten gefahren.

Hatte er es überhaupt verdient, dass sie sich seiner annahm? Er war doch eigentlich ein völlig Fremder?

Aber du hast ein weiches Herz, quetschte sich das gute Gewissen zwischen die Zweifel und somit war es beschlossene Sache.

„SSShhanice? Rasierst du dich gar nicht mehr?"

Tamika zog ihren Fuß aus dem Klammergriff und spürte, wie ihr das Blut zu Kopf stieg, als der Mann mit dem verpeilten Blick und der verwuselten Sandfrisur zu ihr aufstarrte.

„Okay, Sie Charmebolzen. Wenn Sie ein bisschen mithelfen, werde ich das jetzt vergessen und Sie dort auf die Liege tragen. Was halten Sie davon?" Tamika verwies auf ihre Terrasse nur zwanzig Meter entfernt. Der Mann drückte sich mit einem Arm hoch, stützte sich auf den Ellenbogen, um seinen Zeigefinger auf die Lippen zu legen und „Sscchhh" zu hauchen.

Okay? Was auch immer …

Doch als Tamika Anstalten machte, ihn hochzustemmen, legte er beiläufig den Arm um ihre Schulter, was wohl bedeutete, dass er für den Plan war. Sie hatte jedoch nicht mit seinem Gewicht gerechnet und dass sich der Mann komplett reinhängen würde, sodass sie stürzte und längs direkt auf ihm landete.

Ein schmutziges Lachen kam unter ihr hervor: „Mann, Mann, Mann, du gehst aber ran!"

Tamika musste sich eine blöde Bemerkung verkneifen, da es ohnehin nichts brachte und er am nächsten Morgen alles vergessen hätte.

Warum war nie ein wasserfester Edding da, wenn man ihn brauchte, ein paar zusätzliche Verzierungen am Morgen hätten ihm nicht geschadet.

Tamika drückte sich von seiner Brust hoch und starrte ihn an. Nur dieses komische Grinsen sprang ihr entgegen und seine Arme, die er nun neben ihr in die Höhe streckte wie ein Kleinkind, das hoffte, dass ihm jemand in den Pulli half.

Ich fasse es einfach nicht!, ärgerte sie sich im Stillen und empfahl ihrem guten Gewissen, sich zu verkrümeln, da es für weitere hirnrissige Vorschläge nicht mehr gebraucht wurde.

Tamika stemmte sich mühsam von dieser halb toten Masse empor, umfasste die beiden Unterarme und lehnte sich zurück, um einen erneuten Versuch zu starten. Diesmal war der Mann sogar so gnädig, sein Gewicht zu verlagern und es ihr dadurch leichter zu machen. Kaum stand er aufrecht, schlüpfte sie unter seine Schulter und stützte ihn, bevor er erneut erschlaffen und in Säuglingsposition rollen konnte.

„Es sind nur ein paar Schritte, halten Sie durch", motivierte sie mehr sich selbst als ihn und biss sich vor Anstrengung auf die Unterlippe. Durch den nachgebenden Sand unter ihren Füßen wurde das Unterfangen weitaus schwieriger und sie rang bei jedem Schritt mit ihrem Atem. Noch nie hatte sich eine Distanz so schwer zu überbrücken angefühlt wie jetzt, und die Muskelmasse über ihr schien schier ins Unermessliche zu wachsen.

„Okay, aber rasieren würde wirklich nicht schaden", konterte ihr Anhängsel beiläufig und Tamika verkrampfte sich.

Als sie ihn nun anstierte und er sie ebenfalls ansah, hätte sie ihm gerne eine gescheuert, doch sie wusste es besser.

„Danke für den Tipp", grummelte sie stattdessen. Mit diesen Worten kamen sie bei ihrer Terrasse an und sie ließ ihn direkt auf die schwingende Liege sacken. Ein lautes Motzen war zu hören, als er sich sogleich samt Schuhen und Kleidung flach auf den Bauch hinlegte. Das Quietschen der Scharniere an der Holzdecke, an denen die Seile über ihm befestigt waren, hörte sich verdächtig an. Doch sollten sie den Mann nicht halten, war es sein Pech. Tamika wollte gewiss nicht abwarten, ob er geradewegs auf den Boden knallte. Stattdessen ging sie schnurstracks in den Bungalow, schloss die Schiebetüre hinter sich und zu guter Letzt noch die dichten Vorhänge.

Ab jetzt muss er selbst klarkommen, beschloss sie und legte sich erschöpft ins Bett.

Oh, nein, nicht schon wieder!

Maurice wurde von einem Presslufthammer in seinen Schläfen geweckt und einem verklebten Gaumen, der nach Flüssigkeit flehte. Aber da war noch etwas!

Rieche ich da frischen Kaffee?

Maurice gab seinen Augenlidern den Befehl, sich zu öffnen, was er mehr schlecht als recht zustande brachte, da auch dort jegliche Flüssigkeit verdampft war. Ein greller Strahl drang in seinen empfindlichen Sehnerv, sodass er sich mit einer Hand das Gesicht schützte. Mehr als ein „Mmmmhpf" brachte er dabei nicht heraus.

Was ist das Letzte, woran ich mich erinnern kann?

Whiskey. Viel zu viel Whiskey.

„Na? Haben wir einen Kater?", hörte er eine weibliche Stimme über sich.

Maurice erschrak und wollte energisch hochfahren, doch die Unterlage, auf der er sich befand, war beweglich, weswegen er sich nur in letzter Sekunde noch stabilisieren konnte.

Der Presslufthammer legte nun einen Zahn zu, als er sich orientierte und vor sich die … *Moment mal! Das ist doch die Frau von gestern Abend!*

Sie hielt ihm eine dampfende Tasse entgegen und nun machte der Kaffeegeruch einen Sinn. Vorsichtig setzte er sich auf und seine Finger gruben sich in die weiche Unterlage, um Balance zu halten, als er erkannte, dass er auf einem schwebenden Liegebett vor einem Strandbungalow lag.

Wie bin ich nur hierher gekommen?

Erneut suchte er den Blick der Frau und war plötzlich verunsichert: „Hatten wir Sex und ich habe es verpennt?" Das Pochen im Kopf trieb ihn in den Wahnsinn, sodass er es nun wagte, mit einer Hand loszulassen und sich seine Stirn zu massieren. Als er beiläufig ihren genervten Gesichtsausdruck ablas, wurde ihm bewusst, was er da gerade laut ausgesprochen hatte.

„Nicht dass ich wüsste, aber wenn Sie Ihren Rausch ausgeschlafen haben, wäre ich Ihnen dankbar, wenn Sie meinen Bungalow wieder verlassen. Es war schon schwer genug, Sie vom Strand, wo Sie mit den Wellen gekuschelt haben, auf die

Terrasse zu schleifen und den röchelnden letzten Zuckungen zu lauschen."

In Maurices Kopf formte sich langsam ein allzu genaues Bild, was gestern tatsächlich vorgefallen war, und er wollte nur noch im Boden versinken. Er rieb sich über die müden Augen und ihm ekelte vor dem Geruch, der zweifelsohne aus seinem Rachen kam. Dann konfrontierte er sich wieder mit ihr und legte einen reumütigen Blick auf, denn sie sah abgekämpft und müde aus. Ihr Haar war unachtsam hoch zusammengebunden, sie war ungeschminkt und trug nur eine durchsichtige Bluse über einem extrem kitschig leuchtenden Bikini. Seine nächtliche Eskapade hatte ihr offenkundig eine schlaflose Nacht bereitet.

„Entschuldigen Sie, wo bleiben meine Manieren. Glauben Sie mir, für gewöhnlich bin ich ein charmanter und relativ gut erzogener Mensch. Doch das Leben hat mich etwas zerstreut und nun muss ich mich erst wieder aufraffen. Ich wollte Ihnen wirklich keine Umstände machen."

Sie schien zu überlegen und die kühle Nuance verschwand langsam aus ihrem Gesicht. Maurice war bemüht, rasch das Thema zu wechseln.

„Ist der vielleicht für mich?"

Tamika war kurz verwirrt, doch als er zu ihrer Hand deutete, wurde es ihr klar. „Oh, ja. Ich dachte mir, den Kaffee können Sie womöglich brauchen. Ich hatte noch nie einen Kater, daher habe ich keine Ahnung, was da hilft. Und mehr als Tee, Wasser und Kaffee gibt meine Minibar leider nicht her." Tamika konnte ein Lächeln nicht verdrängen, denn mit der zerzausten, sandigen

Frisur, die nicht mal ein Friseur hätte reparieren können, sah der Mann nicht mehr so streng aus, wie er am Vorabend hatte raushängen lassen. Er verfügte generell über ein attraktives Erscheinungsbild und sie mochte diese leicht schiefe Nase, die sein Gesicht zu etwas Besonderem machte. Aber das war auch schon alles …

Tamika übergab ihm die heiße Tasse und beobachtete, wie er vorsichtig daran nippte und nach dem ersten Schluck das Gesicht verzog.

Typisch! Der Prinz auf der Erbse.

„Sie sind wohl Besseres gewohnt", schlussfolgerte sie vorsichtig, als er die Tasse langsam zu Boden stellte und sie mit glasigen Augen ansah. „Nein, ich merke eher, dass jeder Tropfen Flüssigkeit meine Übelkeit noch verstärkt." Und bei dem Stichwort begann er, sich zu recken und hielt sich verzweifelt die Hand vor den Mund.

Panisch zog Tamika ihn an der Schulter hoch: „Kommen Sie! Ab zur Toilette!"

Er folgte artig, schien aber zu hinken. Strauchelnd kam er gerade noch an der Glasschiebetüre vorbei und hetzte durch den Schlafraum. Der Mann stürzte beinahe, doch sie zog ihn weiter, bis er rechtzeitig von ihr in den korrekten Raum gestupst werden konnte und sie hinter ihm die Tür ins Schloss fallen ließ. Angewidert musste sie die akustische Kulisse ertragen und auch den Geruch, den Whiskey wohl besser niemals annehmen sollte.

6 | Verlockender Vorschlag

ls Maurice in den Badezimmerspiegel spähte, kam ihm das Grauen. Er war kreidebleich, seine Augen waren gerötet und die Kleidung komplett verschmutzt. Und sein Haar? Das sandige Desaster war nicht einmal erwähnenswert!

Was musste diese Frau vor der Tür bloß von ihm denken? Er wollte nur im Boden versinken, als er die Spuren seiner Übelkeit an der Klobrille und teilweise an den Wänden verteilt wiederfand. Und auch der Geruch ließ zu wünschen übrig.

Kurz war er versucht, das kühle Leitungswasser zu trinken, bis ihm das Warnschild unter dem Spiegel in Erinnerung rief, dass es sich hier nicht um Hochquellwasser aus den Alpen handelte und er in dem jetzigen Zustand lieber nicht experimentieren sollte. Daher spülte er nur den fahlen Geschmack mehrfach aus und wünschte sich Mundspülung herbei, die das Badezimmer der Dame leider nicht hergab.

Verflucht!

Dann schlurfte Maurice langsam zur Badezimmertür und stellte fest, dass sein Knöchel noch immer leicht beleidigt war. Er überlegte, ob er sich dazu bequemen sollte, selbst nach Lappen und Putzmittel zu greifen, um zumindest das Schlimmste zu beseitigen. Letztendlich beschloss er jedoch, dass sein Zustand es verzeihen würde, wenn er den Zimmerservice dafür beauftragte, und für einen Hunderter mehr sollte das Reinigungspersonal auch keine unnötigen Fragen stellen.

Als er schlussendlich mit tierischem Schädelbrummen die Tür öffnete, stand ihm bereits die Frau gegenüber, die ihm in der einen Hand stilles Wasser und in der anderen warmen Tee hochhielt. Ihr Gesichtsausdruck war genervt, aber auch verständnisvoll.

„Mir ist noch nie so etwas Peinliches passiert", druckste er herum und bemerkte, wie sehr sich alles drehte. Rasch hielt er sich am Türrahmen fest und schloss die Lider, um die Übelkeit zu besänftigen. „Das ist furchtbar unangenehm. Bitte gehen Sie da nicht rein, ich will Sie nicht schockieren. Natürlich zahle ich die Extrareinigung und wenn es etwas gibt, wie ich mich revanchieren kann, an Geld soll es nicht scheitern." Als er die Augen wieder öffnete, sah sie ihn abschätzend an. Gewiss bereute sie bereits ihren Entschluss, ihn vom Strand aufgelesen zu haben.

„Schon gut. Ich schätze, jeder kann mal ein Tief haben. Und was den Zimmerservice angeht, ich kann das ohne Probleme über-nehmen. Es wird kein Haus kosten und ich habe Ihr Geld nicht nötig."

Maurice war komplett von der Rolle, da er mit dieser Reaktion nie im Leben gerechnet hatte. Immerhin hatte er einen Schaden verursacht und bekanntlich beglich man seine Schulden. Langsam formte sich in seinem Kopf ein Bild. Die Abfuhr gestern hatte einen Grund gehabt. Sie war stolz und offenbar hatte sie ihn in eine Box für ‚eingebildete Geldprotze' gestopft. Eine Box, die sie sichtlich nicht schätzte. Sie gehörte somit zu den wenigen Frauen, die übermäßigen Erfolg und Reichtum an einem Mann sogar als abstoßend empfanden. War dies nun verstörend oder eine angenehme Abwechslung? Maurice war sich nicht sicher, doch er protestierte, trat mit vorgehaltener Hand zu ihr, da er Mundgeruch befürchtete.

„Also, lassen Sie mich von vorne beginnen. Ich heiße Maurice, und wenn es nicht zu aufdringlich ist, würde ich gerne das Du anbieten. Immerhin habe ich gerade Ihr oder dein Heiligtum besudelt. Ich behaupte mal, intimer kann es kaum werden." Maurice hoffte, dass Humor die Situation etwas auflockern würde, denn in Wahrheit war es nur zum Schreien.

„Um ehrlich zu sein, ist mir gestern bereits bewusst geworden, dass Sie meine Gesellschaft nicht schätzen, aber du oder Sie kennen mich nicht. Ich entschuldige mich also gleich einmal vorweg für alles, was ich verbrochen habe. Auch jene Dinge, die mir ehrlich gesagt nicht bewusst sind." Maurice legte reumütig die freie Hand auf die Brust und erkannte vor sich nun Interesse. Hoffentlich überraschte er sie gerade mit einem Charakterzug, der nicht in besagte Box passte.

„Es ist mir wirklich unangenehm, dass Sie mich mühsam hierher geschleppt, mir einen Schlafplatz überlassen haben und mich die Toilette versauen haben lassen. Es ist das Naheliegendste und völlig normal, dass ich dafür geradestehe. Auch wenn Sie betonen, eine eigenständige Frau zu sein." Er bemühte sich um ein Zwinkern, da das charmante Lächeln hinter vorgehaltener Hand nicht gerade Wirkung zeigte. „Und ich bin mir sicher, hätte ich nicht mit Leichtigkeit das Geld angesprochen, wäre es für Sie kein Problem gewesen, wenn ich die Kosten übernommen hätte. Liege ich richtig?" Er hob herausfordernd die Augenbrauen und fixierte sie.

Tamika erkannte, dass sie übertrieben engstirnig agiert hatte, selbst wenn sie diesem Maurice nicht gerne Recht gab. Ihre

Abneigung gegenüber Männern, die sich ausnahmslos alles nehmen konnten – sei es mit Geld oder Gewalt – war jahrelang tief in ihre Zellen gedrungen. Einerseits durch ihren herrschsüchtigen Vater, andererseits durch das verwöhnte Klientel, mit dem sie sich beruflich ständig auseinandersetzen und von welchem sie sich von oben herab behandeln lassen musste. Und eben diese Vorbehalte hatte sie nun auch ihrem Gegenüber unmissverständlich gezeigt. Ehrlich gesagt war seine Ansprache alles andere als überheblich gewesen und daher hatte er sie entwaffnet.

Um davon abzulenken, hielt sie ihm erneut den Tee entgegen. „Entschuldigung angenommen. Das ist übrigens Pfefferminztee, der wird hoffentlich den schalen Geschmack etwas mildern, sofern der Magen ihn diesmal behält." Sie bemühte sich um ein Lächeln, da dieser Maurice wirklich furchtbar verloren wirkte, als er den Tee dankend übernahm.

„Ich bin übrigens Tamika und auf der kleinen Insel sind wir ohnehin Nachbarn, daher passt das mit dem Du. Und wenn du darauf bestehst, kannst du natürlich die Reinigung übernehmen und ich benutze sicherheitshalber während den nächsten Stunden die Gästetoilette im Haupthaus." Nun musste sie grinsen, als er offenbar ein Bild von ihrer Toilette vor seinem inneren Auge abspielte und gequält aussah. „Oh ja, das würde ich dir anraten. Aber …" Er hielt inne und knabberte wohl unbewusst an seiner Unterlippe. „Also, wenn der Notfall eintritt, kann ich Ihnen – ähm dir – auch mein Badezimmer anbieten."

Tamika tat es mit einer Handbewegung ab. „Das ist sehr zuvorkommend, aber ich will das Risiko nicht eingehen, falls du dort auch ein Chaos hinterlässt."

„Autsch! Das tat weh", gab er zu und wuselte sich durch das Wirrwarr, das sich Haar schimpfte.

„Aber um schlimmeres Übel abzuwenden, könnte ich mich ausnahmsweise dazu breitschlagen lassen, dich zumindest zu deinem Bungalow zu begleiten. Ich will verhindern, dass du wieder im Meer landest und diesmal absäufst." Tamika hielt inne und wunderte sich über sich selbst. Möglicherweise hatte diese Insel nicht viel Action zu bieten und klar, sie rutschte erneut in die Schiene, sich von ihren Problemen abzulenken, aber musste sie ausgerechnet zu diesem Unbekannten so freundlich sein? Womöglich bekam er dadurch einen falschen Eindruck, daher lenkte sie sicherheitshalber ein: „Ähm, damit wir uns richtig verstehen, das war kein zweideutiges Angebot!" Tamika wedelte mit gezücktem Zeigefinger, aber nur eine Sekunde später kam es ihr wieder überladen vor, was ihr Gegenüber mit erhobenen Händen und skeptischem Ausdruck quittierte.

„Um ehrlich zu sein, habe ich es nicht anders verstanden, aber egal. Ich bin dankbar für das Angebot und könnte zwei stabile Beine sicher gut gebrauchen. Ich will einfach nur unter meine Decke schlüpfen und still und heimlich draufgehen. Am besten ohne weitere Vorkommnisse."

Tamika konnte nicht aufhören, die Wasservilla anzustarren. Auf dem unendlich wirkenden Steg hatte sich dieser Maurice noch einmal dazu bereiterklärt, die Fische unfreiwillig zu füttern. Endlich vor seinem Domizil angekommen, lehnte er sich nun verkatert gegen die Holztür und war schwer darauf konzentriert, die Schlüsselkarte in den Schlitz zu bekommen. Wie grotesk war es eigentlich, einen tropischen Bungalow auf Stelzen über dem Wasser zu bauen und dann elektronischen Schnickschnack sondergleichen dafür zu nutzen?

Als sich die Tür öffnete und einen Blick in den unendlich großen Raum ebnete, blieb Tamika die Spucke weg. Es war einer dieser Momente, in denen man dachte, so etwas würde man niemals zu Gesicht bekommen. Der Wohnraum besaß eine Glasfront hinaus aufs türkisfarbene Meer, ein riesiges Sofa mit einladenden Decken, sowie einen 55 Zoll Flatscreen Fernseher samt zugehöriger Anlage – nicht, dass es bei diesem Ausblick irgendetwas annähernd Faszinierendes dort zu sehen gäbe. Der Boden der Villa war zum Teil aus Glas gefertigt, sodass die bunte Unterwasserwelt dem Raum Leben einhauchte und die Dekoration hatte denselben exquisiten Flair wie die Empfangshalle des Haupthauses. Grundsätzlich war Tamika durch ihren Beruf einiges gewohnt, aber sie blickte stets nüchtern auf die Gebäude und deren Einrichtung, da ihr von Anbeginn bewusst war, dass sie niemals in dieser Liga spielen würde und auch nicht musste. Sie war stolz auf das, was sie erreicht hatte und war der Meinung, nicht ständig nach Höherem streben zu müssen, würde einen zufriedener und glücklicher halten. Aber in Anbetracht dieser Exotik, der leuchtenden Farben und der endlosen Weite hatte sie das Gefühl, das pure Leben geradezu berühren zu können. Als hätte sie dies niemals zuvor gewagt. Es war einfach zu unwirklich, um real zu sein.

Eingeschüchtert von dieser Pracht trat Tamika bewusst nur einen Schritt in das Gebäude, während sich Maurice kopfüber auf das cremefarbene Ledersofa stürzte. Dann tastete er sich an das schnurlose Telefon, das achtlos auf dem Couchtisch neben ihm lag und wählte gezielt eine Nummer.

„Könnten Sie mir bitte ein halbes Dutzend Aspirin vorbeibringen?"

Tamika hielt den Atem an, da sie eigentlich ein Dankeschön als Zusatz in seinem Zögern erwartete, stattdessen vernahm sie aus seinem Munde nur ein: „Aber zügig", woraufhin er auflegte. Sie schüttelte den Kopf über diese Unhöflichkeit, als sie plötzlich abgelenkt wurde. Mit gestrecktem Hals konnte Tamika nun die monströse Terrasse mit einem Whirlpool, einem bequemen Hängekorb und sogar einer Rutsche ins Meer erkennen. Mit Sicherheit standen hier noch irgendwo ein Boxspringbett und eine mittige Singlebadewanne herum, um alle Luxusklischées vollständig abzudecken.

Aus unerfindlichen Gründen beschleunigte sich ihr Puls.

Mich frisst der Neid!

Es war nicht zu leugnen. Wer würde nicht gerne eine Nacht in so einer Pracht verbringen? Nur eine einzige? Vor Tamika formte sich unweigerlich eine Szene, in der sie mit hochgestecktem Haar und einer Sektflöte in der Hand in dem Whirlpool auf der Terrasse den Sonnenuntergang genoss und dabei eine Schar an Delfinen beobachtete, die am Horizont vorbeisprang. Sie konnte förmlich den prickelnden Schaum an ihrer Haut und die milde Meeresbrise an ihren Wangen spüren und entfernt den Ruf eines Vogels wahrnehmen.

Augenblicklich war ihr zum Heulen, da sie sich das nicht so schnell leisten könnte. Ja, bei der Buchung hatte sie kurz überlegt gehabt, ihrer übergeschnappten Seite Vorrang zu geben und zumindest den ‚normalen' Wasserbungalow für den gleichen Preis des Strandbungalows, aber zwei Tage weniger zu nehmen. Doch was hatte man von einer Woche Urlaub, bei der man allein zwei Tage nur im Flugzeug verbrachte? Und so war sie vernünftig geblieben … Aber das hier? Das war eine Wasser-VILLA, von deren Sorte es womöglich wenig annähernd luxuriöse gab. Und das alles zu sehen, machte Tamika wütend, denn sie versuchte, sich ständig einzureden, dass sie verdammt gut verdiente, sich vieles leisten konnte, wovon andere nur träumten: eine Eigentumswohnung, ein schickes Auto und hier und da eine Flugreise. Sie durfte also absolut nicht unzufrieden sein. Sie durfte es einfach nicht! Sie hatte das – na ja, fast – perfekte Leben und brauchte nicht mehr. Und Punkt.

„Willst du hier angewurzelt stehen bleiben? Du kannst gerne reinkommen und dich frisch machen, wenn du magst. Das Badezimmer ist gleich um die Ecke", hörte sie Maurice beiläufig sagen, der halbtot zwischen den etlichen Polstern vergraben lag und seinen Unterarm auf die müden Augen gedrückt hielt, als würde die Helligkeit seine Nerven reizen.

Als zu lange Stille eingekehrt war, wurde Maurice misstrauisch, zog seinen Arm beiseite und lugte in Richtung Eingang, wo Tamika wie zur Salzsäule erstarrt stand.

„Ist alles in Ordnung?", fragte er vorsichtig, da er ihren Gesichtsausdruck nicht deuten konnte. Als Antwort nickte sie mechanisch mehrfach, da sie offenbar in Gedanken war. „Wirklich beeindruckend. Ich hätte nie gedacht, dass ich so einen Traum einmal in natura sehe."

Sieh an, sie ist zumindest für exquisite Dinge zu begeistern.

Maurice roch seine Chance, sie zu beeindrucken – obwohl er es eigentlich nicht nötig haben sollte: „Ich führe dich gerne ein bisschen herum, wenn du willst. Es lohnt sich, kann ich dir sagen." Maurice drückte sich aus dem weichen Sofa hoch und wollte seine inneren Dämonen bekämpfen, um zumindest noch ein paar Minuten lang einen charmanten Gastgeber zu mimen, doch mit einem stoppenden Handzeichen hielt Tamika ihn zurück.

„Ist nicht nötig. Ruh' dich lieber aus. Ich hab ohnehin vor, schnorcheln zu gehen, solange die Strömung nicht allzu stark ist." Ihr Blick wirkte wieder distanziert und ihre wundervoll geschwungenen Lippen waren zu einer geraden Linie gespannt.

Hab ich wieder etwas Falsches gesagt?, rätselte Maurice in sich hinein und vollzog eine akrobatische Höchstleistung aus dem Polster heraus, um rechtzeitig vor ihr an die Tür zu gelangen. Was ehrlich gesagt keine einfache Aufgabe darstellte, so instabil, wie sein Untergrund wirkte. „Hey, Moment! Nicht so eilig!"

Tamika hatte ihm bereits den Rücken gekehrt und eine Hand an der Klinke, als er neben ihr ankam und automatisch nach ihrem Unterarm fasste. Als sie ihn dann frostig anstarrte, wurde ihm sein Übergriff bewusst und er trat anstandshalber einen Schritt zurück. Überfordert rubbelte er sich durchs Haar, da er noch irgendetwas tun wollte. Immerhin hatte sie ihm geholfen, anscheinend über sein Fauxpas hinweggesehen und ihn sogar zu seiner Villa begleitet. Das, obwohl sie mit seiner vermeintlichen Charakter-Box nichts am Hut hatte und auch nicht haben wollte.

„Bitte, warte. Was habe ich schon wieder angestellt?", er hob seine Brauen, in der Hoffnung, der treue Hundeblick könnte ihre Laune heben.

„Nichts, was solltest du getan haben? Du bist nur du selbst. Ich wünsche dir jetzt eine gute Ausnüchterung und noch einen angenehmen Aufenthalt. Vielleicht läuft man sich ja irgendwann über den Weg."

Es war eindeutig, dass sie die Höflichkeiten hinter sich bringen und verschwinden wollte. Egal, wie besoffen und furchtbar er sich auch angestellt haben mochte, konnte er diesen raschen Umschwung nicht verstehen. Maurice bemühte sich erneut, Tamika zu überreden: „Ich habe den Eindruck, dass du mir gegenüber Vorurteile hast. Das ist völlig in Ordnung, ich frag mich nur warum, denn du kennst mich überhaupt nicht. Ich mag womöglich in deinen Augen ein reicher, verwöhnter Sack sein, doch ich bin auch der Mann, der hier versucht, so würdevoll wie möglich ohne Braut seinen Honeymoon durchzustehen."

So, jetzt ist es draußen. Er brauchte kein Mitleid, davon hatte er selbst genug, aber er wollte die Dinge ins rechte Licht rücken. Maurice sah, wie Tamika ihre Arme vor sich verschränkte und kurz auf den Boden schielte. Ihr schien die Situation unangenehm zu sein.

„Mein Beileid, aber ich denke, dass mich das nichts angeht und privat ist." Nun hielt sie seinem Blick stand und er war erleichtert, dass diese Tatsache sie nicht weichgekocht hatte. Immerhin hatte er nur ihre Aufmerksamkeit haben wollen, was geglückt war. „Und was den reichen, verwöhnten Sack angeht, denke ich mir meinen Teil." Sie warf einen kurzen Seitenblick durchs Wohnzimmer, was ihn reizte, denn er war noch nie mit diesem Klischee so direkt konfrontiert worden. Und wie konnte sie ihn so abstempeln? Er hatte sich das alles mit eiserner Disziplin und Durchsetzungskraft geschaffen. Nichts war ihm im Leben geschenkt worden. Es war harte Arbeit gewesen und war es immer noch. Daher verschränkte Maurice nun ebenfalls die Arme und sah Tamika abschätzig an.

„Ich werde das jetzt nicht persönlich nehmen, denn offenbar hast du Erfahrungen darin gesammelt, wie einer wie ich tickt. Und so schnell werde ich dir diese Einstellung wohl nicht austreiben können. Aber eines kann ich machen, dich zum Beispiel überraschen."

Tamika klappte der Kiefer auf. Wie lange kannte sie ihn genau? Eine Stunde? Und er wagte es, ihr etwas austreiben zu wollen? Sie formte ihre Augen zu bedrohlichen Schlitzen, kam jedoch dann zu dem Schluss, dass sie hier im Urlaub war und sich nicht unnötig aufregen wollte. Es war offensichtlich, dass sie von komplett konträren Planeten stammten. In ihrem Beruf hatte sie seit fast acht Jahren mit wohlhabenden, aber vor allem stinkreichen Männern zu tun und ja, sie würde daher behaupten, recht gut zu verstehen, wie Maurice tickte. Nicht zu vergessen hatte sie live miterlebt, wie er sich gegenüber dem Personal verhielt. Und so war es bei reichen Männern stets. Alles musste so laufen, wie Messieurs sich das vorstellten; alle hatten nach deren Pfeife zu tanzen und nur in den seltensten Fällen erkannten sie, wann sie jemandem auf den Schlips getreten waren. Sensibilität und Feingefühl waren meist nicht ihre Stärke. Knausrig zu sein, Gelegenheiten am Schopfe zu packen und von oben herab zu agieren jedoch schon. Vor allem Neureiche ließen ihren Charakter und ihre Manieren meist beim Abheben der ersten Million liegen. Und ein Phänomen, das oftmals mit dem Ruhm folgte, war das sich Emporheben über die restliche Masse, als wären sie eine neu geschlüpfte Spezies. Und sie ließen ihren Stand daher gerne spüren oder erinnerten das Gegenüber regelmäßig daran.

Aber vor allem musste sie bei diesem Ton automatisch an ihren herrischen Vater denken, bei dem ihre Mutter kein einziges Mal dagegen reden durfte, da er das Geld nach Hause gebracht hatte und das offen gestanden nicht wenig. Täglich hatte er ihre Mutter daran erinnert, dass sie ohne ihn aufgeschmissen wäre und gefälligst nicht den Mund aufmachen sollte. Natürlich musste sie liebevoll um Geld betteln, wenn sie Haushaltsutensilien oder Nahrungsmittel besorgen wollte, als hätte es in dieser Geschlechterrolle anders laufen können … Und die erniedrigenden Worte ihres Vaters waren in Tamikas Mark und Bein geglitten. Im Job konnte sie eine Maske aufsetzen und mechanisch grinsen, aber hier würde sie dies gewiss nicht tun.

„Nicht nötig, danke", blieb sie knapp, denn sie wollte keine Überraschung von ihm, der Groll in ihr arbeitete sich bereits hoch und ihre Arme verkrampften sich. Sie konnte Maurice nicht einmal mehr in die Augen blicken und trat über die Türschwelle in Richtung Steg.

„Wenn ich das richtig deute, gefällt dir die Villa. Ich schlage dir daher einen Tausch vor. Ich möchte nämlich nicht als jener in Erinnerung bleiben, der dir den Urlaub ruiniert hat und somit deine Vorurteile auch noch bestätigt. Ich biete dir mein Reich im Tausch für deinen Bungalow an, den du gebucht hast. Du würdest mir sogar einen Gefallen tun. Ich werde von dem ständigen Wellenrauschen ohnehin seekrank."

Tamika wurde steif und drehte sich nochmals zu ihm um. *Seekrank? Wundert mich bei dem Alkoholkonsum kein bisschen.*

Sie war gerade dabei, für ein Kontra auszuholen, als seine Worte langsam bei ihr einsickerten.

Moment einmal – meint er das ernst?

Zum Glück kam ihr kein Wort über die Lippen, denn aus dem eloquenten Schlagabtausch wäre nur wirres Zeug geworden.

„Zudem muss ich deswegen gefühlt alle zehn Minuten austreten. Nicht zu vergessen erinnert mich das Drumherum hier ständig an meine geplatzte Hochzeit, und das vertrage ich allem Anschein nach derzeit überhaupt nicht."

Emotional fuchtelte er bei dieser Ansprache mit den Armen, fuhr sich öfters durchs Haar und sein Ausdruck war ernst mit einem Hauch Verzweiflung … Ein kleiner Teil in ihr nahm ihm das sogar ab. Zudem hatte er sie tatsächlich überrascht. Mit diesem Vorschlag hätte sie wahrlich niemals gerechnet.

7 | Friedenspfeife

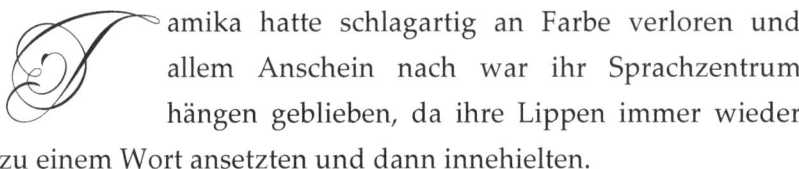amika hatte schlagartig an Farbe verloren und allem Anschein nach war ihr Sprachzentrum hängen geblieben, da ihre Lippen immer wieder zu einem Wort ansetzten und dann innehielten.

Bingo! Ich habe sie also tatsächlich überrascht! Maurices Ego blies sich auf und fegte sich imaginären Staub von den Schultern. Dennoch musste er sich beruhigen, denn er wechselte ständig von einem Bein auf das andere, was ihn seekrank machte, und sein Herz benahm sich wie nach einem Marathon.

„Ähm, …", sie kratzte sich an der Stirn und wich seinem Blick immer wieder aus. „Ich muss gestehen, das hätte ich jetzt nicht erwartet. Und ich möchte nicht kleinkariert sein oder diesen wirklich großzügigen Vorschlag runtermachen, aber …"

Was stimmt mit dieser verrückten Frau eigentlich nicht? Da entschuldigte man sich am laufenden Band, wollte spendabel sein, offenbarte auch unangebracht seinen Kummer und wird dennoch abgewiesen, als hätte er ihr gerade ein unmoralisches Angebot unterbreitet. Darum polterte es ungehalten aus ihm heraus: „Dann tu es einfach nicht! Um was geht es hier eigentlich? Es ist keine große Sache! Ich wollte höflich sein, Dankbarkeit zeigen und dich nicht kaufen!"

Sie riss die Augen auf und trat nun direkt an ihn heran. Wieder eine Reaktion, die er nicht hatte vorhersehen können. Dabei stieg ihm ihr florales Parfüm in die Nase, was ihm ehrlich gesagt zusätzlich den Kopf zum Schwanken brachte. Oder war es ihre Nähe und das temperamentvolle Auftreten?

Aber Tamika ging noch weiter. Wie selbstverständlich legte sie ihre rechte Hand auf seinen Oberarm und ihre Wärme schoss durch seinen Körper, sodass er kurz vergaß, um welches Thema es sich gerade gedreht hatte.

„Ich bin wirklich überwältigt von dem Vorschlag, aber mir ist das etwas viel Achterbahn auf einmal. Wäre es in Ordnung, wenn ich darüber nachdenke? Bitte?" Sie klimperte mit den Wimpern und Maurice war verwirrt. Meinte sie das eben ernst, nahm sie ihn auf den Arm oder sollte es sarkastisch rüberkommen? Daher konnte er nur seine angestaute Luft durch die Nase entweichen lassen, sich mit der rechten Hand über die Brust massieren und dusslig nicken.

„Okay. Ich werde dann mal gehen", kündigte Tamika an und behielt ihn fragend im Blick, während sie langsam zur Klinke griff, als würde sie damit rechnen, dass er sie abermals aufhielt. Doch Maurice ließ sie ziehen. Vielmehr noch blickte er ihr im Türrahmen nach und beobachtete sie auf ihrem Weg über den Holzsteg. Ihre Bluse wurde durch den Wind zärtlich um ihre Kurven geschmiegt und ihr Gang war grazil, als wäre sie auf einem Laufsteg. Irgendetwas in ihm hoffte, dass sie sich noch einmal umdrehen und zu ihm zurückblicken würde. Bekanntlich war dieses Zeichen vielversprechend …

Da! Ihr Kopf scheint sich zu drehen … Maurice richtete sich wie automatisch auf … Doch ausgerechnet jetzt lief ein Kellner aus einem benachbarten Bungalow mit einem vollen Tablett heraus und hätte sie beinahe niedergemäht. Aber diese Frau schien ihm gegenüber milde gestimmt zu sein und lächelte ihn sogar freundlich an. Ihre gesamte Gestik und Mimik ließ darauf schließen, dass sie es mit Humor nahm oder ... sie ihn offenbar bereits kannte. Warum tat er sich so leicht damit, ihre Gunst zu gewinnen?

Dieser Mitarbeiter hatte nicht ungünstiger reinplatzen können, ärgerte Maurice sich plötzlich und hielt in seinem Gedanken inne. *Günstiger wofür? Warum beschäftigt mich dieses Frauenzimmer so? Hab ich nicht genug andere Sorgen?* Maurice wuselte sich durchs Haar, als der Kellner nun seine Mundwinkel wieder nach unten zog und gehetzt in seine Richtung eilte. Auf dem Tablett lagen silberne Tablettenblister, die ohne Zweifel für ihn bestimmt waren.

Maurice hatte die ärgste Hitze verschlafen, jeder Versuch, seine müden Lider gegen die Schwerkraft zu wappnen, war gescheitert, sodass er wie ein Vampir erst zum Abendessen aus dem Bett herausgekrochen war. Zum Glück hatten die Tabletten letztendlich geholfen und das Pochen seines Kopfes hatte soweit nachgelassen, dass er kurz darüber nachdachte, dort fortzusetzen, wo er die letzte Nacht aufgehört hatte. Wie sonst sollte er diesem gehässigen, schwarzen Loch im Herzen und den niederträchtigen Gedanken das Maul stopfen?

Als er zielgerichtet seinen Tisch anvisierte, kam er nicht darum herum, sich im weitläufigen Speisesaal umzusehen. Die Gäste spazierten mit beladenen Tellern zufrieden zu ihren Tischen, es duftete nach gegrilltem Fisch und würzigem Curry, wobei sein Magen noch nicht sicher war, ob er das als anregend oder aufstoßend empfinden sollte. Maurice musste feststellen, dass der Großteil der Personen auf dem Sandboden barfuß unterwegs war, im Gegensatz zu ihm. Doch streng genommen interessierten ihn weder die hungrigen Kostgänger noch der schwitzende Kellner, der ihm verängstigt vorauslaufen wollte, um ihm seinen Sessel unter dem Tisch hervorzuziehen. Denn Maurice war am Blondschopf ein paar Meter weiter hängengeblieben und stellte schlagartig seine Pläne um. Zielstrebig spazierte er auf Tamika zu, während ihm der Kellner japsend hinterherlief. „Sir? Soll ich Ihnen wie üblich einen Whiskey bringen?" Doch Maurice ignorierte ihn. Stattdessen schritt er bedächtig um Tamikas Tisch herum, sodass sie ihm gewahr werden musste. Sie war gerade dabei, sich einen Löffel Suppe in den Mund zu schieben, als sie zeitgleich aufblickte und sich beinahe verschluckte. Mit aufgerissenen Lidern senkte sie die Hand, als wäre das Besteck plötzlich zu schwer geworden.

Maurice benetzte seine Lippen, die noch immer ausgedörrt waren: „Irgendwie lässt es mir keine Ruhe. Je mehr ich mich bemühe, mich von meiner besten Seite zu zeigen, umso mehr versaue ich es. Ich würde aber gerne einen weiteren Versuch starten, wenn ich darf? Außer, du kannst meinen Anblick einfach nicht mehr ertragen." Maurice zog eine Augenbraue hoch und wartete auf eine patzige Rückmeldung, doch sie blieb aus. Stattdessen tupfte Tamika sich die Lippen mit ihrer Stoffserviette vom Schoß ab, lehnte sich zurück und schien sich auf einen längeren Monolog einzustellen.

„Um ehrlich zu sein, esse ich bereits seit acht Tagen allein hier und bin ein schlechter Selbstunterhalter. Wenn nötig, halte ich auch meinen Mund, aber kann ich mich zu dir setzen?"

Vorsichtig legte er eine Hand auf die Sessellehne neben ihr und runzelte die Stirn, in der Hoffnung, sie würde ihn nicht erneut zum Teufel jagen.

Tamika atmete lautstark aus, ihre Mimik blieb neutral, doch mit irgendetwas dürfte er sie dennoch weichgeklopft haben, denn sie wies ihn höflich an, sich zu setzen. Ihm entging natürlich nicht, wie sie ein schwaches Lächeln zurückdrängte: „Nein. Eigentlich muss ich mich bei dir entschuldigen. Ich habe überreagiert. Ich schätze, mein Job lässt mich unweigerlich in Boxen denken, selbst wenn es unangebracht ist. Vielleicht bin ich ein gebranntes Kind." Sie blinzelte verlegen auf ihren Teller, zupfte sich ihr Kleid zurecht und ordnete ihre losen Haarsträhnen hinter das Ohr, als suchte sie Ablenkung.

„Vielleicht etwas. Aber da wir hier am einsamsten Ort der Welt, inmitten lauter liebeshungriger Pärchen sind, sollten wir womöglich das Beste daraus machen und das Kriegsbeil begraben."

Tamika sah ihn nun mit fragendem Ausdruck an, bis er merkte, wie das eben rübergekommen sein musste. Rasch hob er beschwichtigend seine Hand. „Sorry. Bitte aus dem Skript streichen. Offenbar schaffe ich es in deiner Gegenwart immer wieder, zweideutig zu werden. Ich gelobe Besserung."

Tamika lachte laut auf und schüttelte den Kopf. Es hatte so eine fröhliche Tonlage, dass man beinahe den Eindruck gewinnen konnte, dass sie Humor besaß. „Du musst zugeben, dass du schon ein merkwürdiger Kerl bist", schmunzelte sie und konzentrierte sich wieder auf ihren Löffel, während sie Maurice einen Deut nach hinten gab. Als er ihrem Wink folgte, stand ihm der nervöse Kellner im Rücken und setzte ein übertriebenes Lächeln auf. „Sir? Der Whiskey? Soll ich vielleicht für Sie hier an diesem Tisch decken?" Doch als Maurice gerade antworten wollte, fiel Tamika ihm ins Wort: „Das ist nicht nötig, Enrico. Beim Buffet sind ausreichend Teller und Besteck, wir können uns selbst bedienen. Danke, dass Sie so aufmerksam sind. Und bringen Sie Herrn …" Sie wackelte fragend mit den Brauen und starrte Maurice auffordernd an.

„Leitner?", brachte er etwas zögernd heraus.

„… Leitner bitte eine große Flasche stilles Wasser." Erneut schien sie mit Maurice ein Duell der Blicke auszufechten, bis er schlussendlich aufgab.

Sie nennt den Kellner wieder beim Namen! Und was das Wasser betrifft … Maurice würgte verärgert seinen inneren Monolog ab, da er keine Bestätigung dafür brauchte, dass er womöglich tatsächlich etwas anderes zum Löschen des Durstes benötigte. Etwas mürrisch meinte er daher knapp: „Tja, wenn ich ein merkwürdiger Kerl bin, sitze ich ja nun in bester Gesellschaft." Diesmal war er es, der mit den Augenbrauen wackelte, so gut er es eben bewerkstelligen konnte, und kassierte dafür ein halbes Grinsen, was er als Übereinkunft und feierliche Übergabe der Friedenspfeife übersetzte.

Tamika hatte im ersten Augenblick gedacht, dass sie sich übereilig Ärger eingehandelt hätte und es den lieben langen Abend ausbaden müsste. Aber nach gemeinsamen dreißig Minuten hielt sie fest, dass Maurice gar nicht so ein schlechter

Unterhalter war, wie sie ihm angedichtet hatte. Zwar hatten sie bisher nur oberflächliche, simple Gespräche geführt, doch er konnte sympathisch und humorvoll sein ... Dadurch war sie erneut abgelenkt von ihren trübseligen, nicht enden wollenden Fragen, wofür sie auch überaus dankbar war. Es schien beinahe, als hätten sich auf dieser Insel zwei Menschen gefunden, die regelrecht Zerstreuung suchten und sich daher wie Magneten gegenseitig anzogen. Allein dieser Gedanke war befremdlich, da in dem hintersten Kämmerlein ihres Gehirns die Frage aufpoppte, ob es letztendlich Zufall oder Schicksal war. Doch sie verdrängte ihn souverän wieder. Stattdessen beschloss Tamika, Maurice intensiver auf den Zahn zu fühlen. Sie wischte sich mit der Stoffserviette die letzten Reste des viel zu opulenten Desserts ab und studierte sein Profil: „Ich möchte dir nicht zu nahe treten und – wie ich eigentlich bereits festgehalten habe, geht es mich nichts an – aber ist es die Wahrheit? Bist du in deinen eigenen Flitterwochen allein angereist?"

Er sah sie intensiv an. Über seinen Pupillen entstand eine Art Schleier und die milden Gesichtszüge, die zuvor freundlich gewirkt hatten, erstarrten vor Kälte. Tamika wurde bewusst, dass sie ihm auf jeden Fall zu nahe getreten war. Rasch legte sie eine Hand auf seinen Unterarm und schüttelte den Kopf als Zeichen, dass sie zu weit gegangen war und er nicht verpflichtet war, zu antworten. Doch er wollte sich offenbar dazu äußern: „Tja, die Reise war bezahlt. Selbst wenn ich sie vor drei Wochen, als die Hochzeit hätte stattfinden sollen, abgesagt hätte, wären die Stornogebühren horrend gewesen ..." Maurice blickte nun auf das Messer in seiner Hand, das er so fest umklammert hielt, dass die Fingerknöchel regelrecht weiß anliefen. Wie benommen legte er es beiseite und schob den fast leeren Teller wie Ungeziefer von sich. Dabei war es nie Tamikas Intention gewesen, ihm den Appetit zu verderben.

„Ich hatte mir aus Trotz eingeredet, dass ich es ihr zu Fleiß mache und den Urlaub ohne Probleme allein genießen könne. Sogar noch viel mehr!" Ein verächtliches Schnauben trat aus Maurices Kehle, dessen Miene nun eine harte Verbissenheit offenbarte. Er wagte es noch immer nicht, Tamika anzublicken.

Toll, wie einfühlsam und taktvoll du sein kannst! Weshalb hätte er dich zu diesem Thema anlügen sollen? Warum bist du so verflucht neugierig, aber vor allem, wieso ausgerechnet beim Essen? Du kennst ihn kaum und könntest zur Abwechslung einmal nicht die Retterin vom Dienst spielen!, schimpfte ihr Kopf, für welchen sie den Ausschaltknopf einfach nicht finden konnte. Tamika hatte selbst mitbekommen, dass diese Frage unangebracht gewesen war, doch zurücknehmen konnte sie sie jetzt auch nicht mehr.

„Sogar spezielle Ausflüge, ein Candle-Light-Dinner und der restliche Schnulzenkram sind bereits gezahlt." Maurices Stimme wurde leiser und seine Lippen rieben fest aufeinander, so emotionalisiert und verloren war er. Dann lachte er aus heiterem Himmel laut los. Ein Lachen, das jedoch seine Augen nicht erreichte und eher an das verzerrte Krächzen des Jokers aus *Batman* erinnerte. Automatisch zog Tamika eine Gänsehaut am Nacken auf. Es war nicht weiter verwunderlich, dass Maurice ihr nicht mehr in die Augen blicken konnte und stattdessen beiläufig die Hand hob, ohne sich direkt an den

Kellner zu wenden, als wüsste er, dass der Mitarbeiter direkt springen würde.

„Wenn ich es mir recht überlege, wären die Stornogebühren wohl die erträglichere Wahl gewesen. Nichts für ungut, damit meine ich nicht deine Gesellschaft. Die war bisher bei diesem Aufenthalt das Angenehmste." Das schräge Grinsen, mit dem er sie nun endlich ansah, war herzzerreißend, während der Kellner nun schwer atmend bei ihrem Tisch ankam und nervös die Bestellung abwartete.

„Einen Whiskey bitte und für die Dame ..." Er visierte Tamika an, als wäre es die stille Aufforderung – nein, Bitte – ihn nicht allein trinken zu lassen. Doch sie zögerte. War es wirklich die richtige Lösung? Um Zeit zu schinden, schickte sie den Kellner nach der Cocktailkarte und überlegte. Sie könnte Maurice weiter in seinem Alkoholtrott ertrinken lassen oder ...

Nein, Tamika, tu es nicht! Es ist immerhin DEIN Urlaub und du solltest auf deinen eigenen Hintern schauen!, schrie ihr ihr Ego in Form von Evelyns Stimme entgegen, sodass sie kurz versucht war, sich nach ihrer Freundin umzusehen. Doch ihr Zwang war größer und siegte zuletzt.

„Maurice? Kannst du tauchen?"

8 | Voll Leben pulsierendes Wasser

aurice musste schmunzeln, als er Tamika verzweifelt an den verschiedenen Laschen ihres Tauchjackets ziehen sah. Dabei war sie diejenige gewesen, die ihm den Vorschlag unterbreitet hatte, ihr Buddy für den Tauchgang zu sein. Und so unbeholfen, wie sie nun wirkte, schien sie nicht all zu viel Ahnung von diesem Sport zu haben oder ihn nicht oft zu praktizieren.

Insgesamt drei zwangsläufige Tauchpartner oder tatsächliche Pärchen – so genau konnte man das nicht sagen – waren vor der Tauchschule gerade dabei, ihr Equipment zusammenzubauen und die notwendigen Sicherheitschecks durchzuführen. Der Tauchsport sah generell das Tauchen nur in Paarformationen vor, um die Risiken unter Wasser minimieren zu können.

Geschäftig waren alle auf ihre Einzelteile konzentriert, während das nervöse Seufzen vorwiegend von Tamika ausging. „Wie teste ich die Auslässe für die Luft im Jacket nochmal? Waren da nicht drei Möglichkeiten?" Völlig verloren drehte sie sich um das Jacket herum, das bereits an der auf dem Boden stehenden Pressluftflasche befestigt war und mit dem Atemregler die Luft teilte.

Maurice stand von der wackligen Holzbank vor dem in die Tage gekommenen Tauchoffice auf und trat ihr hilfsbereit zur Seite. „Sieh zu. Zuerst lässt du das Jacket komplett mit Luft volllaufen und wartest ab." Maurice deutete auf den Inflator, einem gerippten Gummischlauch mit Endstück, der über zwei Tasten verfügte und über die linke Schulter der schwarzen

Tauchweste fixiert war. Maurice betätigte die große Taste und man hörte, wie die Luft zischend eintrat. Das Ergebnis war eine mit Nitrox vollgepumpte Weste, die dem Taucher im Wasser Auftrieb geben sollte. „Dann überprüfst du durch Abtasten, ob sie dicht ist. Wenn sie vollgefüllt bleibt, gibt es nirgends ein Loch. Erst danach betätigst du die zweite Taste hier am Inflator, um das Jacket zum Teil auszulassen." Maurice deutete auf die andere graue Kunststofftaste am Schlauch. „Den Rest der Luft kannst du testweise über die Ablassventile an der Schulter und jenem in Höhe der rechten Niere entweichen lassen. Dann hast du alle nötigen Checks für die Weste durch." Während des gesamten lehrreichen Vorgangs hatte Tamika genickt, artig wie ein Schulkind die Arme hinter dem Rücken verschränkt und gelauscht. Und Maurice musste gestehen, dass er sich beflügelt fühlte, ihr etwas zeigen zu können. Diese taffe Frau, die ihm sonst nur Ellenbogen demonstrierte, war also aufnahmefähig für seine Tipps. Etwas, das er noch vor einem Tag nicht für möglich gehalten hätte. Unterm Strich bereute er es nun nicht mehr, dass er sich ohne Alkohol länger im Bett gewälzt hatte, um einzuschlafen, wobei die Erinnerungen an Shanice ihn erneut heimgesucht hatten. Denn Alkohol im Blut während eines Abstieges im Meer konnte mitunter böse ins Auge gehen und wollte er tunlichst vermeiden. Ein Tauchgang mit Tamika jedoch könnte tatsächlich interessant ausfallen und ihn für diese furchtbare Nacht entschädigen.

Dankbar übernahm sie nun die Position vor dem zusammengebauten Equipment, um die Sicherheitschecks für den Tauchgang selbstständig weiterzuführen, während Maurice ihre Bewegungen bewachte wie ein Luchs.

„So, die Luft habe ich gerochen, durch beide Regler geatmet und ihre Funktion überprüft. Mir stehen 220 bar zur Verfügung, und jetzt kann ich das Gasgemisch wieder schließen. Habe ich noch etwas Wichtiges vergessen?" Abermals blinzelte Tamika ihn mit großem Fragezeichen im Gesicht an und Maurice fühlte sich geschmeichelt. Langsam war er sich allerdings nicht mehr sicher, ob es Tamikas Taktik war, um seine Männlichkeit zu bestärken, da er ein wenig den Fachmann dadurch mimen konnte, oder ob sie tatsächlich so verunsichert war. Wie auch immer, er war ihr dankbar dafür.

„Nur noch die Luft aus dem Atemregler vollständig herauslassen. Dann bist du fertig."

Sie tat wie ihr empfohlen, drückte auf die weiche Rückseite des gelben Mundstückes, das für den Notfall gedacht war, und betrachtete dann strahlend das Endergebnis. Maurices Augen strichen dabei unweigerlich über ihren Körper. Bereits zum dritten Mal. Oder besser gesagt wie jedes Mal, wenn Tamika es nicht bewusst wahrnehmen konnte. Sie trug nämlich einen freizügigen, anthrazitfarbenen Bikini mit Stahlnieten, der besonders ihre Oberweite zur Geltung brachte. Auch jedes Bücken und Hantieren direkt vor ihm führte unweigerlich dazu, dass seine Augen ihre Statur nachzeichneten und Impulse in ihm setzten, die mitunter unangebracht waren.

Sind sie doch, oder?

In diesem Moment wurde auch das klitzekleine Interesse geboren, wie sich wohl ihre Haut unter seinen Fingerkuppen anfühlen würde. Ihn faszinierten die Sommersprossen, die wie Zimtpulver verteilt über ihre Oberarme liefen, ihr Dekolleté bereicherten und über ihren sehnigen Rücken tanzten.

Habe ich gerade die Lippen geschürzt? Rasch wandte er sich ab, dennoch ließ ihm sein erregter Geist keine Ruhe. Maurice rätselte, ob an dieser sehr sportlichen, wenngleich weiblichen Statur alles von Gott gegeben war, denn so manches sah nach viel Geld oder harter Arbeit aus.

„Und, ist es für dich wirklich in Ordnung, heute mein Buddy zu sein?", riss sie ihn aus den Gedanken und er hatte alle Mühe, ihrem Blick standzuhalten, da er das Gefühl nicht loswurde, bei etwas ertappt worden zu sein.

„Sonst hätte ich mir einen Guide gebucht. Ich dachte nur, da du Deutsch sprichst und ich dir vorab von meinen Ängsten erzählen kann, dass du in einem Notfall ein besserer Begleiter wärst." Diese blaugrünen Augen leuchteten förmlich auf und erneut konnte er es nur seiner Beherrschung verdanken, nicht wieder an ihren Lippen oder der einladenden Auslage hinabzurutschen. Es war aber auch gemein, wenn einem eine relativ unbekannte Frau halbnackt nur eine Armlänge entfernt gegenüber stand. Doch im Nebel seines Verstandes blieb das Wort ‚Ängste' wie eine Schallplatte hängen. Neugierig bohrte er tiefer. Immerhin wollte er wissen, worauf er sich bei diesem gemeinsamen Tauchgang einließ: „Von welchen Ängsten sprechen wir denn da genau? Soll ich mich zwischen dich und einen Tigerhai werfen, oder wie hast du dir das vorgestellt?" Er zog ein schelmisches Grinsen auf, als Tamika mit den Augen rollte und mit ihrer Hand eine abwinkende Geste in der Luft machte.

„Das versteht sich für einen Gentleman von selbst." Sie klimperte kokett mit den Wimpern. „Ich dachte da eher an die Situation, dass schlagartig Wasser meine Tauchmaske flutet oder sie mir jemand unbeabsichtigt mit den Flossen wegschlägt. Im einfachsten Fall wäre es super, wenn du mir ein Zeichen gibst, falls die Maske noch intakt ist und ich sie mit geschlossenen Augen ausblasen kann. Ich trage nämlich Kontaktlinsen und wäre dann einem ungeplanten Notaufstieg hilflos ausgeliefert. Da ich quasi blind wäre, würde ich aus Panik zu viel Luft in der Lunge halten und übereilt auftauchen. Dabei will ich natürlich keine Taucherkrankheit riskieren. Daher wäre es in diesem Fall deine heldenhafte Aufgabe, mich festzuhalten und mit mir den Sicherheitsstopp durchzuführen. Kriegst du das hin?"

Maurice war erleichtert. Er hatte tatsächlich mit einer großen Sache gerechnet wie, dass sie bei der ersten Haisichtung zu klammern beginnen oder sie klaustrophobisch in engen Nischen werden würde. Aber mit dieser Art Panik konnte er getrost umgehen. Nicht umsonst hatte er in seinem Taucherbrevet bereits 51 Tauchgänge quer über den Globus zu verzeichnen.

„Ich schätze, das werde ich schaffen. Keine Sorge. Und eigentlich sollte ich dir dankbar sein. Ich wäre wohl alleine niemals auf die Idee gekommen, auf den Malediven tauchen zu gehen und um ehrlich zu sein, wundert es mich auch, dass du es ohne Bedenken getan hättest. Denn allem Anschein nach machst du das nicht allzu häufig, stimmt's?"

Maurice sah Tamika dabei zu, wie sie sich gerade in ihren eigens mitgebrachten Neoprenanzug zwängte und ihr bereits der Schweiß über die Nase lief. Sie zupfte zentimeterweise das dicke Material die Waden hoch, über die Knie und Oberschenkel, imitierte danach die Schwimmbewegungen eines Frosches und zog zeitgleich mit den Händen am Stoff, um ihn über die Hüften zu bekommen. Sie hatte keinen Shorty, stattdessen einen langärmeligen und langbeinigen Anzug. Maurice wettete sogar darauf, dass es kein 3 mm, sondern ein 5 mm dickes Material war, welches für tropische Tauchgänge streng genommen nicht nötig war. Wie selbstverständlich schritt er nun an ihrer Kehrseite, zog an den Außenteilen ihres Reißverschlusses am Rücken, sodass er Tamika samt dem Anzug kurz vom Boden hob und sie nun zu kämpfen aufhören konnte. Mit einem raschen „Zipp!" hatte er den Neopren anschließend verschlossen, während er halb bekleidet in seinem Shorty verblieb. Da sie fünfzehn Minuten bis zu ihrem Tauchplatz mit dem Boot fahren würden, wollte er nicht schon vorher schwitzen wie ein Schwein. Höflichkeitshalber hätte er sie vorwarnen können, doch Tamika sollte es ohnehin rasch selbst merken, dass sie übereifrig mit dem Anziehen gewesen war.

„Danke! Der Anzug ist jedes Mal eine Herausforderung", hechelte sie und Maurice musste sich ein Grinsen verkneifen, da es bereits losging und ihr ohne Zweifel heiß wurde.

„Tja, um auf deine Bemerkung von eben zurückzukommen, wenn ich im Leben ständig darauf warte, dass die richtige Person an meiner Seite ist, sobald ich etwas Bedeutsames machen oder erleben will, würde ich nie etwas Tolles erfahren", ergänzte sie und trug dabei Melancholie in ihren Augen. Während sie sich das Haar erneut zu einem Pferdeschwanz zusammenband, fiel es ihr schwer, Maurice durchgängig anzublicken.

„Da könnte ich gleich zu Hause bleiben. Und leider hast du recht, dass ich nicht oft zum Tauchen komme. Ich habe es zusammen mit meinem ersten Freund vor etlichen Jahren gelernt. Er war stets mein Buddy, hat auf mich geachtet, aber wir haben es leider gemeinsam nur auf circa fünfzehn Tauchgänge gebracht, bevor wir uns trennten. Jetzt muss ich da alleine durch."

Ups! Da steckt wohl auch eine schwere Geschichte dahinter ..., wurde ihm bei ihrer flüsternden Tonlage bewusst.

„Hey, Leute! Nicht einschlafen, das Boot wartet bereits!", brüllte plötzlich der Guide für den Tauchgang hinter ihnen und klatschte in die Hände, damit wirklich jeder die Plauderei fallen ließ. Und es wirkte. Wie aufgescheuchte Hühner nahmen alle Tauchkandidaten noch ihre Kameras und Tauchmasken zur Hand, während die Assistenten der Tauchschule die Tauch-boxen mit dem bestückten Equipment aufluden, um sie mit einem Rollwagen rasch über den Strand zum Boot befördern zu können.

Es war merkwürdig für Tamika, jemand Fremden beim Tauchen neben sich zu haben. Während der ersten zehn Minuten merkte sie, dass sie noch kein eingespieltes Team waren, jeder stets um sich blickte, wo der andere blieb. Doch dann pendelte es sich langsam ein und Maurice war sogar darauf bedacht, ihr bei guten Fotomotiven mit seiner Videolampe auszuleuchten, damit die Bilder farbenfroher festgehalten werden konnten. Überfürsorglich deutete er ihr immer wieder, wo es etwas Interessantes zwischen den Korallenblöcken zu sehen gab, hinterfragte ihren Barwert der Pressluftflasche oder erkundigte sich, ob alles in Ordnung sei. Ein Verhalten, das so konträr zu seinem ‚Ich habe Geld und will eine Sonderbehandlung-Benehmen' ausfiel. Denn natürlich war ihr nicht verborgen geblieben, dass Maurice den Guide vor dem Tauchgang zur Seite geholt, ihm Geld zugesteckt und sich offenbar dadurch einen engagierteren Mitarbeiter und zugleich persönlichere Behandlung erhofft hatte. Sie fand diese Art an Maurice unangenehm, aber wer war sie, um ihn zu belehren? Jeder sollte sein Leben so leben, wie er meinte. Tamika glaubte eher, hinter der grinsenden Fratze des Guides Antipathie wachsen gesehen zu haben, da er gewiss der Meinung war, auch ohne das Trinkgeld einen guten Job abzuliefern. Selbstverständlich war auf dieser Insel jeder Mitarbeiter dankbar und sich nicht zu schade, entgegengestreckte Scheine anzunehmen, doch es war gewiss auch eine Frage des ‚Wies'.

Letztendlich tauchten Tamika und Maurice in siebzehn Metern Tiefe nebeneinander her, und das unendliche Türkis verschluckte sie in seinem ruhigen Treiben. Riesige Fischschwärme umsponnen sie neugierig, bunte Exemplare knabberten hörbar an den Relikten von teilweise ausge-blichenen Korallen und wieder andere umkreisen sie misstrauisch. Das Geräusch der ausströmenden Luftblasen drang stetig an Tamikas Ohren und dieses schwerelose Gefühl tief unter der Meeresoberfläche war atemberaubend. Nirgendwo sonst konnte man so in Stille eingehüllt werden und ein ‚Konzert' für die Augen erleben. Es war schier unbegreiflich, wie die Natur solch eine Farbenpracht tief verborgen entstehen lassen konnte. Denn erst wenn man direkt davor stand oder die Felsformationen speziell mit einem Licht ausleuchtete, kamen sie in ihrer vollsten Pracht zur Geltung.

Die Fische waren in Farbtöpfe von Türkis, Giftgrün und Magenta gefallen. Andere wie Zebras gestreift, gepunktet oder schillernd bei jeder stolzen Bewegung. Die neu sprießenden Korallen übertrumpften sie in Neonfarben, riesige Muscheln mit kobaltblauen Lippen übersäten den Meeresgrund zusammen mit gesprenkelten Seegurken und Sternen, während kleine Rochen und Babyhaie ihre Bahnen um die Taucher zogen. Und jedes Mal, wenn Tamika direkt neben sich zu Maurice blickte, wandte er automatisch den Kopf zu ihr und sie sahen sich an. Die übergroßen Augen durch die Gläser der Masken und der lustige Gesichtsausdruck durch den Atemregler im Mund, der die Luft spendete, machten die Szene bizarr. Hier unten konnte man als Mensch mit Optik einfach nicht punkten und überließ es somit den talentierten Fischen.

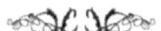

Als Tamika auf einem Bein hüpfend versuchte, aus ihrem nassen Anzug zu robben, kam Maurice lediglich mit diesen knappen, türkisen Shorts bekleidet auf sie zu. Das schelmische Grinsen saß wie angegossen und schenkte er ihr nun häufiger. Und sie wusste nie, ob es Amüsement über ihre Person oder seine Art des Lächelns war. Aber spielte es eine Rolle?

„Kann es sein, dass du Hilfe benötigst?", eröffnete er und als sie gerade verneinen wollte, wies er sie höflich an, auf der Holzbank hinter ihr Platz zu nehmen und sie gab augenblicklich nach. Ihr war bereits aufgefallen, dass Maurice diese einnehmende Art verströmte, die es offensichtlich machte, dass er nicht lange diskutierte und bekam, was er wollte. Und zwar immer. Und leider schien sie nun schon daran kleben zu bleiben.

Tamika verdrängte ein Seufzen, das eher ihr selbst galt.

Als würde dies hier bereits der dreißigste gemeinsame Tauchausflug sein, hockte Maurice sich auf den Boden, um den Neoprenanzug an ihrem linken Fußgelenk mit den Fingern zu lösen und mit Druck nach unten zu ziehen. In dem Moment, als seine Haut die ihre berührte, schoss glühende Hitze durch ihre Nervenzellen. Tamika konnte ihr Hirn nur fassungslos tadeln, dass diese verlockende Botschaft auch noch unerlaubt verarbeitet wurde.

Da liegt eindeutig ein Missverständnis vor, Leute! Das hat hier nichts verloren, hört ihr!?

Ungeduldig malträtierte sie ihre Unterlippen, als sie unweigerlich Maurices geneigten Kopf betrachtete, dieses unverschämt dichte Haar und den Übergang neben dem Ohr zu seinem Dreitagebart. Über diese Linie entlang bis zum Kinn zu streichen lockte verführerisch, aber Tamika konnte sich keinen

Reim darauf machen. Natürlich musste sich das Wasser ausgerechnet hier sammeln und Millimeter für Millimeter über den schön geschnittenen Kieferknochen hinablaufen. Und dem nicht genug, hingen auch kleine Perlen an diesen verflucht dichten Wimpern … Wie konnte ein Mann so verführerische Wimpern haben, die Augen, so dunkel wie die Nacht, umrahmten?

Notgedrungen blieb ihr nichts anderes übrig, als die arbeitenden Muskeln seiner Schulter im Augen zu behalten, die unter dieser gebräunten Haut lagen und förmlich um ihre optischen Vorzüge wussten.

Als Tamika nun beim Abziehen des Anzuges half und dieser zwangsläufig auf ihren Bauchfalten hängenblieb, zog sie ihren unvorteilhaften Wanst sofort ein und legte beiläufig einen Arm um ihre Taille, als in der gleichen Sekunde seine Aufmerksamkeit wieder in ihre Richtung fiel. Und sie hätte alles dafür gegeben, in diesen Pupillen zu lesen, was da gerade in ihm vorging.

Sofern bei ihm irgendetwas vorging, ätzte die Sarkastin in ihr.

„So, ich würde meinen, das hätten wir geschafft. Und was stellen wir jetzt mit dem angebrochenen Tag an?", ließ er beiläufig fallen.

9 | Das Angebot deines Lebens

„*I*ch könnte jetzt behaupten, du schuldest mir etwas", begann Maurice selbstbewusst, zog die Scheibe Ananas von seinem Cocktailschirm und biss herzhaft in die reife Frucht. Nach dem ‚anstrengenden' Sportprogramm hatten sie sich darauf geeinigt, den gemütlichen Teil des Tages mit einem Drink an der Bar zu zelebrieren.

Tamika hob neugierig die Augenbrauen und stellte sich gekonnt naiv, während sie einen großen Schluck von ihrem süß duftenden Getränk durch einen Strohhalm sog.

„Na ja, bitte versteh' mich nicht falsch, das Tauchen war der Hammer, aber ich bin mir sicher, du könntest mir auch bei meinen Ängsten behilflich sein", verkündete er weiter.

Tamika stieß laut Luft durch die Nase, da sie ihm das Wort ‚Ängste' offenbar nicht abnahm: „Ich hatte nur Mitleid mit dir und wollte dir etwas Gutes tun. Oder besser gesagt den armen Fischen, die du sonst heute Morgen wieder unweigerlich mit Unrat gefüttert hättest. Es ist lediglich meinem weichen Herzen zu verdanken, dass das nicht passiert ist." Mit einem amüsierten Grinsen legte sie übertrieben die flache Hand auf die Brust, flatterte mit den Wimpern. Er konnte auf diese Meldung hin nur lachen. Er hatte sich geirrt: Sie hatte tatsächlich Humor. Und sogar Sarkasmus hatte sie drauf.

„Dann hoffe ich, dein weiches Herz begleitet mich morgen früh auf eine private Inselhopping Tour per Wasserflugzeug, die bereits für zwei Personen gezahlt ist und bei der es schade wäre, wenn ich sie aufgrund meines Alkoholdeliriums nicht einmal mitbekommen würde. Irgendjemand sollte managen, dass da nichts schief läuft."

„Und da hast du ausgerechnet an mich gedacht", ergänzte sie mit aufgerissenen Augen und zusammengezogenem Mund.

„Naja, sonst war niemand greifbar", zog er Tamika auf und zwinkerte ihr zu, was ihr ein Augenrollen abgewann. Wirkte das nicht langsam wie ein altes Ehepaar, das sich gegenseitig aufzog? Maurice mochte dieses Bild. Es ließ ihn vergessen. Zur Abwechslung mal füllte sich sein Herz mit etwas Wärme und drängte den Hass und Wut auf alles und jeden zur Seite.

Im Augenwinkel beobachtete Maurice, wie der junge Mitarbeiter hinter der Bar, der letztens auch seine Aspirin direkt zur Villa gebracht hatte, immer wieder über die Theke neben Tamika wischte und dabei auf einen Blickkontakt mit ihr hoffte. Ein Umstand, den Maurice nach geschlagenen fünfzehn Minuten mittlerweile nervös machte.

„Also, einmal Spaß beiseite", begann sie und er konzentrierte sich wieder auf Tamika, deren Ausdruck mehr Ernst erkennen ließ, während sie nervös mit dem Strohhalm ihre Eiswürfel zu erdolchen versuchte. „Ich fühle mich wirklich geschmeichelt, Maurice. Ich glaube dir auch, dass es ärgerlich ist, für eine Hochzeitsreise Länge mal Breite gezahlt zu haben, und sie dann nicht auskosten zu können, aber mir wäre nicht wohl dabei. Wie du vielleicht erahnst, möchte ich niemandem etwas schuldig sein und offen gestanden könnte ich es mir nicht leisten, dir die Hälfte des Preises abzustottern. Das weiß ich, noch bevor ich überhaupt nach dem Betrag gefragt habe." Sie senkte das Cocktailglas zurück auf die Bartheke, blickte kurz zum Barkeeper und lächelte ihn höflich an, was diesen sofort rascher über die feuchten Gläser zwischen den Fingern wischen ließ. Seine extrem weißen Zähne kamen dabei zur Geltung, als er ihr Lächeln erwiderte und Maurice gefiel aus unerfindlichem Grund nicht, was er da sah, als Tamika sich erneut ihm zuwandte.

„Ich würde nie verlangen, dass …", wollte Maurice einlenken, als sie freundschaftlich ihre Hand auf seinen Unterarm legte und ihn unterbrach: „Das ist mir bewusst, aber ICH kann es nicht mit meinem Gewissen vereinbaren. Ich bin dir dankbar für den gemeinsamen Tauchgang, doch wir müssen uns hier nicht krampfhaft aneinander-heften, nur weil wir rein zufällig hier alleine urlauben."

Die zarte Berührung war zu Ende, als ihre Hand wieder nach dem Getränk langte und Maurice konnte nicht aufhören, sie zu mustern. Diese stolze Silhouette verbarg etwas Zerbrechliches, aber er war bisher blind dafür gewesen, es zu erkennen. Sie wies ihn neuerlich ab, aber da war mehr, was in ihm eine brennende Frage aufkommen ließ: „Okay. Mir wird jetzt erst bewusst, wie taktlos ich dir gegenüber war. Womöglich ist es nicht nur das Geld, weshalb du einen ungezwungenen Ausflug sausen lässt. Darf ich erfahren, warum du alleine hier bist? Auf den Malediven, wo man außer Tauchen und sich hitzig mit dem frisch angetrauten Ehepartner im Bett zu wälzen, nichts mit sich anfangen kann?"

Tamika senkte ihren Blick und begann erneut, in ihrem Getränk zu stochern, dann sah sie auf und ihre Pupillen schienen glasig zu werden. Sie wirkte aufgewühlt. „Also, wenn du mit dir hier nichts anzufangen weißt, dann tut es mir leid. Ich erhole mich hier vom Stress, kann endlich einmal die Seele baumeln lassen, treibe Sport, lese viel, lasse mich regelmäßig massieren, und es besteht sogar die Möglichkeit, in der Nacht unter dem Sternenhimmel bei 32 Grad ins Meer zu steigen. Für mich klingt das schlichtweg nach dem Paradies."

Maurice konnte sich nicht helfen, doch es hörte sich wie ein bezahlter Werbeslogan an, und er kniff seine Lider zusammen, um ihr zu signalisieren, dass er darauf nicht reinfiel. „Komm schon, habe ich nicht nach meinem erbärmlichen Seelenstrip letztens die Wahrheit verdient?" Er rückte näher an sie heran und warf dem Kellner einen abschätzigen Blick zu, da er für seine Verhältnisse zu lange bei ihnen ausharrte, als würde er lauschen oder auf etwas warten.

„Haben Sie an der anderen Seite der Bar nicht etwas zu mixen?", blaffte Maurice ihn plötzlich an und schob einen Zehn-Dollar-Schein über das lackierte Holz, weil er ungeduldig wurde und sich bedrängt fühlte.

„Maurice? Was ist denn in dich gefahren? Jolo macht nur seine Arbeit! Sei nicht so überheblich; in einem anderen Leben könntest du derjenige sein, der hinter der Bar steht!"

Überrascht starrte er Tamika an, in deren Augen Entsetzen abzulesen war, und schlagartig fühlte er sich miserabel.

Warum auch immer.

Maurice rieb sich über sein Haupt und wollte nur rasch zurück zum Punkt kommen: „Sorry, das ging womöglich zu weit, aber um bei den Fakten zu bleiben, bin ich in diesem Leben und fühle mich bei unserem Gespräch von ihm gestört."

Sie verschränkte ihre Beine und Arme vor sich, was bekanntlich kein gutes Zeichen war. Auch ihr Blick wirkte schonungslos strafend, während sich der Kellner endlich verzog.

„Entschuldige, ich wollte nicht rüpelhaft rüberkommen. Ehrlich." Maurice legte seine Hand vorsichtig auf Tamikas Unterarm in der Hoffnung, dieses Recht würde ihm ebenso zustehen. Dabei baute er auf einen reumütigen Ausdruck und erkannte die bröckelnde Härte in ihrem Gesicht. „Also, warum bist du WIRKLICH alleine hier?" Er flüsterte und ließ sie dabei nicht aus den Augen.

Sie rang förmlich mit sich, erst ein zärtliches Kreisen seines Daumens an ihrer Haut zeigte Wirkung. „Tja, traurig, aber wahr, ich befinde mich in einer ständigen On-Off-Beziehung, aus der ich einfach nicht herauskomme und während ich hier auf dem einsamsten Strand der Welt Cocktails schlürfe, feiert mein Freund auf Mallorca mit seinem besten Kumpel."

Maurice ließ den Arm sinken und musste unweigerlich die Stirn runzeln. Daher wehte also der Wind. „Moment, ich bin verwirrt. Warum ist er nicht mit dir geflogen? Seid ihr aktuell getrennt oder zusammen?"

Ihr Seufzen war nicht zu überhören und er konnte auch sehen, dass sie einen inneren Kampf ausfocht, um nicht die Fassung zu verlieren. Maurice begann, sich schäbig zu fühlen, sie so auszuquetschen. Ein Bedürfnis stieg in ihm auf, sie in den Arm zu nehmen und ihr einfach über den Rücken zu streichen; zu sagen, dass er da war und sie festhielt, falls sie eine Stütze brauchte. Und gerade, als er sie bremsen wollte, um nicht noch mehr Wunden aufzureißen, antwortete sie: „Eigentlich sind wir zusammen, aber als ich ihn vor zwei Monaten fragte, ob er mit mir spontan auf die Malediven fliegen wollen würde, weil mir alles zu viel wurde und ich eine Auszeit brauchte, meinte er bloß, er könnte nicht so viel Geld ausgeben. Außerdem empfand er die Beziehung gerade als zu instabil und wollte verhindern, die Reise womöglich umsonst gezahlt zu haben. Dabei … wer weiß, vielleicht hätte es uns einander näher gebracht." Sie blinzelte die nahenden Tränen weg und bei diesem Anblick schrumpfte Maurices Herz zusammen wie im Klammergriff einer eisigen Klaue, da er in Tamika die gleiche kalte Einsamkeit und Enttäuschung wahrnahm, die er nur all zu gut selbst kannte. Doch er las noch etwas anderes an ihrem Gesicht ab: „Oha, das klingt auf jeden Fall danach, als würde er an euch glauben und alles daran setzen, um für diese Beziehung zu kämpfen." Der Sarkasmus war schneller herausgerutscht, als es Maurice bewusst wurde. Doch Tamika reagierte sofort, schob vor seinen Augen den Cocktail von sich und war mit wütender Miene im Begriff aufzustehen. Sie flüchtete ohne Zweifel vor diesem Gespräch, daher sprang Maurice ebenfalls auf, sodass sie ihm beinahe in die Arme stolperte.

„Warte, es tut mir leid. Es steht mir nicht zu, über diese Situation zu urteilen." Mit erhobenen Händen versuchte er, beruhigend auf sie einzuwirken. Tamika verharrte verkrampft vor ihm und ihr Atem ging hektisch. Erst als er vorsichtig einen Finger unter ihr Kinn legte, um es zu sich hochzuheben, sah sie ihn direkt an.

„Es tut mir wirklich aus tiefster Seele weh, das zu hören. Selbst wenn wir uns nicht kennen und du mir das womöglich nicht abkaufst, weil ich ein eingebildeter, vor Geld triefender Schnösel in deinen Augen bin. Aber glaube mir, irgendwo darunter ist ein Mann, dem Empathie und Mitgefühl von einer strengen Mutter eingetrichtert wurde." Maurice deutete auf sein Herz und lehnte den Kopf schief, während er nicht verhindern konnte, dass ihr bereits eine Träne aus dem Augenwinkel floh, die sie – stolz wie sie war – sofort mit einem Finger einfing.

Tamikas Herz raste, Blut war ihr in den Kopf gestiegen und ihre Knie zitterten vor Anspannung. Sie konnte diesen Worten nichts entgegenbringen. Maurice hatte nur ausgesprochen, was sie stets zu verdrängen versuchte. Nämlich, dass Pascal ihr keine Wertschätzung entgegenbringen konnte, sich schwertat, Emotionen auszudrücken, eher egoistisch durchs Leben lief und vielmehr seine Freunde zur engsten Familie zählte anstatt sie. Und Tamika war oft genug damit beschäftigt gewesen, sein Verhalten aufgrund seiner unschönen Kindheitserlebnisse zu verzeihen oder sogar schönzureden. Sie war sich sicher, dass die oftmaligen Kränkungen durch Pascal keine geplanten Aktionen waren, sondern nur Ungeschick und voneinander abweichende Wertvorstellungen. Doch unterm Strich fühlte Tamika sich einsam, obwohl sie in einer Beziehung war. Ihr ganzes Herz schrie laut auf, weil es Liebe, Aufmerksamkeit und Geborgenheit suchte, die es in ihrer eigenen Seele nicht finden konnte. Tamika hätte wirklich alles getan, damit diese Partnerschaft funktionierte, doch sie scheiterte … immer und immer wieder. Letztendlich konnte sie den Fehler nur noch bei sich suchen.

Tamika hatte alle Mühe, ihr Kinn stolz zu heben und sich nicht schluchzend an Maurice vorbei zu drängen. Denn wovor wollte sie weglaufen? Sie war auf einer Insel gefangen und einfach zu sagen „Hey, ich hab keinen Bock auf dich und lass mich ab sofort in Ruhe" würde zwar ausreichen, doch leider sehnte sich ihr ganzer Körper streng genommen nur nach einem: einer festen Umarmung. Einer Umarmung durch starke Arme, eingehüllt in diesem anregenden Parfüm, das ihr gerade grenzenlos in die Nase stieg. Einer Umarmung, die in ihrem Leben einmal auf Pause drücken würde, um die Welt anzuhalten. In ihrer Fantasie würden Maurice sie fest einschließen, sanft über ihren Rücken streichen und ihr Trost spenden. Sie vergessen lassen und ihr das Gefühl von Geborgenheit und Sicherheit schenken. Aber sie wollte – nein KONNTE! – keine Schwäche zeigen. Nicht vor ihm.

Letztendlich war das hier kein Traum, keine Fantasie, denn ihre Füße spürten in exakt diesem Augenblick den feinen Sand zwischen den Zehen und der Wind blies unerbittlich durch ihre Mähne, wie ein Indiz, dass sie am Zug war, etwas zu sagen: „Danke, für dein Mitgefühl, aber das habe ich mir ohnehin selbst eingebrockt. Und ich bin wohl auch die Einzige, die das Problem lösen kann. Eigentlich etwas, das mir leicht fallen sollte, ich weiß, aber das tut es nicht." Mit diesen Worten ging sie um Maurice herum und steuerte auf ihren Strandbungalow zu, wo sie sich nur ins Bett fallen und eine Runde losheulen wollte. Doch es kam anders, da Maurice sie sanft am Handgelenk zurückhielt und sich ihre Aufmerksamkeit erneut holte.

„Hör' mir bitte zu." Er trat so dicht an sie heran, dass ihre nervösen Knie plötzlich einen anderen Grund fanden, um zu zittern. „Leg für diesen Aufenthalt hier deinen Stolz beiseite. Was hast du denn zu verlieren? Genieße einmal die Möglichkeit, das Leben vollends auszukosten, wenn es dir schon angeboten wird. Ich verlange nichts von dir, erwarte also keine Gegenleistung, außer, dass wir einfach die Zeit hier genießen und unvergesslich werden lassen. Oder willst du es eines Tages bereuen, es abgelehnt zu haben, als ich dich zu ein paar Ausflügen hier eingeladen habe?"

Seine Stimme wirkte in diesem Moment wie die süßeste Versuchung schlechthin. Und er hatte recht. Was hatte sie zu verlieren? Doch was würde nachher passieren? Was, wenn es ihr gefiel?

„Weißt du, ich bin lieber glücklich mit dem, was ich mir selbst leisten kann, als mich an etwas zu gewöhnen, das ich nie wieder haben werde. Ich könnte es vermissen oder schlimmer noch, verlernen, die Dinge zu schätzen, die mir zur Verfügung stehen."

Tamika fühlte, wie seine Hand am Gelenk locker wurde und die Finger zögerlich zu ihren hinabwanderten, um diese sanft zu berühren. Ein Knoten bildete sich in ihrem Hals, da es sich so verboten gut anfühlte. Auch ihm in die Augen zu blicken und diese Bestimmtheit darin abzulesen, drückte stark gegen ihre Mauer aus Vernunft.

„Bitte überlege es dir. Das Flugzeug startet morgen früh um 8:30 Uhr und ich würde mich unheimlich freuen, wenn du mich begleitest. Du könntest diesen furchtbaren Urlaub noch zu etwas Wundervollem machen."

Und sein Blick war ehrlich, die Worte schmeichelten sich um ihr Herz, doch von ganz tief in ihrem Inneren flüsterte ihr Gewissen ihr zu, dass sie kein Single war und Pascal damit unrecht täte.

Ein imaginärer Kampf brach los, denn ihr Kopf erzeugte Bilder, auf denen Pascal feuchtfröhlich mit vollem Sangria-Eimer bewaffnet Polonaise mit halbnackten Frauen tanzte.

Tu ich ihm tatsächlich unrecht?

10 | Zarte Grenzen

*M*aurice konnte nicht aufhören, immer wieder aus dem kleinen Bullauge des Wasserflugzeuges zu starren. Ihm war natürlich nicht entgangen, dass der Co-Pilot zum x-ten Mal laut geseufzt hatte, da ihm augenscheinlich die Verspätung aufs Gemüt drückte. Doch was regte er sich auf? Er war von heute an bis morgen Mittag fix gebucht. Also, ob er nun hier Wurzeln schlug oder in den Lüften Wolken zählte, sollte seiner Geldbörse schnuppe sein. Maurice versuchte, dieses Verhalten zu ignorieren, ärgerte sich aber dennoch.

Nervös nagte er an seinem Nagelbett, reckte den Hals, um zum nächsten Bullauge zu blicken, durch welches der Steg zum Hotel sichtbar war und hielt unbewusst dabei den Atem an. Er rekapitulierte den letzten Abend. Nach dem gemeinsamen Cocktail an der Bar hatten sich ihre Wege getrennt und Maurice hatte Tamika nicht einmal mehr beim Dinner angetroffen. Nicht, dass er extra zwei Stunden dort genervt dem Treiben der anderen Gäste gefolgt wäre. Er doch nicht! Fakt war, sie war nicht erschienen und ein klitzekleiner Sprung war in seinem bereits zerfetzten Herzen hinzugekommen. Aber nicht, weil er sich so sicher gewesen war, dass sein Angebot in ihr etwas bewegt hatte – okay, das auch ein wenig – sondern eher, da er ihre Anwesenheit schätzte. Er konnte nicht genau festmachen, woran es lag, aber da sie ihn nicht wegen seiner Firma und des Geldes überschwänglich behandelte – sogar beinhart äußerte, wenn sie sein Benehmen nicht duldete – faszinierte Tamika ihn. Sie war grundehrlich, direkt und offen. Sie sah die Welt mit anderen Augen … Und schon der Umstand, wenn sie zum Essen gekommen wäre, hätte diesen Abend für ihn erträglicher gestaltet, selbst wenn sie ein gemeinsames Speisen verweigert hätte. Aber was nutzten all die Spekulationen, sie war schlussendlich nicht aufgetaucht.

Erneut kam ein Schnauben vom Co-Piloten, doch Maurice wandte sich bewusst nicht zu ihm, da er es sich förmlich vorstellen konnte, wie der Mann, der aus mehr Bart als Kopfhaar bestand, mit den Augen rollte und die Stirn in Runzeln gelegt hielt.

Da! Was ist das? Ist sie das etwa?

Wie von der Tarantel gestochen sprang Maurice von seinem beengenden Ledersitz auf, um geduckt ans hintere Ende des Flugzeuges zu gelangen, wo er nun mit der wunderbarsten Realität konfrontiert wurde: Tamika kam in einer leicht wehenden Tunika in zarten Pastelltönen und kurzen, weißen Shorts auf ihn zugelaufen. Sie hatte einen schwer wirkenden Rucksack mit einem Schulterriemen umgehängt und in der anderen Hand hielt sie leuchtend gelbe Flossen. Sie war also auf jegliche Schandtaten vorbereitet. Unweigerlich musste Maurice grinsen und sein Herz machte einen Luftsprung.

Als Tamika direkt vor den ausgefahrenen Treppen zum Stehen kam, wirkten ihre Augen verunsichert und Maurice half ihr, ihre letzten Zweifel über Bord zu werfen, indem er ihr einladend die Hand reichte: „Willkommen. Ich freue mich, dass du es geschafft hast."

Zögerlich überwand sie an seiner Hand eine Stufe nach der anderen in den Bauch des Flugzeuges, als Maurice hinter sich Bewegungen wahrnahm. Der dritte Begleiter der Fluggesellschaft erhob sich von dem hinteren Sitz und deutete Tamika hilfsbereit, ihm das Gepäck zu überlassen, was sie bereitwillig tat.

Dann sah sie Maurice mit großen Augen an und zupfte unruhig an ihrer Tunika. „Bin ich zu spät?" Es war beinahe ein Flüstern, doch der Co-Pilot hatte die Chance ergriffen, dazwischenzufunken und stand wie hergebeamt plötzlich neben Maurice. Der Maler strahlte breit: „Willkommen, Mrs. Leitner. Es ist uns eine Freude, Sie an Bord begrüßen zu dürfen. Ich muss gestehen, für so eine tolle Braut lohnt es sich immer, zu warten. Gratulation zur Vermählung von meiner Seite."

Maurices Herz schien für einen Moment lang auszusetzen, Eis kroch ihm gnadenlos durch die Adern und nur wie in Trance beobachtete er, wie der Co-Pilot Tamikas Hand sogar mit beiden umschloss und überfreundlich schüttelte. Ihr Gesicht wirkte versteinert und ein hilfesuchender Blick landete bei ihm, doch Maurice war wie gelähmt. Er befahl seinen Lippen, etwas zu sagen, aber er konnte nicht, da dieser unsägliche Schmerz ihn durchfuhr. Die schneidenden, letzten Worte von Shanice und dieses verflucht aufgesetzte, traurige Gesicht, das er damals sofort durchschaut hatte, suchten ihn heim.

Aber gerade, als er all seine Dämonen zurückdrängen wollte, übernahm Tamika das Ruder: „Vielen herzlichen Dank, dass Sie sich um meinen Mann gekümmert haben. Es tut mir außerordentlich leid, dass ich mich verspätet habe. Schatz? Wo wollen wir sitzen?"

Maurice riss die Augen auf und wusste, dass jegliches Blut aus seinem Kopf gewichen war, denn er konnte Tamika nur fixieren, während der Mitarbeiter hinter ihnen die Treppe hochzog und der Co-Pilot zurück zum Cockpit spazierte. Leise war zu hören, wie die Motoren für die Propeller in Gang gesetzt wurden und Maurice konnte noch immer nicht aufhören, Tamika anzustarren. Es war wie ein ‚Danke, dass du mich da rausgezogen hast', ohne Worte und er hoffte inständig, dass sie es verstand. Ihm war klar, dass es keine Selbstverständlichkeit war, was sie eben vortäuscht hatte.

Und sie nickte, um anschließend die vorderste Reihe des Sechzehnsitzers anzusteuern, zu der Maurice ihr nur noch tonlos folgen konnte.

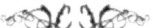

Als das Flugzeug vom Wasser abhob und sie sich in höhere Gefilde aufmachten, beobachtete Maurice Tamika, wie sie aus dem Fenster Fotos mit dem Handy knipste. Sie stellte nicht die Frage aller Fragen und er war dankbar dafür, selbst wenn er wusste, dass er ihr etwas schuldete. Stattdessen wechselte er das Thema: „Darf ich erfahren, was dich in letzter Sekunde umgestimmt hat?"

Ein sanftes „Hmmm" kam aus ihrem Hals, doch sie hielt ihren Blick aus dem Fenster gerichtet. „Ist das wichtig?", fragte sie dann und drehte sich schlussendlich zu ihm um. Die Art und Weise, wie sie ihn analysierte, ging ihm unter die Haut.

„Eigentlich nicht. Alles, was zählt, ist, dass du hier bist und ich unheimlich dankbar dafür bin."

Ein kleines Lächeln spielte auf ihren vollen Lippen, das ansteckend war, und als sie ihrerseits das Thema wechselte, war Maurice erleichtert: „Welche Stationen durchlaufen wir nun bei diesem Inselhopping? Auf was muss ich gefasst sein?" Ermutigend klimperte sie mit den Wimpern und Maurice musste lachen. Sie hatte es tatsächlich geschafft, seinen Hals aus der Schlinge zu ziehen.

Tamika brannte es auf der Zunge, zu fragen, was genau vor der Hochzeit passiert war, dass Maurice so aus der Bahn geworfen werden konnte. Warum war sie ins Wasser gefallen und wo befand sich seine Ex-Verlobte aktuell? Wie ein trauernder Beinahe-Witwer sah er eindeutig nicht aus, aber dass ein Mann wie er vor dem Traualtar sitzengelassen werden könnte, schien ihr ebenso abwegig zu sein. Als er vorher vom Co-Piloten unvorbereitet zum Bräutigam ernannt worden war, hatte er abgedriftet und komplett verloren gewirkt. Diesen Schmerz in seinen Pupillen abzulesen machte sein Verhalten die letzten Tage in gewissen Situationen sogar verständlicher. Tamika hatte Mitleid mit ihm. Er schlug mit seiner Laune nur wild um sich, weil er sich nicht anders zu helfen wusste und noch immer ein schmerzender Orkan in ihm wütete, der sich nicht von heute auf morgen verziehen würde. Und selbst wenn sie Maurice gerne auf das Geschehen ansprechen wollte, würde sie ihn die Zeit und den Ort wählen lassen, denn sie vertraute darauf, dass er sich ihr offenes Ohr holte, wenn seine Seele danach verlangte. Und in Anbetracht der Situation war sie sogar stolz, dass sie sich doch zu diesem Abenteuer durchgerungen hatte. Was auch immer auf dem Trip passieren würde, sie würde es nicht bereuen und als einmalige Sache ad acta legen.

Was auch immer passieren würde? Untersteh' dich, es überhaupt in Erwägung zu ziehen! Er trauert und du bist vergeben!, hörte sie ihr Gewissen wieder in Form von Evelyns Stimme brüllen. *Er wird anständig bleiben und daher musst du dir keinen Kopf machen. Es ist ein harmloser Ausflug! Nichts weiter!*

Hoffentlich ... denn bekanntlich machte die Gelegenheit Diebe und Tamika wusste, wie anfällig sie für Avancen werden könnte, würde Maurice nur geschickt an den richtigen Knöpfen drehen. Zu ausgehungert war ihre Sehnsucht und der Wunsch nach etwas, das ihr fehlte: nämlich Aufmerksamkeit.

Doch sie besann sich darauf, dass die Chance, ein zweites Mal in ihrem Leben so ein tolles Ausflugsangebot zu bekommen, schlecht stand und sie wollte auf diese traurigen Augen vertrauen, dass Maurice harmlos war und einfach nur unverbindliche Gesellschaft suchte. Und um ehrlich zu sein, war sie dankbar dafür, in Maurice abermals Ablenkung gefunden zu haben.

„Also, als Erstes werden wir nach Male zum größten Shopping-Mekka der Malediven geflogen. Anschließend verbringen wir den Nachmittag an dem schönsten, aber vor allem einsamsten Strand, an dem eine kleine Überraschung auf uns wartet und die Möglichkeit zu schnorcheln besteht. Daher ist es gut, dass du vorgesorgt hast." Maurice deutete hinter sie und sprach natürlich ihr Schnorchelequipment an. Als sie ihn nun so betrachtete, war wieder Leben in sein Gesicht zurückgekehrt und die feurigen Augen sprühten vor Charme. Er war eindeutig in seinem Element.

„Und am Abend haben wir einen Tisch im teuersten Restaurant gebucht, das uns ein exquisites Mahl vor die Nase stellt. Ich bin mir sicher, du wirst überwältigt sein."

Tamika klappte der Kiefer auf, denn ein Abend- oder Cocktailkleid hatte sie natürlich nicht im Handgepäck dabei. Generell hatte sie in dieser Art Garderobe beim Abflug aus

Deutschland keine Notwendigkeit gesehen. Zwei Drittel ihres Koffers waren von den Tauchutensilien beherrscht worden, da hätte also nie und nimmer ein Kleid knitterfrei überlebt. Tamika schluckte schwer, doch als sie gerade das Problem ansprechen wollte, legte Maurice ihr beruhigend eine Hand auf die ihre: „Egal, was es ist, wir kriegen das hin." Und mit einem vertrauensvollen Lächeln blieb er ein paar Sekunden zu lange in ihren Augen versunken und auch seine Hand war geblieben, von der mehr Wärme übertragen wurde, als Tamika lieb war. Oder doch?

Einmal wie Julia Roberts mit einer fremden VISA-Karte wedeln. Tja, tief in ihrem Inneren hatte Tamika exakt das einmal erleben wollen. Doch als sie mit Maurice durch diese Mall – die zwar groß war, aber nicht wirklich ein Mekka – schlenderte, kam ihr wieder ins Bewusstsein, dass sie nicht zulassen durfte, dass Maurice eine Chance witterte, ihre Rechnungen zu übernehmen. Das kam auf keinen Fall in Frage. Es reichte bereits das Ausflugspaket.

Etliche Kaufwütigen wuselten hektisch durch die Geschäfte, im Hintergrund war schwungvolle Musik zu hören und aus den Restaurants lockten exotische Düfte. Es war offensichtlich, dass sich hier hauptsächlich Touristen die Geldtaschen erleichterten und ihren Gesichtern nach zu urteilen stammten sie aus aller Herren Länder.

„Egal, wo du rein willst oder was dir gefällt, wir tun es ausnahmslos. Heute ist unser Tag und wir werden ihn auskosten, als gebe es kein Morgen", kündigte Maurice beschwingt an und Tamika bekam eine Gänsehaut.

„Ähm, Maurice?"

Mit breitem Lächeln hielt er mitten auf dem Weg zwischen den stark frequentierten Shops inne und sah sie aufgeschlossen an. So, dass es ihr noch schwerer fiel: „Um ehrlich zu sein, brauche ich gar nichts. Aber ich gehe gerne überall mit dir hinein, wo du Geld springen lassen willst. Ich stehe dir sogar vertrauensvoll als Beraterin zur Seite, solltest du kleidertechnisch etwas ins Auge fassen." Diesmal zwinkerte sie ihm zu, dennoch konnte sie kurz einen Hauch von Enttäuschung über seine Gesichtszüge huschen sehen.

„Unsinn. Jede Frau kauft gerne Taschen, Schuhe oder teuren Schmuck. Und du glaubst doch nicht etwa, mir würde entfallen, wenn etwas in den Auslagen deine Aufmerksamkeit weckt? Es ist wirklich nichts dabei. Ich verlange ja nicht von dir, dass du alle Shops leer kaufst, aber ich darf dich daran erinnern, dass wir heute noch ein gemeinsames Candle Light Dinner haben, wo du mit deiner Tunika gewiss Hausverbot bekommst. Nicht, dass ich sie nicht attraktiv an dir finde." Er zog nun wissend eine Braue in die Höhe und fuhr mit seinen Augen ungeniert ihre Statur ab. Tamika konnte auf diese Bemerkung hin nur genervt seufzen. Kapitulierend hob sie die Hände. „Okay, schon gut. Aber nur unter den Bedingungen, dass ich dich heute noch auf etwas einladen darf und selbst wähle, welches Kleid ich nehme. Auch wenn du der Meinung bist, ein anderes hätte mein Herz eher zum Schlagen gebracht." Mit einem drohenden Finger wedelte sie vor ihm herum und er tat sich sichtlich schwer, nicht zu lachen. Er verzog sein Gesicht und biss sich auf die Unterlippe, dann nickte er zufrieden: „Geht ja. Warum nicht gleich so?"

11 | Spaß mal anders

Bisher konnte Maurice ihr noch kein Interesse an Kleidung oder Schmuck entlocken. Gekonnt professionell hatte Tamika jede Auslage nur überflogen und einen monotonen Gesichtsausdruck bewahrt. Er musste daher zugeben, dass Pokern gewiss eine ihrer Stärken war, doch er wollte sich nicht unterkriegen lassen und konzentrierte sich nun auf seine eigenen Bedürfnisse.

Ein Juwelier mit einer einladenden Uhrenauswahl hinter Glas hatte seine Aufmerksamkeit geweckt und Maurice beschloss daher, hier die Souvenirjagd zu starten. In der Auslage waren übergroße Plakate von Luxusmarken montiert, etliche Einzelvitrinen standen symmetrisch im Verkaufsraum mit Beleuchtung und weichen Kissen, auf denen Kostbarkeiten gebettet lagen. Artig folgte Tamika ihm und blickte sich ihrerseits in den in Cremefarbe gehaltenen Vitrinen um. Maurice fiel jedoch sofort auf, wie sich ihre Augen weiteten, als sie die ersten Preisschilder gescannt hatte. Schnurstracks war das Interesse wieder weggepackt und sie schlenderte stattdessen mit Sicherheitsabstand umher, um ja nicht zu nahe an etwas Verführerisches zu stoßen oder noch viel schlimmer: etwas aus Ungeschick zu beschädigen.

Währenddessen hatte Maurice ein Auge auf eine schwarze Keramikuhr mit Automatikfunktion geworfen, die mit den goldenen Zeigern und dem schlichten Ziffernblatt enorm edel auf ihn wirkte. Auf einen Wink hin trat der Verkäufer des Ladens an die Vitrine heran, schloss sie mit einem am

Hosenbund befestigten Schlüsselbund auf und wich dann mit dezentem Lächeln einen Schritt zur Seite. Er wirkte snobistisch, war aber geschult genug, um nicht aufdringlich zu sein.

Maurice ließ seine Finger bedächtig über das bildhübsche Armband gleiten, hob die Uhr aus der Halterung und drehte sie im grellen Licht, das sie funkelnd hervorhob. Den Preis mit 2.500 Dollar ließ er unbeachtet, als er plötzlich den warmen Atem von Tamika neben seiner Schulter spürte, die neugierig auf seine Beute lugte.

„Wow, sie sieht unheimlich edel aus. Sie würde dir gewiss blendend stehen."

Maurice freute sich über ihren Zuspruch, aber war es das tatsächlich? „Danke schön. Mich interessiert jedoch, welche Armbanduhr du für mich aus dieser Auswahl hier gewählt hättest, wenn der Preis keine Rolle spielen würde. Einfach aus dem Bauch heraus – was steht mir am Besten?" Er sah sie nun unverwandt an und stellte fest, dass es ihr in letzter Zeit schwerfiel, sich von seinem Blick zu lösen. Und er reizte dieses Spiel unverblümt aus, indem er sie weiter hypnotisch betrachtete.

Tamika benetzte ihre Lippen und strich sich beiläufig das Haar hinters Ohr, das sie scheinbar extra für diesen Ausflug frisch gewaschen hatte und offen trug. Maurice tippte daher darauf, dass sie ihm gefallen wollte, denn sogar das Parfüm war großzügiger aufgetragen als die Tage zuvor. Konnte es womöglich der Fall sein, dass sie ein klein wenig Interesse für ihn entwickelte? Aber warum würde ihn dieser Umstand sogar freuen? War es nicht genug, dass er vor einigen Wochen von

Shanice das Herz herausgerissen bekommen hatte? Wollte er sich auf etwas einlassen, das bereits kompliziert begonnen hatte? Immerhin war sie in einer Beziehung und schien – warum auch immer – daran festhalten zu wollen … Zudem waren sie beide grundverschieden, oder etwa nicht?

Aber die Fühler etwas ausstrecken zu wollen, kann doch kein Verbrechen sein? Daher beschloss Maurice, es einfach darauf ankommen zu lassen. Er hatte nichts zu verlieren und würde nichts erzwingen, dem Glück jedoch ein klitzekleines bisschen auf die Sprünge zu helfen, konnte nicht schaden.

„Du meinst also, ich soll mich hier umsehen und entscheiden, welche Uhr ich dir kaufen würde, um dir eine Freude zu machen?" Sie zog einen Mundwinkel amüsiert hoch und Maurice antwortete mit einem Nicken. „Nur zu, tob' dich aus."

Neugierig beobachtete Maurice Tamika dabei, wie sie konzentriert eine nach der anderen Vitrine in dem edlen Geschäft durchging. Ein leises Ticken einer brachialen Wanduhr begleitete ihr Treiben. Auch der Mitarbeiter in diesem vorherrschend mit Spiegeln und goldenen Leisten bestückten Verkaufsraum behielt Tamika interessiert im Blick. Offenbar hatte er den Auftrag trotz Sprachbarriere verstanden.

Zwei Minuten später hielt sie inne und ihre Mundwinkel zuckten. So intensiv, wie sie die Uhr ihrer Wahl musterte, hatte sie ihre Entscheidung offenbar getroffen. Nun lugte sie zu Maurice und deutete zufrieden in die eher abgelegene Vitrine vor sich.

„Ich bin mir sicher, wenn du sie siehst, wirst du im ersten Moment enttäuscht sein, aber ich sage dir gerne, warum ich ausgerechnet diese hier ausgesucht habe."

Maurice trat heran und fand eine Uhr aus dunkel gemasertem Holz und dunkelblau schimmernden Details vor. Bei näherer Betrachtung schimmerte das Metall wie Perlmutt, das Ziffernblatt war schlicht gehalten und bestach durch stahlfarbene Zeiger. Und Tamika behielt recht. Maurice war überrascht über diese Wahl. „Ich bin gespannt, oder liegt es gar an dem sensationellen Preis von 180 Dollar?" Beiläufig deutete Maurice dem Verkäufer, dass er sich für das Exemplar interessierte, während Tamika fortfuhr: „Sie ist extravagant und klassisch zugleich. Das dunkle Holz steht für Leben, Natur und Wärme und das blau schimmernde Metall für die Zukunft, Beständigkeit und Stärke. Alles Attribute, die zu dir passen und andere Personen in dieser Kombination bei einem Geschäftsmann wohl nicht erwarten würden. Es lässt dich zielstrebig und unberechenbar bei deinen Partnern dastehen."

Maurice war sprachlos und nahm nun die Uhr aus der geöffneten Vitrine. Als er sie anlegte, fühlte sie sich federleicht an und war angenehm zu tragen, da sie nicht so kühl war. „Ich muss gestehen, ich bin wirklich beeindruckt. Du hast mich tatsächlich von ihr überzeugt." Mit einem Schmunzeln beäugte er Tamika. „Aber mal ehrlich. Du bist im Verkauf geschult, denn wenn ich dem Mitarbeiter hier einen Rat geben würde, sollte er dich vom Fleck weg einstellen. Die Verkaufsargumente waren wirklich episch."

Sie strahlte ihn zufrieden an und nickte: „Tja, mit deiner Annahme liegst du richtig. Ich bin Innenarchitektin und täglich damit konfrontiert, meine Entwürfe so zu verkaufen, dass der Kunde der Meinung ist, es wäre letztendlich seine Idee gewesen."

Maurice lachte, denn er liebte diese schonungslose Ehrlichkeit. „Gut, ich nehme sie. Packen Sie mir bitte beide Uhren ein."

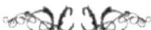

„So, meine Liebe, du entkommst mir nicht. Hier ist mit Sicherheit die größte Auswahl an Abendgarderoben und du wirst hier wohl oder übel fündig werden müssen", ließ Maurice sie wissen und Tamika fühlte sich geradezu genötigt, den riesigen Schauraum zu betreten. Bereits in der Auslage wurde kein Kleid unter 1.500 Dollar präsentiert und Tamikas Magen zog sich nervös zusammen, da diese Aufgabe für sie kaum ausführbar erschien. Doch sie atmete einmal kurz durch und schlenderte die ausgestellten Zweiteiler und Kleider entlang, bevor noch eine Extraeinladung von Maurice folgen konnte.

Als sich ihr eine aufdringliche Dame mit künstlichem Grinsen an die Fersen heftete, beschleunigte Tamika ihren Schritt. Sie hasste es, wenn sie kaum das Geschäft betreten hatte und die Verkäufer gleich auf sie sprangen, als ginge es ums Überleben anstatt um die Provision.

Mit aller Mühe drängte sie die Preisschilder mental beiseite, um sich die Stoffe und Muster oberflächlich durchzusehen, die ihr am ehesten zusagten. Wenn sie schon gezwungen war, hier ein Kleid zu kaufen, dann wenigstens eines, das sie auch bei anderen Gelegenheiten tragen konnte. Als ihre Finger plötzlich an einem Hauch von paradiesischen, zart fallenden Lagen entlangstrich, harrte sie aus, um einen Kleiderzipfel aus den eng aneinandergereihten Modellen herauszuziehen. Es war eine märchenhafte Kombination aus bunten Blüten und geometrischen Formen in Schwarz-Weiß. Der Stoff begann bei der Oberweite eher hell, bis sich das Muster immer dominanter bis zum Boden durchschlug. Der großzügige Ausschnitt war göttinnengleich und die schwarzen Pailletten unter der Brust entlang formten eine traumhaft hohe Taille. Auch von hinten war das Kleid ein Knaller, da es dort ebenfalls tiefe Blicke zuließ.

Tamika schluckte mehrfach, so sehr begann sie sich bereits in diesem Traumkleid selbst wiederzufinden. Aber da geschah es erneut: Ihre Aufmerksamkeit fiel auf das Preisschild, das stattliche 2.700 Dollar verkündete. Und so schnell, wie die Euphorie in ihr aufgestiegen war, drängte sie sie auch wieder zurück.

Doch es war zu spät. Maurice stand bereits wie eine lauernde Raubkatze neben ihr und sah sie skeptisch an: „Ich sehe, du bist fündig geworden."

Tamika verneinte vehement, zog wahllos an dem nächsten komplett schwarzen Kleid, das simpel gehalten wie ein Schlauch wirkte und sogar einen roten Rabattpunkt fett über dem Preisschild aufleuchten ließ.

Bingo! Nur 950 Dollar! Das würde ich für die Erhaltung meines Stolzes sogar selbst irgendwie abstottern. Drei Monate den Gürtel enger schnallen und die Sache wäre gegessen.

„Ich denke, das ist genau das Richtige. Ich gehe es rasch anprobieren." Tamika lief übertrieben schnell samt dem Kleid zur Kabine, noch bevor Maurice ihr ihre Wahl madig machen konnte. Doch während sie sich rasch entkleidete, hörte sie ihn im Schauraum mit der übermotivierten Verkäuferin fachsimpeln. Obwohl sie ihre Ohren spitzte und sogar die Luft anhielt, um die Atemgeräusche zu unterdrücken, konnte sie dem Gespräch jedoch nicht folgen.

Nur wenige Sekunden später, als sie sich im Spiegel in dem schwarzen, nicht gerade schmeichelhaften Kleid betrachtete, war ihr auch schon alles egal.

„Und? Willst du mir das Ergebnis nicht präsentieren?", hörte sie Maurices Stimme und irgendetwas sagte ihr, dass hier ein Hauch von Sarkasmus verstreut lag.

Obwohl er es nicht sehen konnte, schüttelte Tamika den Kopf. Das Kleid betonte ihre Bauchfalten und quetschte ihre Oberschenkel so unschön, dass sie als Gesamtwerk eher einer Bratwurst ähnelte. Sie wollte ihm auf keinen Fall so unter die Augen treten, daher schob sie nur ihren Kopf durch den Vorhang der Kabine und zwang sich ein Lächeln auf. „Ich denke, …"

„Ich auch, darum wirst du jetzt DAS hier probieren", warf er beharrlich ein.

Ohne eine Widerrede zu dulden, schob Maurice ihr den Kleiderhaken mit dem Traumkleid in die Kabine und ergänzte:

„Laut der Verkäuferin ist es Größe 38 und sollte dir wie auf den Leib geschneidert passen. Im Notfall hat sie auch eine Schneiderin parat, die es in nur zwei Stunden angleicht. Da ich weiß, dass der Preis eine große Rolle für dich spielt, habe ich ihn auf 2.400 Dollar runtergehandelt und ich bestehe darauf, dass du damit leben kannst, wenn ich es begleiche."

Wehmütig übernahm Tamika das Kleid, in das sie sich immer mehr verliebte, je länger sie darauf blickte. Unentwegt strich ihre Aufmerksamkeit von dem atemberaubenden Schnitt zum Preisschild und zurück, und ihr wurde kotzübel.

Ich kann das nicht!

„Und bevor du fragst: Du kannst das! Zumindest verlange ich, dass du es anprobierst und anschließend herauskommst und mir erklärst, warum ausgerechnet dieses bezaubernde Kleid nicht passen sollte. Und da muss dein kreativer Geist noch besser arbeiten als bei meiner Uhr. Erst dann gebe ich Ruhe."

Tamika stellte sich gerade bildlich vor, wie Maurice mit breitem Stand und verschränkten Armen vor der Kabine lauerte, da er wusste, dass er im Recht lag. Er konnte gar nicht verlieren und das machte es umso schlimmer.

„Okay", prustete sie heraus und zog sich um.

Eine geschlagene Minute später trat sie mit stillen Gebeten durch den Vorhang. Da ihre Brüste enorm in diesem Kleid wirkten, verdeckte sie sie den ersten Moment, kam sich dann aber lächerlich vor. Vor allem, als sie nun in Maurices Gesicht schaute. Seine Augen weiteten sich, sein Kinn schien der

Schwerkraft zu erliegen und das schelmische Grinsen war wie weggefegt. Es war offensichtlich, dass ihm gefiel, was er sah. Und obwohl es nicht sein durfte, fühlte es sich schön an, denn als sein Blick über ihre nackte Haut glitt, hinterließ er glühende Spuren. Mal ehrlich, welche Frau genoss es nicht, von einem Mann begehrenswert gefunden zu werden?

„Maurice, ich weiß deine Großzügigkeit wirklich zu schätzen und ja, ich gebe es zu, das Kleid ist atemberaubend …", begann sie loszuplappern, da sie sich fest vorgenommen hatte, ihm das auszureden.

„Ich muss dich korrigieren, DU bist atemberaubend. Du machst das Kleid erst zum Highlight", betonte er.

Ihr Herz setzte aus, Schweiß drang über ihre Handflächen und ihr kam die Robe schlagartig zu eng vor.

Hab ich das gerade wirklich gehört? Tamika hatte das Gefühl, in Maurices Gegenwart immer ungewollt zu nahe am Wasser gebaut zu sein. Denn auch jetzt drückten die Tränendrüsen und forderten nach Freigang. *No way!*

„Sie nimmt es und es sind keine Änderungen nötig. Bitte packen Sie es sorgsam ein", hörte sie Maurice sagen, ohne dass er den Blick von ihr losriss.

Maurice war überglücklich. Dieses warme, prickelnde Gefühl hatte sich in seinem Körper verteilt und er hatte das Bedürfnis, alles mit der Welt zu teilen. Nachdem er Tamika noch dazu genötigt hatte, glitzernde Highheels und ein funkelndes Armband mit Swarovski-Kristallen zu wählen, sah er seinen Auftrag als positiv erledigt an. Er selbst hatte sich noch zwei

Hemden und einen extrem schönen, handgefertigten Ledergürtel gegönnt. Er war mehr als zufrieden und kostete es aus, wann immer Tamika sich unbeobachtet fühlte, zu ihr zu blicken und diesen zarten, rosigen Ton auf ihren Wangen als seinen Verdienst zu zelebrieren. Denn seit dem Augenblick, als er sie aus der Kabine herausschreiten gesehen hatte, schien sie dieses natürliche Make-Up nicht mehr abzulegen.

Nun befanden sie sich mit dem Wasserflugzeug bereits auf dem Weg zur zweiten Station. Nämlich dem edlen Picknick, inklusive Relaxen und Schnorcheln an einem einsamen Sandstrand. Maurice konnte es kaum erwarten, wie Tamika erst auf diese Überraschung reagieren würde.

Als das Wasserflugzeug am dafür vorgesehenen Steg ein paar Meter vom Strand entfernt ankerte und ein kleines Beiboot andockte, um Tamika und ihn abzuholen, wurde ihr Strahlen noch intensiver. „Oh mein Gott! Ist das nicht unglaublich? Hast du schon einmal so etwas Atemberaubendes gesehen?" Als sie euphorisch zur kleinen türkisblauen Bucht deutete, die von etlichen grünen Palmen und Sträuchern umringt war, musste er mental ‚Nein, habe ich nicht' antworten. Selbst wenn sein Bezug ein anderer war, denn was ihn zum Strahlen brachte, war diese Freude, die Tamika mit so simplen Ereignissen verband. Sie verhielt sich wie ein Kleinkind vor dem mit Geschenken überladenen Christbaum, das eigentlich nichts anderes als den glänzenden Stern an der Baumspitze sehen konnte.

„Und wir sind hier absolut alleine? Nur wir zwei?", wollte sie wissen, als sie tatsächlich auf dem Steg leicht zu hüpfen anfing, was etwas Komikhaftes besaß und das Holz leicht zum Beben brachte. Maurice musste den Kopf schütteln und lachen.

Sie ist eindeutig verrückt!

„Nicht ganz, bis auf die drei Herrschaften der Fluggesellschaft und die zwei Mitarbeiter, die sich um das Essen und das Boot kümmern, sind wir alleine. Sie werden uns, so gut es geht, unsere Privatsphäre lassen."

Bei diesem Stichwort blinzelte sie ihn fragend an. Hoffentlich hatte sie es nicht falsch verstanden und würde sich bedrängt fühlen, daher wechselte Maurice rasch das Thema.

„Hast du denn schon Hunger?"

Tamika wurde gerade mit helfenden Händen in das kleine Beiboot verfrachtet, während er dem zweiten Mitarbeiter die Rucksäcke und Schnorchelutensilien übergab. Das Boot schwankte etwas, als Maurice ebenfalls einstieg, sodass er ins Straucheln geriet, da er sich nicht stützen lassen wollte und sich unbewusst bei Tamika festhielt. Hilfsbereit stabilisierte sie ihn und beide mussten lachen. Wieder war da dieser magische, intime Moment, in dem sie sich tief in die Augen sahen und er sich ihr so nahe fühlte, dass es bereits unnatürlich schien.

„Ja, eine Kleinigkeit könnte ich sicher vertragen, aber vorher möchte ich mich abkühlen und die Unterwasserwelt genießen. Mit vollem Magen gehe ich sonst unter wie ein Stein", lenkte sie ab und trat einen Schritt zurück. Nervös wedelte sie ihre Tunika vom feuchten Körper weg, da ihr offenbar heiß war. Ob es die Situation eben oder die Hitze war, blieb wohl ihr Geheimnis.

„Gut, dein Wunsch sei mir Befehl", gab er zufrieden bekannt und gab den Mitarbeitern den weiteren Zeitplan zu verstehen.

12 | Träume zum Anfassen

*T*amika war überwältigt. Vor ihren Augen schwammen drei Wasserschildkröten, die sich an den teilweise ausgebleichten Korallen den Bauch vollschlugen. Mit viel Glück hatte sie Fotos mit ihrer Unterwasserkamera knipsen können, als die Tiere sich noch nicht gestört gefühlt und die Nähe zugelassen hatten. Maurice hielt respektvollen Abstand, staunte aber nicht weniger über die Farbenpracht, die dieses Riff zu bieten hatte. Auch ein Adlerrochen und ein Schwarm aus Tintenfischen in V-Formation waren ihnen in dem angenehm warmen Wasser begegnet. Wann immer es ging, drehte sie sich zu Maurice und deutete ihm mit gehobenem Daumen, wie toll sie den Ausflug fand, und wenn ihre Haut nicht bereits zu schrumpeln begonnen hätte, wäre sie gerne länger Teil dieser Unterwasser-welt geblieben.

Es war gerade 14:30 Uhr, als Tamika aus dem Meer kam und sich das Wasser aus dem Zopf wrang. Dicht gefolgt von Maurice, der sich dreimal einfach durchs Haar wuselte, woraufhin diese sofort wieder trocken zu sein schienen. Ein sehr beneidenswertes Phänomen, musste Tamika zugeben, als ihr nun im Augenwinkel in der Lagune ein kleines Zelt auffiel, welches nach vorne hin offen war und das Innenleben preisgab. Nicht unschwer zu erkennen lagen dort direkt auf dem Sandstrand mehrere, flauschige Decken ausgebreitet und mit Schutzfolie eingepackte Teller und Besteck darauf. Zwei Karaffen mit Wasser und O-Saft standen bereit und weiche, farbige Kissen zum Anlehnen. Untermalt wurde die Szene mit frisch gepflückten Frangipaniblüten und kleinen Muscheln, die liebevoll dazwischen gestreut lagen. Ein wirklich romantischer Ort, um sein Essen einzunehmen.

„Ich fasse es nicht! Ist das für uns?", polterte es ungläubig aus Tamika heraus, als sie im Laufschritt darauf zusteuerte und das Picknick als solches entzifferte.

„Na ja, die Schildkröten sind verköstigt, also muss das wohl für uns gedacht sein", witzelte Maurice und war ihr dicht auf den Fersen.

In dem kleinen Lager angekommen, drehte sie sich zu ihm um und erkannte bei ihm wieder dieses schelmische Grinsen, an das sie sich nur allzu schnell gewöhnte. Maurice rubbelte sich gerade den Oberkörper mit einem bereit gelegten Handtuch im Zelt trocken, was ein unheimlich erotischer Anblick war. Tamika nahm seine Bewegungen wie in Zeitlupe wahr und hatte alle Mühe, nicht mit Sabbern zu beginnen. Warum musste dieser Ansatz von Bauchmuskeln sie auch so anstarren? Und dann noch der leichte Haarflaum, der in seinen Shorts verloren ging und mit Sicherheit gestutzt war? Aber die wichtigste Frage blieb, wie konnte er nach einem stundenlangen Schnorcheltrip noch immer so fantastisch riechen?

Er stand direkt neben ihr, hob einen der Teller vom Boden und lüftete neugierig die Folie, unter der das Obst in kleinen, optisch ansprechenden Häppchen präsentiert war. In nur einer Sekunde waren zwei Trauben zwischen seinen Lippen verschwunden. Instinktiv musste Tamika ihre befeuchten, als er sie mit kauendem Mund fragend musterte. „Willst du nur zusehen oder es dir mit mir hier gemütlich machen?" Mit diesen Worten machte er es sich der Länge nach auf einer Seite des Buffets bequem und zog mehrere Kissen heran, um eine Stütze für seinen Rücken zu haben. Weitere warf er einladend auf die andere Seite, sodass Tamika sich ihm gegenüber ebenfalls ausbreiten konnte.

Ein Teller nach dem anderen wurde befreit, und Tamikas Magen meldete sich sofort lautstark zu Wort, was Maurice ungeniert lachen ließ. „Das ist ja höchste Eisenbahn gewesen."

Auch Tamika musste grinsen. „Offensichtlich." Dann ging sie die reichlich beladenen Teller durch, für alle Geschmäcker war gesorgt. Sogar Hummer und Kaviar standen auf dem Programm. Sie war fassungslos, wie das alles von zwei Personen hätte gegessen werden sollen. Es grenzte eigentlich an Opulenz und Verschwendung, doch sie wollte den schönen Augenblick nicht ruinieren und sich beklagen. Viel zu sehr genoss sie diese Zweisamkeit mit Maurice und war froh, dass er aus seinem Tief am Morgen wieder aufgetaucht war.

„Falls ich es vergessen habe zu erwähnen: Danke!", ließ sie ihn wissen und nahm sich einen kleinen Teller, um Häppchen vom Gemüseteller und den Meeresfrüchten zusammenzustellen.

„Wofür?", fragte Maurice beiläufig und leckte sich genüsslich die Finger ab, die er zuvor mit einem gekochten Shrimps in die Kräutersauce getaucht hatte.

„Für das alles hier." Tamika deutete um sich. „Ich weiß nicht, was da mit deiner Verlobten vorgefallen ist, aber sie hat den Fehler ihres Lebens begangen."

Womöglich hätte sie das Thema nicht anschneiden sollen, doch es war ihr ein Bedürfnis, ihm zu sagen, dass er ein toller Mann war und sich jede Frau an seiner Seite mit ihm glücklich schätzen konnte. Selbst mit den kleinen Ticks, die doch – seien wir mal ehrlich – Menschen erst wirklich zu etwas Besonderem und Liebenswertem machten.

Maurice verkrampfte sich, stellte den Teller vor sich ab, ohne sie anzusehen, und es tat ihr augenblicklich leid. „Verzeihung, ich wollte nicht in offenen Wunden bohren, sondern eigentlich sagen, dass ich die Zeit hier mit dir sehr genieße und froh bin, dass wir uns – zwar auf unkonventionelle Weise – kennengelernt haben. Und so ein Ekelpaket und Schnösel, wie ich zuerst dachte, bist du bei weitem nicht." Sie gab ihm einen sanften Klaps auf die Schulter und hoffte, dass ihre Worte die Stimmung wieder heben würden, als er sie nun wehmütig ansah.

„Nein, ich danke dir", er schien zu überlegen, da seine Kieferknochen unruhig mahlten. „Ich schulde dir die Wahrheit, selbst wenn es schmerzhaft ist."

Tamika schüttelte hastig den Kopf, doch er ließ sich nicht davon abbringen: „Shanice und ich waren sechs Jahre lang zusammen. Sie hat die Gründung meiner Firma und den rasanten Aufstieg hautnah miterlebt. Sie hat sich an den Erfolg und den wachsenden Gewinnen allzu schnell gewöhnt. Du darfst mich nicht falsch verstehen, für gewöhnlich schmeiße ich nicht so mit Scheinen um mich, denn sonst wäre ich heute nicht da gelandet, wo ich jetzt bin. Es waren viele Überstunden, schlaflose Nächte und eisernes Sparen nötig. Nicht nur einmal wollte ich das Handtuch schmeißen und eine Privatinsolvenz anmelden, so eng wurde es manchmal. Shanice sah das allerdings nicht immer ein, und da ich sie nicht verlieren wollte und ihre Zufriedenheit mit unserem gemeinsamen Glück einherging, bemühte ich mich, ihren Wünschen, wann immer es ging, nachzukommen."

Maurice blickte auf die bunte Decke unter sich und seine Finger spielten nervös mit den Rändern. „Dann folgte unsere erste saftige Krise und als sie überwunden war, habe ich bei Shanice um ihre Hand angehalten. Du hättest sie sehen sollen, sie wäre vor Stolz fast explodiert, als sie den Verlobungsring gesehen hat." Als Maurice so in Erinnerungen schwelgte, schien er komplett abzudriften und ein melancholisches Lächeln kämpfte sich durch.

„Sie hatte kaum noch Augen für etwas anderes. Sie wollte keine Mühen und Kosten scheuen und eine riesige Hochzeitsfeier planen, alles nur vom Besten haben und Gott und die Welt dazu einladen. Nur mit großer Anstrengung konnte ich sie immer wieder zur Vernunft bringen, ihr erklären, dass ich dafür keinen Kredit aufnehmen wollte und das Einzige, was zählte, wir beide waren. Doch bei diesen Gesprächen starb etwas in ihr und sie zog enttäuscht von dannen. Immer häufiger ging sie mit Freundinnen aus, während ich mir den Arsch aufriss, um mehr Geld zu verdienen und der Mann zu werden, den sie offenbar verlangte. Je näher die Hochzeit rückte, umso mehr distanzierte sie sich von mir. Und ich war blind, ignorierte die trügerischen Anzeichen und wollte krampfhaft immer nur das Gute in ihr sehen und Ausreden dafür finden, warum sie so agierte."

Tamika konnte nicht anders, als ihre Hand verständnisvoll auf seine Schulter zu legen und zarte Kreise darauf zu ziehen. „Das tut mir wirklich leid, Maurice." Selbst ihre Stimme klang gebrochen.

Als er sie nun anvisierte, lag wieder diese unsägliche Trauer in den Augen, die sie mitten ins Herz traf.

„Ist schon gut, ich hätte es früher kommen sehen müssen." Maurice stützte sich aufrechter auf und wuselte sich durchs

Haar, als wollte er sich selbst daran erinnern, seinen Mann zu stehen und nicht wie ein Weichei rüberzukommen. „Fakt ist, dass sie mir geschlagene zwei Wochen vor der Hochzeit offenbart hat, dass sie sich neu verliebt hätte, der neue Mann ihr so viel mehr bieten könnte und sie daher die Trauung abblasen würde. Ich habe mich wie in einem falschen Film gefühlt, alle nervtötenden dreißig Minuten aufs Handy gestarrt und ihre Profile in den sozialen Medien durchgezappt. Nur, um zu sehen, ob alles ein Irrtum wäre und sie rechtzeitig zu mir zurückkommen würde. Ich ließ meine Eltern, Freunde und die Verwandtschaft im Dunkeln tappen. Es war mir peinlich, ihnen reinen Wein einzuschenken." Maurice seufzte schwer und schüttelte den Kopf, da er es offenbar noch immer nicht fassen konnte. „Es ist schier ein Wunder, dass meine Freunde mich nicht darauf angesprochen haben, so offensichtlich waren ihre Fotos. Wahrscheinlich hätten da schon meine Alarmglocken läuten sollen, dass meine Freunde insgeheim nicht wirklich mit ihr klargekommen waren und ihr daher in den sozialen Medien nicht folgten. Doch ich hatte ausschließlich Augen für Shanices glückliche Selfies auf den Profilen und dann plötzlich folgte ein Foto, auf dem sie hysterisch einen Autoschlüssel in Empfang nahm und der zugehörige Lamborghini neben ihr präsentiert wurde. Der Untertitel war natürlich ‚Danke Schatz, dass du diesen Traum wahr werden lässt.'"

Maurice bekam einen Frosch in den Hals und räusperte sich mehrfach, um ihn zu vertreiben. Er wollte ohne Zweifel seine Trauer vertuschen. In diesem Moment konnte er ihrem Blick nicht mehr standhalten und Tamika verspürte exakt das zarte

Beben unter der Haut. Den Schmerz, der ihn erschaudern ließ und diese Erinnerungen, die ihn immer wieder zu knechten schienen. Daher konnte sie nicht anders, als näher zu ihm heran zu rutschen und ihre Arme fest um ihn zu legen. Sie schloss ihre Lider und schenkte ihm Verständnis, da es alles war, was sie ihm gerade zu geben vermochte.

Eigentlich war Maurice nicht so ein Mann: Ein Mann, der Trost brauchte oder gar suchte. Selbst seine Mutter hatte er nach dieser Tragödie auf Abstand gehalten, da er lieber mit erhobenem Haupt weitermachte, als sei nichts geschehen. Niemand sollte mitbekommen, wie tief ihn Shanice in seinem emotionalen Grundgerüst erschüttert hatte, denn nur so verlor sie die Macht über ihn. Doch als Tamika sich unvorbereitet an ihn lehnte und ihre Arme auf so selbstverständliche Weise um ihn legte, wollte er sie nicht brüsk wegstoßen. Stattdessen verharrte er und hielt den Atem an, als könnte er für einen Moment die Welt um sie beide herum aussperren und das Hier und Jetzt für immer festhalten. Denn ihre salzige, feuchte Haut an seiner, ihr heißer Atem in seinem Nacken und diese ehrlichen Berührungen gingen tiefer als irgendetwas anderes. Sie berührte ihn tatsächlich, sodass er zumindest ein paar Sekunden lang die Schwäche zuließ, bis er sich aus der Umarmung heraus lehnte und Tamika direkt ansah. Es war abermals ein Augenblick, in dem er Danke sagen wollte, aber nicht über die Lippen brachte. Doch sie schien ihn blind zu verstehen und keine Erwartungen in ihn zu setzen. Noch eine erleichternde Abwechslung zu den Menschen, die ihm sonst alltäglich begegneten.

Und so aßen sie schweigsam das wundervolle Mahl und genossen die Ruhe, die dieser magische Ort um sie herum ausstrahlte.

Es blieb eine drückende Stille zwischen ihnen zurück, die Maurice überhaupt nicht schmeckte. Gegen 17:30 Uhr machten sie sich auf zur nächsten Station. Diesmal navigierten sie die Piloten zum Conrad Rengali Resort im Alif Dhaal Atoll, einer Insel, die für ein teures Hotel und das zugehörige Unterwasserrestaurant berühmt war. Dort hatte Maurice für seine damalig Angetraute ein Candle Light Dinner gebucht, und wollte es nun ungezwungen mit Tamika genießen, ohne die alten Geister weiterhin dunkle Schatten über diesen Ausflug ziehen zu lassen.

Als sie das Wasserflugzeug verließen und Tamika sich prüfend umsah, versuchte er, das Eis neuerlich zu brechen: „Ich hoffe nach dem sehr opulenten Picknick, dass du etwas Platz für ein edles Dinner mit mir übrig hast? Ich habe keine Mühen und Kosten gescheut, um uns sogar eine Unterkunft im Conrad Resort zu buchen, damit wir uns vorher frisch machen können. Ich hoffe, es geht in Ordnung, dass wir uns ein Zimmer teilen?" Maurice lächelte sie zögerlich an und sein Charme schien abermals zu ihr durchzudringen, denn sie bedachte ihn mit einem halben Lächeln.

„Natürlich. Du hast mir schon so einen wunderbaren Ausflug geschenkt, ich könnte mir nicht mehr wünschen. Zudem sind wir zwei erwachsene Menschen, die gut und gerne organisiert das Bad und einen Wohnbereich nutzen können, ohne die Intimsphäre des anderen zu verletzen." Sie zwinkerte ihm zu, doch schien sie es nicht sarkastisch zu meinen. Aus unerfindlichem Grund hätte er sich das hingegen gewünscht. Intimität mit ihr, Nähe …

Maurice besann sich wieder und folgte dem Hotelpersonal, das vorsorglich ihr Gepäck am Steg übernommen hatte und sie direkt zur Villa bringen sollte, da das Einchecken vorab von Maurices Reiseagentur organisiert worden war.

Er lief hinter Tamika her und konnte nicht anders, als mit seinem Blick an ihrem Po, den wiegenden Hüften und den gebräunten Beinen haften zu bleiben. In seiner Fantasie durfte er sie berühren und Tamika würde erneut diese Wirkung verströmen, die ihn vergessen und heilen ließ, wie bereits zuvor, wenn auch nur für den Hauch eines Moments.

Sie spazierten über einen Holzsteg, der sich teilte und ihnen einen atemberaubenden Blick auf eine Wasservilla bot, die sogar ihn sprachlos hinterließ. Das Gebäude war nicht im tropischen Stil der Malediven gehalten, sondern ähnelte vielmehr der europäischen Bauweise, mit viel Glas und eckiger Struktur. Es handelte sich hier nicht um die Größe eines Appartements, sondern vielmehr eines ganzen Hauses, was langsam den beachtlichen Gesamtpreis des Honeymoonpackages plausibel machte.

Als sich Tamika komplett blass zu ihm umdrehte, konnte er nur die Augenbrauen heben und mit den Schultern zucken, denn damit hatte selbst er nicht gerechnet.

Bei der Haustür angekommen, hörten sie den Pagen noch höflich ein „Ich wünsche einen schönen Aufenthalt" posaunen und schlossen diese dann langsam hinter sich zu.

Die Einrichtung wirkte wie neu aufgestellt und hätte niemals darauf schließen lassen, dass sie sich über bewegtem Wasser befanden. Es roch sogar nach Farbe und frischem Holz. Prächtige Blumenbouquets säumten den Eingangsbereich, alle Lichter brannten, obwohl es helllichter Tag war, wodurch aber die goldenen und edelstahlfarbenen Elemente der Einrichtung mehr zur Geltung kamen. Teure Gemälde zierten die Wände, eine Wohnlandschaft streckte sich ihnen entgegen, die selbst für eine zehnköpfige Familie noch zu groß war. Raffinierte Holzregale wanden sich durch den Raum, komplizierte Dekogegenstände waren mehr Kunst als Gebrauchsgegenstände … um nur einen kleinen Teil der Villa zu beschreiben. Nur das zarte Rauschen der Wellen durchbrach die Stille, bis es aus Tamika herausplatzte.

„Und du willst mir nun allen Ernstes weismachen, dass du diese Villa nur fürs Umziehen gebucht hast?" Die Tonlage wirkte gar etwas schrill und da wurde es Maurice schlagartig bewusst. Sein Hals wurde trocken und schien sich zuzuschnüren: „Ähm, um ehrlich zu sein, werden wir heute hier auch übernachten. Ich scheine dies wohl eingangs nicht erwähnt zu haben." Maurice war um ein Lächeln bemüht, doch bei Tamikas geschocktem Ausdruck, der ihm entgegengeflogen kam, wurde es eher gequält.

„Und wann wolltest du mir das bitte offenbaren?", begann sie gereizt und stemmte ihre Fäuste in die Hüften. Maurice versuchte, den Fehler in dem Bild zu finden und einzulenken. Ohne Zweifel schien etwas in ihr Unbehagen auszulösen: „Falls es um die Bettaufteilung geht, ich kann auf der Terrasse schlafen oder dem Sofa, wenn das das Problem ist. Aber wir sind über eine Stunde Flug von unserem Hotel entfernt und nach dem Candle Light Dinner war natürlich eine romantische Übernachtung angedacht." Maurice merkte gerade, dass seine Erklärung es nicht besser machte, als Tamika resolut ihre Arme vor sich verschränkte.

„Candle Light Dinner? Romantische Übernachtung? Da war wirklich nichts mehr umzubuchen? Ich will nur auf Nummer sicher gehen: Hattest du eingeplant, mit mir in der Kiste zu landen? Als billigen Ersatz für Shanice? Im Übrigen war nie die Rede von einer Übernachtung gewesen und ich habe nicht einmal etwas zum Umziehen dabei."

Maurice bekam gerade einen Kübel Eiswasser über den Kopf geschüttet. Schnappatmung stellte sich bei ihm ein, da er mit diesem Ausbruch am allerwenigsten gerechnet hatte. Ja, ein, zwei Mal hatte er darüber nachgedacht, wie es wohl wäre, Tamika näher zu kommen, sofern die Stimmung passte und sie beide die Sehnsucht und Lust packte, aber keinesfalls – niemals – war es geplant, sie mit diesem Ausflug zu kaufen, damit es ihm besser ging. In keinerlei Hinsicht!

Daher wurde er etwas lauter: „Untersteh dich, ihren Namen nochmal auszusprechen! Sie hat mit diesem Ausflug nichts zu tun und du würdest nie einen Ersatz für sie darstellen …", begann er, sich zu rechtfertigen und trat nun näher an Tamika heran.

„Warum? Weil ich nicht gut genug, nicht jung genug oder heiß genug bin?"

Wow, jetzt übertreibt sie aber maßlos! Hat sie einen an der Waffel?, ärgerte sich Maurice und verschränkte seinerseits die Arme vor dem Körper. „Nein, weil du charakterlich so viele Etagen über ihr wohnst, dass sie dir niemals das Wasser reichen könnte!", fuhr er sie an und musste ein interessantes Schauspiel an Gesichtsakrobatik erleben. Zuerst wollte sie ihm offenbar Paroli bieten, ihn anbrüllen, in der nächsten Sekunde kämpften ihre Lippen mit einer eloquenten Antwort, bis zu dem Augenblick, als die Erkenntnis sie schonungslos traf. Tamika senkte ihren drohenden Finger und ihr Körper wurde lasch.

„Da bist du wohl sprachlos, wie? Nein, ich habe nichts dergleichen geplant. Ich gebe ja zu, dass ich nicht abgeneigt wäre, dich nackt unter mir zu vergraben, aber ich stehe zu meinem Wort, das es unverbindlich ist und ich keinerlei Erwartungen in dich setze. Dieser Ausflug wäre ohne dich die Hölle auf Erden geworden. Ich bin einfach nur dankbar, dass du zum richtigen Zeitpunkt Feingefühl bewiesen hast, um keine unnötigen Fragen zu stellen und mir zudem Ablenkung botst, als ich sie am nötigsten gebraucht habe. Nicht mehr und nicht weniger. Was die Kleidung betrifft, kann ich dir im Notfall Shorts und ein Rippshirt von mir leihen. Und wenn du mich jetzt entschuldigst, das Salz juckt auf meiner Haut und ich brauche eine Dusche! Du kannst es dir ja überlegen, ob du ein romantisches Abendessen mit mir erträgst oder lieber in dieser furchtbaren Absteige hier die Zeit totschlägst, bis wir wieder abreisen."

So, jetzt habe ich mir Luft verschafft!

13 | Kampf der Vernunft

Tamika, die im übergroßen Sofa versunken war, hörte im Hintergrund das Wasser im Badezimmer plätschern. Was war da soeben passiert? War es nicht einmal möglich, einen einzigen Tag ohne Streit zu verbringen? Ja, sie misstraute Maurice offenbar, aber war es ihr denn zu verübeln? Sie kannten sich gerade einmal drei Tage! Es war ohnehin schon leichtsinnig bis zum Nimmerleinstag gewesen, mit einem Fremden ins Flugzeug zu steigen, vor allem, wenn ihr Freund nichts davon wusste. Nun fühlte sie sich in zweierlei Hinsicht hundsmiserabel. Einerseits, weil sie Maurice so angefahren hatte, da er ihr die Übernachtung in diesem Traumschloss vorenthalten hatte und andererseits Pascal gegenüber. Ihr schlechtes Gewissen plagte sie, immerhin hatte sie ihm seit zwei Tagen keine Nachricht mehr geschrieben. Zu ihrer Verteidigung musste sie jedoch anmerken, dass ihr Freund mit ihr ebenso wenig Kontakt aufgenommen hatte. Trotzdem fühlte sie sich wie eine Verräterin und schäbig obendrein.

Tamika nahm ihr Handy und loggte sich ins WLAN ein. Sie schickte ihren Eltern beiläufig ein paar Pics, begleitet mit den Worten, dass es ihr gut ging, und überlegte kurz, ob sie Evelyn anrufen sollte. Doch die Anweisung, das Handy im Urlaub zu verbannen, lag ihr noch eisern im Gedächtnis. Stattdessen stieg sie auf Instagram ein. Ein paar Klicks weiter fand sie neue Fotos von Pascal, der mit seinem Freund an Küsten und in Kneipen posierte. Er sah glücklich und unbekümmert aus. Nicht, dass sie ihm dies nicht gönnen würde! Grundsätzlich war ja nichts dabei, mal mit Freunden Urlaub zu machen … Aber wenn sie zurückblickte, hatten sie es als Paar in drei Jahren gerade einmal für vier Tage geschafft, allein zu verreisen. Und sogar diesen Urlaub hatte Tamika spendiert. Ohne Pascals Freunde, seine Schwester oder Tamikas Eltern hatten sie ansonsten nichts zustande gebracht. Das konnte eindeutig nicht für eine harmonische Beziehung stehen, in der man die Nähe zum anderen suchte und mit dieser Art Erlebnissen enger zusammenwachsen wollte. Oder etwa doch?

Tamika prustete genervt durch die Nase. In ihrem Karussell aus Gefühlen hatte sie es an nur einem einzigen Tag in diesem Urlaub geschafft, himmelhoch jauchzend zu sein, dankbar, verständnisvoll, die Retterin vom Dienst und der Moralapostel. Eigentlich hatte Tamika es nicht verdient, dass Maurice, anstatt ihr die Leviten zu lesen, sogar ein Kompliment gemacht hatte. Daher fühlte sie sich im Sofa immer schwerer und beschloss, dass sie das nicht so stehenlassen konnte. Sie hatte abermals überreagiert und Maurice schien ehrlich mit ihr gewesen zu sein. Er hatte sogar …

Ich gebe ja zu, dass ich nicht abgeneigt wäre, dich nackt unter mir zu vergraben …

Diese schonungslose Ehrlichkeit erzeugte ein Kribbeln zwischen ihren Beinen. Es war verflucht sexy gewesen, dass er es ohne einen Hauch von Zögern preisgegeben hatte. Und trotz allem schien er der Gentleman bleiben zu wollen, was sie ihm hoch anrechnete.

Oder er ist verdammt geschickt darin, mir den Kopf zu verdrehen.

Und das war das Letzte, was sie brauchte. Es war schon schlimm genug, keine Lösung für ihre verkorkste Beziehung zu haben. Es nun noch komplizierter zu gestalten, würde niemandem helfen. Auch Maurice nicht. Immerhin war er vor knappen zwei Monaten noch glücklich verlobt gewesen.

Hey!? Wie kommst du denn darauf, nur weil er dich offenbar nicht von der Bettkante kicken würde, dass er da mehr als horizontalen Mambo sieht?

Diese mentale Ohrfeige hatte gesessen. Tamika drückte ihr Gesicht in das nächstgelegene Kissen und brüllte aus voller Lunge hinein. „AAAAAAHHHHH!"

„Ähm, alles in Ordnung?"

Tamika erschrak und polterte lautstark zu Boden. Völlig verdattert blickte sie zwischen ihren zerzausten Haarsträhnen empor und musste dem halbnackten Körper von Maurice entgegenblicken, der nun direkt vor dem Sofa, nur mit dem tiefsitzenden Handtuch umwickelt, dastand. Er war so nahe, dass sie beinahe unter den Lendenschurz blicken konnte. Eifrig schluckte Tamika einen Kloß in die Flucht, da sie so konzentriert war, es nicht zu wagen. Kleine Wasserperlen glänzten auf seiner Brust, unter der sich zarte Muskelstränge zusammenzogen, als er sich mit der Hand durch das feuchte Haar strich.

Kann es noch peinlicher werden?

Erde an Tamika, du musst etwas sagen und nicht nur dumm aus der Wäsche gucken! Vor allem, steh' auf!

Wie elektrisiert sprang sie auf, richtete sich die nicht vorhandene Frisur und stellte sich lässig hin, was auf den zweiten Blick absolut lächerlich rüberkommen musste. „Um ehrlich zu sein, ärgere ich mich gerade über mein Verhalten. Ich wollte nicht undankbar erscheinen, aber unterm Strich kennen wir uns überhaupt nicht und ich neige dazu, voreilige Schlüsse zu ziehen oder Menschen zu rasch zu vertrauen. Eine furchtbare Kombination. Könntest du da ausnahmsweise ein Auge zudrücken und mich beim Candle Light Dinner an deiner Seite ertragen?"

Nochmal gut die Kurve gekratzt.

Mit einem schiefen Lächeln nickte er ihr zu. „Ist schon vergessen. Und ich verspreche dir, dass ich es dir nicht zumute, dass du diesmal wieder als Mrs. Leitner betitelt wirst." Er zwinkerte ihr zu und Tamika konnte es nicht erklären, doch die Meldung versetzte ihr einen Stich in die Brust. Nicht, dass sie Mrs. Leitner sein wollte, aber dieses Schauspiel war irgendwie eine schöne Vorstellung gewesen. Eine Fantasie, die so erfrischend anders war. Als Frau zu einem Mann zu gehören, etwas so Erstgemeintes zu erleben, dass man es mit einem Ring besiegelte. Pascal würde dies nicht im Traum einfallen.

„Gut, das Badezimmer ist frei. Ich ziehe mich inzwischen um und danach können wir uns das berühmt-berüchtigte Restaurant mit eigenen Augen ansehen", bot er an und Tamika machte sich nach kurzem Zögern auf den Weg.

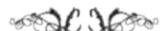

Tamika fühlte sich beschwingt. In diesem extravaganten Kleid, den Highheels und dem glänzenden Armband kam sie sich wie ein VIP vor. Das Klackern ihrer Stöckelschuhe drang in ihre hochsensiblen Ohren und sie zupfte immer wieder nervös an dem Ausschnitt aus Angst, etwas könnte neugierig herausfallen. Galant, wie Maurice war, führte er sie wie eine Kostbarkeit an seinem Armgelenk in Richtung Restauranteingang und alle Blicke lagen auf ihnen beiden. Und es war den Kellnern, Mitarbeitern und anderen Gästen auch nicht zu verübeln, denn selbst Maurice hatte sich fein rausgeputzt. Er trug ein schwarzes Seidenhemd, dessen obere zwei Knöpfe geöffnet waren. Die langen Ärmel hatte er lässig bis zum Ellenbogen hochgekrempelt und die dunkelgraue Stoffhose saß so perfekt, dass es jedem schwerfallen musste, nicht auf diesen von Gott geschaffenen Prachthintern zu glotzen. Sein Parfüm stieg Tamika in die Nase und machte sie schwindelig, als hätte sie zu viel Alkohol genossen, doch in der Stütze seines Armes konnte ihr nichts geschehen. Sie nutzte sogar die Gelegenheit, dichter neben ihm zu gehen, da der Drang, sich an ihn zu schmiegen, so unsagbar groß wurde. Denn schlussendlich musste sie gestehen, dass Maurice ein Traummann mit Ecken und Kanten war und nicht nur eine Frau hier gerne den Platz mit ihr getauscht hätte. Doch heute Nacht durfte sie es sein und sie wollte es genießen, alle Zweifel, Sorgen und Probleme ausklammern und schwerelos leben. Egal, wie verwerflich und feige es war. Oder wie verflucht einfach.

„Du siehst übrigens absolut hinreißend aus", warf Maurice lapidar ein und ein angenehm warmes Gefühl machte sich in Tamikas Magengrube breit. Mehr, als ihn dusselig anzuschmachten, konnte sie auf diese Meldung hin nicht. Denn sie genoss auch seinen Blick viel zu sehr, der nicht enden wollte, als sie gerade den breiten, geschwungenen Eingang des Restaurants passierten und Tamika sich dem blauen Schein um sie herum gewahr wurde. Abgelenkt schaute sie sich um, während im Hintergrund leise klassische Musik spielte und nur vereinzelt das Geräusch von aufeinandertreffendem Besteck diese atemberaubende Szenerie störte. Denn sie befanden sich mitten in einer breiten Glasröhre, die die Sicht in das offene Unterwasser zuließ. Und als hätte man die Rochen, Haie und paradiesischen Fische dafür bezahlt, schwammen sie so dicht heran, dass die Illusion erschaffen wurde, als könnte man sie mit den Fingerspitzen berühren. Unweigerlich stiegen ihr Emotionen empor, so bewegt war sie von diesem Ambiente. Unbewusst griff sie nun nach Maurices Hand neben sich, um sie fest zu drücken, und er erwiderte es blind. „Es ist einzigartig", flüsterte er und seine Stimme war dünn, als wäre er selbst von dieser Schönheit überwältigt.

Tamika strahlte Maurice an und das Bedürfnis, ihn fest in den Arm zu nehmen, wuchs, doch sie war verunsichert. Und dann war die Chance auch schon vertan, als der Kellner sie abholte und zu ihrem Tisch begleitete, der diesem Luxus in nichts nachstand. Ein dunkelroter Läufer war mittig über das weiße Tischtuch gezogen. Elegante, aus Edelstahl gefertigte Kerzenhalter trugen angezündete rote Kerzen und die Teller mit goldenem Rand bildeten das edle Highlight. Ein kleines Gesteck aus exotischen Blüten lag längs des Läufers platziert und sogar die Salz- und Pfefferstreuer wirkten exquisit. Tamika hatte alle Mühe, nicht vor Freude aufzujauchzen wie ein Teenager.

Das Restaurant war angenehm kühl temperiert und ihr Tisch lag mehr abseits als jene der anderen, um eine privatere Atmosphäre zu schaffen. Es war offensichtlich, dass dafür mehr Scheine über den Tisch geschoben werden mussten. Der Kellner zog höflich den Stuhl zurecht, um Tamika das Hinsetzen zu erleichtern und stellte sich dann mit den Armen im Kreuz und einem etwas hochnäsigen Ausdruck vor ihnen hin. „Das Ithaa heißt Sie herzlich willkommen, Mr. und Mrs. Leitner."

Tamikas Blick huschte zu Maurice, um seine Reaktion aufzufangen. Dieser zog einen Mundwinkel in die Höhe, schob mit Leichtigkeit die rechte Hand über ihre und meinte: „Es ist ein Missverständnis. Wir haben uns auf Mr. und Mrs. Kaider geeinigt."

Tamika musste ein Lachen runterschlucken, denn ihr war überhaupt nicht bewusst gewesen, dass Maurice ihren Nachnamen kannte. Die Verwirrung im Gesicht des Kellners war zumindest komplett und sie war sich sicher, dass bei der Abrechnung dann weitere Fragen aufkommen würden, doch einen Mann wie Maurice schien das offenbar kalt zu lassen.

Als der Kellner ihnen die Getränkekarte und das Menü dagelassen hatte, musste sie es loswerden: „Du bist wirklich unmöglich." Aus unerfindlichem Grund lehnte sie sich näher zu ihm und wisperte es.

„Warum denn? Wir sind ein emanzipiertes Paar und ich stehe zu deinem Namen", scherzte er munter weiter und Tamika gab ihm halbherzig einen Klaps auf die Schulter.

„Das meinte ich nicht! Du besitzt die Frechheit, deine Frau ohne Ehering hier auftauchen zu lassen." Sie zeigte ihm die

Zunge, überlegte aber in der nächsten Sekunde, dass sie Maurice nicht herausfordern sollte, denn er würde ihr aus Jux und Tollerei in nur einer Stunde auch diesen besorgen.

Doch er schmunzelte sie nur amüsiert an und widmete sich dann der Karte. „Weißt du, was mein Eindruck ist? Ich glaube, dass du abgeklärt genug bist, diesen Ausflug zu genießen, ohne es nachher zu vermissen. Und ich für meinen Teil kann nur festhalten, dass er ohne dich reine Zeitverschwendung geworden wäre. Denn nur wenn man schöne Momente miteinander teilt, gehen sie in die Ewigkeit der Erinnerungen ein."

Tamika war beeindruckt, sie hätte ihm den poetischen Touch gar nicht zugetraut: „Woher stammt dieses Zitat?", wollte sie wissen und die Frage führte wieder dazu, dass er sie intensiv ansah und ihr Herz schneller zu schlagen begann. Nervös legte sie ihre Finger auf das Besteck, um darauf auf- und abzustreichen, um die übermäßige Energie abzuleiten.

„Es ist mir gerade eingefallen."

Woran lag es, dass seine Stimmlage so verführerisch tief mit einem Hauch Drohung versetzt wurde, wenn er sie auf diese Weise anblickte? Eine Gänsehaut zog über ihren nackten Hals hinab, die Wirbelsäule entlang und ihr Kopf spielte Sehnsüchte bildlich ab, die sie nicht befriedigen konnte – nein, durfte! Nämlich sich näher zu ihm zu lehnen und darauf zu hoffen, dass er seine verführerischen Lippen auf die ihren legen würde. Dass ein Rausch aus Verlangen sie beide treffen und rasend verschlingen könnte und sie alles um sich herum vergaßen.

Instinktiv presste Tamika ihre Oberschenkel zusammen, um das verräterische Prickeln zu töten, doch als sie wieder zu

Maurice aufblickte, hatte sie das Gefühl, dass er sie durchschaute, was ihren Rachen so trocken werden ließ, dass sie hektisch zum Wasserglas langen wollte und dieses dabei tollpatschig wegkickte. Es prallte zu Boden, das Klirren echote ohrenbetäubend durch die Röhre und ein paar Fische flitzten pfeilartig außer Sichtweite.

Tamika wollte sich nur augenblicklich in Luft auflösen, blickte sich um und hauchte ein „Entschuldigung" zu den erbosten Gästen, die alle in ihre Richtung lugten. Drei Kellner eilten mit Besen und Schaufel herbei, um das Malheur in Windeseile zu beseitigen und nahmen auch gleich ihre Bestellung auf, die mehr als nur erlesen war.

In der gesamten Zeit hielt Maurice ein hämisches Grinsen hinter vorgehaltener Hand verborgen. „Mit dir wird es nie langweilig", stellte er fest und lächelte sie alles andere als anklagend an.

„Furchtbar peinlich, aber solche Dinge passieren mir ständig." Tamika zupfte sich die Serviette im Schoß zurecht. „Und ich sollte dir sagen, dass ich den Ausflug auch genieße und abgeklärt oder nicht, werde ich oft an die tollen Erlebnisse zurückdenken." *Und sie vermissen,* fügte sie mental hinzu, denn diese Entwicklung machte ihr etwas Angst. Es war leichtsinnig, unvernünftig und vor allem unangebracht. Es konnte für beide keinen ungünstigeren Zeitpunkt geben, um … *Was? Gefühle zu entwickeln?* Oder vielleicht stand sie da mit dem Problem alleine da? Wollte sie nur hoffen und glauben, dass auch Maurice sie ein klein wenig mochte?

Maurice konnte nicht aufhören, sie zu betrachten und ihren intensiven Blick zu erwidern. Still und heimlich stiegen die Fragen in ihm auf, was sie dachte, wonach sie sich augenblicklich sehnte und wie dieser Abend noch enden würde? Es war so leicht, Shanice aus seinem Geist und seinem geschundenen Herzen zu verbannen, sobald Tamika in der Nähe war, doch sie sollte keine Ablenkung oder ein Ersatz darstellen. Egal, wie verführerisch es war. Er würde nicht mit ihren Gefühlen spielen wollen oder sie ausnutzen. Zudem ehrte er Partnerschaften und wollte nicht dazwischenfunken. Doch tief in ihm entstand auch ein Verlangen und eine verschlagene Stimme flüsterte ihm zu, dass es womöglich Schicksal war und er derjenige sein sollte, der ihr die Augen öffnete und sie aus ihrem Dilemma mit der nicht funktionierenden Beziehung herauszog. Höchstwahrscheinlich wäre sie ihm zuerst böse, es würden die Fetzen fliegen, aber wenn die Zeit verstrichen wäre, würde sie sich besinnen und feststellen, dass er sie aus einer Endlosschleife gerissen hatte. Egal, was morgen wäre. Heute wollte er Tamika mit Leib und Seele. Und sein Instinkt und seine Kenntnisse in Gestik und Mimik bestätigten Maurice, dass sie sich insgeheim auch nach ihm verzehrte. Warum sollte er also auf andere Rücksicht nehmen, wenn Tamika vielleicht die richtige Medizin für seine schmerzhafte Seele darstellte? Das Pflaster für sein blutendes Herz? Der Sauerstoff für seinen hungrigen Organismus …?

Maurice würde alle Register ziehen, um diese Frau für sich zu gewinnen und einzunehmen. Ausnahmslos alle.

14 | Sehnsucht und Verlangen

*A*ls der Kellner ihnen die Rechnung für die Getränke brachte – denn natürlich war nur das Essen Teil des Honeymoonpackages – schnappte sich Tamika den Zettel, noch bevor Maurice ihn entgegennehmen konnte. Ihr Blick wirkte gnadenlos.

„Wir hatten doch vereinbart, wenn du schon solche Unsummen für mich ausgibst, dass ich dich zumindest auf etwas einlade. Und ich habe mich für die Getränke entschieden, die du gewiss verkraften kannst." Sie bedachte ihn mit hochgezogenen Augenbrauen.

Sie besteht also wirklich darauf. Maurice seufzte, denn er ahnte, was gleich folgen würde. Und tatsächlich: Ein kurzer Blick auf die Summe, ihre Gesichtsfarbe wich trotz des bläulichen Scheins der Umgebung und sie hatte hart zu schlucken. Beiläufig zupfte sie am Träger ihres Kleides, was sie stets tat, wenn sie nervös wurde. Ein Seitenblick zum Kellner offenbarte ein aufgesetztes Lächeln, als sie nun mit leicht zitternden Fingern ihre VISA-Karte aus dem mitgebrachten Portemonnaie zog.

Maurice schielte auf die verkehrt liegende Rechnung und fand für eine Flasche Mineralwasser, ein Glas Beerenauslese, eine Flasche Rotwein und zwei Aperitif samt Gedeck eine saftige Rechnung von 330 EUR vor. Und er konnte ihr das nicht antun. Er hatte keine Ahnung, was sie als Innenarchitektin verdiente, doch er war sich sicher, dass sie mit einem Zehntel des Betrages gerechnet hatte, daher unterbrach er die Übergabe der Kreditkarte an den Kellner. „Wenn Sie auf ein saftiges

Trinkgeld hoffen, würde ich Ihnen raten, meiner Frau die Zahlung nicht zu gestatten." In ihre Richtung ergänzte er: „Das geht selbstverständlich auf mich, Schatz."

Wütende Giftpfeile kamen aus ihren Augen geschossen, da ihr dieser Wortlaut wohl unangenehm war, doch Maurice musste überzeugend sein und Geld bekehrte die meisten. Und schon verweigerte der Kellner Tamikas Karte und schob die Rechnung stattdessen mit starrem Lächeln zu Maurice.

Wütend stampfte Tamika vor ihm auf dem Steg in Richtung Villa, tat sich mit dem Gleichgewicht schwer, da sie beide über den Durst hinaus getrunken hatten. Da Maurice auf eine kommende Standpauke wettete, hatte er vorsorglich noch einen Flasche Whiskey und Eis zur Villa bestellt.

Sicher ist sicher.

„Du hast mich blamiert! Ich wollte nur noch im Boden versinken. Warum hast du das getan?"

Sie hatte sich umgedreht und ihre Lippen waren zu schmalen Linien gepresst. Ihre Stirn war gerunzelt und unterstrich ihre Wut. Erneut versuchte er es mit einer kapitulierenden Geste und hob die flachen Hände in die Höhe. „Es tut mir leid. Ich habe es nur gut gemeint. Grundsätzlich habe ich überhaupt nichts dagegen, wenn du mich in unserem Hotel oder irgendeinem anderen gottverdammten Restaurant einlädst, wo die Preise noch einen Sinn ergeben. Wir wissen beide, wie unverschämt hoch die Getränke hier angeboten werden."

Und siehe da, langsam hatte er den Dreh raus, ihr den Wind aus den Segeln zu nehmen, denn die bedrohliche Körperhaltung lockerte sich auf.

„Das wäre sicher auch anders zu kommunizieren gewesen, doch du musstest natürlich wieder mit den Scheinen wedeln. Kriegst du eigentlich irgendetwas ohne Geld hin?"

Autsch! Das hat gesessen. Was stimmte mit diesem Frauenzimmer nicht? Sie trieb ihn in den sicheren Wahnsinn! Dieser Schleudergang von sie-flachlegen-wollen bis hin zu sie-von-sich-zu-stoßen, war kaum zu managen.

„Tja, wahrscheinlich liegt es daran, dass mich Frauen ohne mein Geld einfach nicht sehen wollen und mich desinteressiert stehen lassen, obwohl meine Lenden und mein Herz nach ihnen brennen!", fuhr er sie an und spürte die Wut sich in jeder Faser seines Leibes verteilen.

Tamika blieb mit offenem Mund vor ihm stehen und gab ein groteskes Bild vor diesem Meer an Sternen am Firmament ab. Aufgebracht schob er sie zur Seite, um über den Steg endlich zur Villa zu gelangen. Er betete nur, dass der Alkohol bereits vor ihnen Einzug gehalten hatte, sodass er seinen Ärger ertränken konnte.

Sein Blick verhieß nichts Gutes. Als Maurice zur gekühlten Whiskeyflasche griff, als würde er sie mit seiner Laune nun gut und gerne auf ex austrinken, wurde Tamika flau im Magen. Es uferte aus. Erneut. Oder war er in Wahrheit schier und ergreifend ein Alkoholiker?

Maurice hatte sich desinteressiert die Knöpfe des Hemds geöffnet, den Stoff aus dem Hosenbund gezogen und sich samt seiner Eroberung schlampig auf das Sofa geworfen. Der Zimmerservice hatte einen elektrischen Kamin entlang des Wohnraumes angezündet, der nervös zuckte und die Stimmung noch anzuheizen schien. Es war geradezu herzzerreißend, dass es für Maurice nur die Flucht in den Alkohol gab, während man durch die großflächigen Glaswände an der Rückseite der Villa den unendlichen Horizont sehen konnte. Auch unter ihren Beinen lud das übergroße, beleuchtete Fenster dazu ein, die Schönheit der Unterwasserwelt zu genießen. Diese Behausung bot eindeutig mehr, um in Erinnerung zu rufen, dass es Wichtigeres im Leben gab. Eigentlich müsste man jeden Atemzug auskosten bis zuletzt, denn solche Art Erlebnisse kamen nie wieder. Vor allem für Tamika nicht, doch mit dem Streit um das verfluchte Geld schien alles verloren zu sein.

Sie trat an Maurice heran, der sie gekonnt ignorierte. Ihren Versuch, ihm die Flasche aus der Hand zu ziehen, vereitelte er und ohne sie eines Blickes zu würdigen, sog er erneut an dem scharf riechenden Gesöff.

„Bitte tu dir das nicht an, Maurice. Keine Frau, also weder Shanice noch ich, ist das wert. Du bist ein erfolgreicher, starker und stolzer Mann. Du bestehst aus so viel mehr als nur Geldscheinen, doch leider erkennst du das selbst nicht."

„Ach ja? Und aus was bitte schön?", fauchte er sie ungehalten an, sodass sie zögerte, ob ausgerechnet sie die Richtige war, um ihn jetzt zu trösten oder von seiner Zerstörungswut abzubringen. Sie hockte sich in ihrer

Traumrobe neben ihn und musste darauf achten, sich nicht zu schräg zu ihm zu beugen, da er sonst einen freien Blick auf ihre Nippel bekommen könnte, was gerade fehl am Platz war.

„Du hast ein gütiges Herz und siehst sogar über meine übertriebenen Ausbrüche hinweg." Sie überlegte, als er sie mit gerümpfter Nase anstarrte. „Okay, zumindest meistens. Du liest in den Menschen, scheinst empathisch zu sein und ein Kämpfer durch und durch. Du gestehst dir auch mal den einen oder anderen Fehler ein und bist großzügig, obwohl du es nicht sein müsstest und dich die Vergangenheit gelehrt hat, dass du damit mitunter die falschen Charaktere anlockst."

Ein lautes Seufzen drang aus seiner Kehle, Maurice wirkte extrem genervt. „Bist du fertig?", wollte er verstimmt wissen und gab ihr durch diese Frage schwer zu kauen. Tamika hatte ihn verloren, er machte komplett dicht und würde sich nicht umstimmen lassen.

„Okay, ich sehe schon, die Flasche und du werden heute gute Freunde. Schade, der Abend hätte anders enden können. Und es tut mir leid, das Desaster losgetreten und damit offenbar alles zerstört zu haben."

Tamika stand auf und wollte sich gerade ins Bad aufmachen, als ihr noch etwas auf der Seele brannte. „Ich würde es nur fair finden, wenn du im Bett schläfst. Ich werde es mir woanders bequem machen." Ohne seine Reaktion abzuwarten, ging sie. Sie wollte ihm nicht zeigen, wie enttäuscht sie war, weil sie sich so schäbig vorkam. Vor der Badezimmertür hielt sie inne.

Warum kann ich bloß nicht den Mund halten, wenn es eigentlich angebracht ist? Weshalb muss ich immer alles kaputt reden und nehme es nicht einmal dankbar an, sobald etwas Gutes in mein Leben tritt?

Ich bin ein schlechter Mensch …

„Ich habe dir mein frisch gewaschenes Shirt und die Shorts ins Bad gelegt. Und du kannst liebend gerne im Bett schlafen. Wenn ich mit der hier fertig bin…", Maurice schwenkte die goldbraune Flüssigkeit demonstrativ vor sich, „…rührt sich in meiner Hose ohnehin nichts mehr und du hast nichts von mir zu befürchten."

Was für eine blöde Meldung! Tamika schloss kurz die Lider, um in sich zu gehen. Ihr fiel jedoch nichts ein, was sie erwidern konnte, ohne es noch schlimmer zu machen und betrat daher schweigend den Raum.

Stocksteif wurde Tamika wach, als bereits der Tag anbrach. Sie hatten vergessen, die Vorhänge zuzuziehen, sodass sie mit 5:55 Uhr sehr verfrüht und unfreiwillig vom Sonnenaufgang geweckt worden war. Als sie an sich hinabblickte, erschrak sie kurz und hielt den Atem an. Maurices Kopf war auf ihrem Bauch gebettet, sein linker Arm um ihre Hüfte geschlungen, und als sie sich etwas nach rechts lehnte, konnte sie sein friedliches, sabberndes Gesicht erkennen. Aber dem nicht genug, lag er nur mit engen Shorts im Bett und hatte sein dünnes Laken so weit weggestrampelt, dass Tamika seine perfekte Kehrseite präsentiert bekam. Sein linkes Bein war zu solch akrobatischen Winkeln fähig, sodass es auf ihr bis an seine Brust hochgezogen war. Doch durch ihren verkrampften Reflex kam Bewegung in seinen Körper und seine Hüfte kippte leicht, während er weiterhin an ihr festhielt.

Sieh nicht hin, das ist unhöflich!, ermahnte Tamika sich, als sie den Ansatz Maurices stolzer Morgenlatte zu Gesicht bekam. So viel zum Thema, mit dem Alkohol wäre tote Hose – im wahrsten Sinne!

Er hat nur eine volle Blase, also krieg dich wieder ein! Es hat nicht mit dir zu tun!

Eigentlich könnte sie sich unter Maurice herausrobben und ihn seinen Kater in aller Ruhe ausschlafen lassen … Eigentlich. Doch in diesem Moment zogen sie seine fordernden, starken Hände dichter heran, ihr keuscher, übergroßer Ersatzpyjama wirkte zu dünn als schützende Barriere vor der Sehnsucht, die gerade in ihr anstieg. Der Stoff ihres Leih-Shirts war ohnehin bis zum Busenansatz hochgerutscht, ihre Brustwarzen verhärteten sich verräterisch und Maurice rieb die kratzige Wange an ihrer nackten Haut, als würde er sich darin suhlen und ihren Duft inhalieren. Wie sollte man so etwas nicht auskosten wollen? Seine Hände waren warm, diese Bartstoppeln reizten zwar ihre Haut, doch es gefiel ihr verbotenerweise.

Viel schlimmer belief es sich jedoch mit dem ständigen Drang, mit ihren Finger endlich in dieses Haar zu fassen, das sie schon oft hatte berühren wollen. Und warum eigentlich nicht? Maurice schien völlig weggetreten zu sein. Wann, wenn nicht jetzt? Solch eine Gelegenheit, ohne sich zu kompromittieren, würde wahrscheinlich nie wiederkehren. Zudem, was sollte er sich aufregen, immerhin war er zuvor über eine ausgesprochene Grenze getreten und lag direkt auf ihr. *Alkohol hin oder her!*

Na schön, ich hätte vielleicht auch bei meinem ursprünglichen Plan bleiben können, mir mit dem Sofa vorlieb zu nehmen. Groß genug war es allemal!

Doch als Tamika gestern aus dem Badezimmer geschlichen war, hatte sich Maurice bereits mit solch einer engen Umarmung mit den Kissen am Sofa und der Whiskeyflasche befunden, dass sie ohnehin Zweifel gehegt hatte, dass er nochmal die Füße auf den Boden setzen würde. Daher hatte das Kingsize-Bett nahegelegen.

Papperlapapp! Zurück zu der Chance, die gleich verstreichen könnte: Sein Haar war unwiderstehlich. Daher ließ Tamika langsam ihre linke Hand zu seinem Kopf wandern. Vorsichtig strichen ihre Fingerkuppen über das weiche Haar, das sich trotz des Druckes nach der Berührung wieder in die vorherige Position zurückstellte. Tamika musste schmunzeln. Es war so dicht und sie hätte die Erkundungstour den ganzen Tag fortführen können. Doch sie wurde übermütig und glitt nun uneingeladen weiter, über diese verführerische Linie vom Ohr hinab zum Kinn. Konzentriert biss sie sich auf die Unterlippe, um vor Aufregung ihren Bauch beim Atmen nicht zu sehr anzuheben. Sie wollte auf keinen Fall auf frischer Tat ertappt werden. Doch … zu spät.

Ohne Vorwarnung hob Maurice den Kopf und sah sie entblätternd an. Sein geknautschter Gesichtsausdruck und die Abdrücke ihres Nabelpiercings auf seiner Wange ließen darauf schließen, dass er noch nicht ganz im Hier und Jetzt angekommen war. Wie elektrisiert zog sie ihre Hand zurück und bedachte ihn mit einem unschuldigen Blick. Aber sie hatte

Glück, denn noch bevor er sie darauf ansprechen konnte, rutschte seine Aufmerksamkeit unweigerlich in seinen Schritt. Zuerst hätte Tamika erwartet, dass es ihm unangenehm sein würde, doch Maurice stützte sich lediglich vom Bett ab und zeigt ihr die kalte Schulter.

„Sorry, falls ich zu weit gegangen sein sollte. Ich habe keinen Plan mehr, was gestern Nacht passiert ist." Seine Stimme war belegt und kratzig und er rieb sich die müden Lider. Dann drehte er den Kopf, um sie auf eine Weise anzusehen, die Tamika nicht deuten konnte.

Was hat er tatsächlich mitgekriegt? Und war es plötzlich in Ordnung, dass er unerlaubt beinahe AUF ihr geschlafen hatte? Dabei hatte er es ja angekündigt. Er wollte sie nackt unter sich vergraben …

Doch aus Verunsicherung fiel Tamika nichts Besseres ein als: „Wie geht es deinem Kopf?"

Tamika sah, wie Maurice an die Bettkante rückte, so, dass sein Gemächt für sie nicht länger zu sehen war. Er griff zu seiner Hose am Boden und fischte scheinbar etwas aus der Seitentasche heraus, das er sich dann beiläufig in den Mund schob. Dem kauenden Kiefer nach zu urteilen, wollte er einem abgestandenen Geruch entfliehen.

„Frag' lieber nicht. Ich hätte mir diese Nacht ganz anders ausgemalt." Es klang bedrückt und enttäuscht zugleich und in Tamika hüpfte das neugierige Ich, getrieben durch die Frage, was er sich denn so sehnlich ausgemalt hatte? Sich diesbezüglich zu erkundigen, getraute sie sich jedoch nicht.

„Ich habe gesehen, dass wir auf der Terrasse eine Dusche haben, die von äußeren Blicken abgeschottet ist. Willst du mich begleiten?"

WAS?!

Tamika schluckte ihren Frosch in die Flucht, da sie eindeutig etwas an den Ohren haben musste. Ein hysterischer Lacher sprang stattdessen aus ihrem Rachen, als Maurice sich langsam erhob und zu ihr drehte. Sein Blick blieb ernst und er machte keinen Hehl aus der mega Beule, die noch immer in seiner Hose ruhte. Er ließ sich nicht aus der Ruhe bringen und meinte es offenbar bitterernst.

So schlecht kann ihm also nicht sein, wenn ihm jetzt nach … *Stopp!* Diese Hormone machten sie fertig!

„Ich verstehe nicht …", stotterte Tamika drauf los, zog sich beiläufig das Shirt wieder bis zum Hosenbund und rutschte höher ans Bettende, um sich anzulehnen und etwas Abstand zu ihm zu gewinnen.

„Komm, ich mache es dir einfacher. Denkst du wirklich, ich habe geschlafen, als du angefangen hast, dich an meinem Haar zu vergreifen?" Mit einem freundlichen Lächeln hielt er ihr die geöffnete Hand entgegen, als wollte er sie aus dem Bett hieven.

Tamikas Herz schlug ihr bis zum Hals und es war gewiss, dass der Großteil ihrer roten Blutkörperchen sich gerade in ihrem Kopf befand. Zudem mussten die Nervenbahnen zu ihrem Gehirn eindeutig unterbrochen worden sein, denn sie wusste nicht, was sie tun oder sagen sollte.

Als sie nicht reagieren wollte, schritt Maurice zu ihrem Nachttisch, auf dem eine angefangene Wasserflasche stand, öffnete sie und trank sich den Brand aus dem Leib. Und noch nie hatte sie es als so sexy empfunden, einem Mann beim Trinken zuzusehen. Bis jetzt. Sie verschlang förmlich, wie sich sein Brustkorb hob und senkte, die Ansätze von Bauchmuskeln sich zusammenzogen und er anschließend die feuchten Lippen mit dem Handrücken abwischte. Der Wunsch, dies für ihn zu erledigen, war augenblicklich geboren.

„Also?", forderte er mit glänzenden Augen erneut und Tamika war noch immer wie gelähmt.

Herrgott! Du bist eine erwachsene Frau, warum benimmst du dich wie ein Teenager? Ja oder nein? Tamikas Gehirn begann zu brabbeln, dass diese Entscheidung auch beinhaltete, ihren Freund zu betrügen. Bewusst. Und so war sie nicht gepolt oder wollte es zumindest nicht sein.

„Ich ... ich kann das nicht", stammelte sie, hob dennoch stolz das Kinn, um dieser Entscheidung mehr Gewicht zu verleihen.

„Was genau, Tamika?" Als er nun seine Hand nach ihrer Wange ausstreckte, wollte, aber konnte sie nicht zurückweichen. Ein innerer Kampf brach los. Ein Kampf zwischen Verlangen und Vernunft. Es war schon schwer genug, den Blick bei seinen Augen zu halten, jetzt, wo seine knackig gefüllten Shorts nur einen halben Meter entfernt waren. Die Sehnsucht und das seit Monaten bestehende Gefühl der Einsamkeit schienen sie augenblicklich zu ertränken. Tamika verzehrte sich nach Aufmerksamkeit, wollte gesehen werden ... vor allem von Maurice gesehen und berührt werden. Auch wenn es nicht sein durfte.

Was soll ich nur tun?

15 | Die eine Frage, die alles verändert

*M*aurice ließ sie nicht aus den Augen. Er fixierte ihre leicht geöffneten Lippen und er erkannte den kurzen Schauder, der sie durchfuhr, als er sie berührte. Sie wollte es genauso sehr wie er, doch ihr Verstand lähmte sie und er setzte alles auf eine Karte, denn was hatte er noch großartig zu verlieren?

„Sprechen wir es offen aus, Tamika. Du bist eine starke, emanzipierte und intelligente Frau, die nicht nur Pfeffer im Arsch hat sondern das Herz am rechten Fleck. Wie du unschwer erkennen kannst, fährt nicht nur mein Geist auf das ab, was ich vor mir sehe."

Ein kurzer Blick auf seine gespannten Shorts bestätigte, dass sie wusste, worauf er anspielte. Maurice strich ihr die Wange entlang und mit seinem Daumen über die feuchten Lippen, was ihn noch mehr antörnte. Seine Fantasie spiegelte ihm nur allzu reale Szenen wider, was sich mit ihnen alles anstellen ließe. Sie bebten unter dieser zarten Berührung, Tamikas Brustkorb hob und senkte sich rascher und er hätte seine Hand darauf verwettet, dass sie im Schritt bereits feucht wurde.

„Ich will dich und so, wie ich das sehe, du mich auch." Gezielt blickte er auf ihre harten Knospen unter dem dünnen Stoff seines Shirts. Aber das war nicht das einzige Indiz, denn was Tamika nicht wusste, war, dass Maurice am Vorabend rascher mit dem Alkohol abgeschlossen hatte als geplant, da er ihm das riesige Loch in der Brust nicht wie gewohnt stopfen konnte. Daher hatte er beschlossen, sich beinhart zu Tamika ins Bett zu legen, obwohl es von ihr gewiss anders gedacht gewesen war. Sie hatte tief und fest geschlafen, dennoch hatte sich ihr Körper zu ihm gelehnt, sich geradezu lasziv gebogen, um Kontakt zu ihm aufzunehmen. Und kaum hatte er seinen Arm um sie gelegt, war ihr ein zufriedenes Stöhnen entflohen. Wenn sein Leib in diesem Moment fitter gewesen wäre, hätte er ohne mit der Wimper zu zucken ihren Dämmerzustand beendet und sie mit einem Zungenspiel davon überzeugt, dass sie es genauso brauchte wie er. Doch so hatte er entschieden, zu schlafen und seinen Rausch vorher loszubekommen.

Wie elektrisiert schob Tamika ihren Unterarm über die Brüste und über ihren Wangen zog ein roter Ton auf, als wäre es nicht das Natürlichste der Welt.

„Maurice, bitte …", begann sie erneut Argumente zu liefern, die er nicht hören wollte, und daher legte er seinen Zeigefinger stoppend auf ihre Lippen.

„Ich habe eine einzige, simple Frage an dich. Nennen wir sie die alles entscheidende Frage. Denn seien wir einmal ehrlich, du bist zwar intelligent, willst sie dir aber selbst nicht beantworten, also bitte tu es mir zuliebe und dann gebe ich endgültig Ruhe: Tamika. Liebst. Du. Ihn?"

Sie versuchte, ihn barsch von sich wegzudrücken, wich seinem direkten Blick aus und wollte der Situation entfliehen, doch Maurice war noch nicht fertig mit ihr. Er stützte die Arme gegen die Bettlehne und hielt Tamika dazwischen gefangen: „Sag mir die Wahrheit! Wie oft habt ihr die letzten Tage telefoniert oder euch geschrieben? Ich habe dich nie mit einem verliebten Grinsen auf dem Handy herumtippen sehen, wie es heutzutage doch üblich ist. Wann hat er dir das letzte Mal ins Gesicht gesagt, dass er dich liebt, etwas Außergewöhnliches getan, um dir zu beweisen, wie wichtig du ihm bist? Oder simpel gefragt, zu welchem Zeitpunkt hattet ihr das letzte Mal zärtlichen oder richtig leidenschaftlichen Sex? Hm? Also! Liebst du ihn, Tamika?"

„Hör auf!", brüllte sie ihn atemlos an, ihre Augen wurden glasig und Maurice zögerte. Die Wunde war nun aufgebrochen und die Wahrheit musste einsickern, bevor sie wieder in Verdrängung oder Ablenkung umschlug. Als Tamika seine Arme hysterisch wegschlug, aufsprang und an ihm vorbeilaufen wollte, schlang er einen Arm bestimmend um ihre Taille, um sie heranzuziehen. Die zweite Hand landete in ihrem Nacken, um dann seine Lippen fordernd auf ihre zu legen.

Spiel, Satz und Sieg … hoffentlich!

Zuerst stemmte sie die Hände vehement gegen seine Brust, schlug ihn mit Fäusten, doch nach wenigen Sekunden flaute die Abwehr ab und sie wurde Wachs in seinen Armen. Sie lehnte sich gegen ihn, erwiderte den Kuss und ihre Finger glitten zögerlich über seinen Rücken, noch unschlüssig, was da gerade passierte und ob sie es wollte. Doch Maurice war sicher, das Gehirn würde zeitnah aussetzen und etwas ganz anderes zum Vorschein bringen.

Ihre Lippen waren weich, Tamika schmeckte so intensiv süß, dass es ihn um den Verstand brachte. Als sie ihm nun auch Zugang in ihre Mundhöhle gewährte und er eindrang, ertönte ein erleichtertes Stöhnen aus ihrem Rachen, das er nur hungrig entgegnen konnte. Seine Hände wurden gieriger, erforschten ihren Körper und pressten sie fester gegen seine Erektion. Er wollte sie unbedingt, jetzt und hier!

Der atemberaubende Rausch zog sie mit sich und Tamika wollte sich nur treiben lassen. Es fühlte sich so gut und unverschämt richtig an. Es ließ sie diese furchtbaren Fragen, die sie gerade bombardiert hatten, zu Nichts verpuffen und ihr Körper übernahm komplett die Kontrolle. Sie wollte – nein, musste! – mehr von Maurice haben.

Sie lehnte sich willig gegen ihn wie eine reife Frucht, die gepflückt werden wollte, und diese geschickten Hände, göttlichen Lippen und verboten glatte Haut konnten ihren Leib nicht genug abdecken. Die Lust, die Maurice in ihr auslöste, war so ausgeprägt wie niemals zuvor. Als wäre es vorgesehen gewesen, dass ihre Körper sich zusammenfügten, miteinander harmonierten und verschmolzen.

Tamika verlor das Gleichgewicht, landete auf der Matratze hinter sich und nahm seinen stählernen Körper nur allzu gerne auf sich wahr. Maurice war zärtlich, fordernd und unersättlich zugleich und als er die Hüfte fest gegen ihre schob, spreizte sie automatisch die Beine, um seine Erektion im Schritt zu spüren. Es entrang ihr ein lautes Stöhnen. Ihre Nägel krallten sich in diese feste Haut seines Nackens, ihre Nase grub sich in die Halsbeuge und sie sog seinen männlichen Duft auf. Maurice war die beste Droge, die man sich nur vorstellen konnte, doch als er erneut einen Stoß im Trockensex simulierte, wurde die Stimme ihres Gewissens drängender, bis es zu einem dröhnenden Ton wurde!

Sei wenigstens so anständig und mach vorher Schluss mit Pascal! Das bist du ihm schuldig! Und dann kannst du dich fragen, ob ein blöder One-Night-Stand oder kindischer Urlaubsflirt das tatsächlich wert waren!

Wie elektrisiert stieß sie Maurice von sich und kam kaum zu Atem, so sehr wollte sie Sex mit ihm. In ihrem Schritt hatte sich ein Meer gebildet. Ein Meer aus Sehnsucht, das nun enttäuscht zu versiegen begann. Ihre nackte Haut sehnte sich nach seiner und diese Lippen waren einfach zu geschickt, um sie abzuweisen. Aber was wurde das hier? Und was passierte nach dem Urlaub?

„Was ist los? Warum hörst du auf?", fragte er atemlos und komplett von der Rolle. Sein Antlitz war schmerzverzerrt und lustverhangen und es tat weh, die Enttäuschung darin abzulesen. Sie wollte ihn nicht kränken, doch sie war mit sich selbst nicht im Reinen, um diesen Schritt zu setzen. Tamika war bereits zu weit gegangen.

„Warte!", versuchte sie, ihm beruhigend zu verklickern und griff nach ihrem Handy auf dem Nachttisch. Sie öffnete den Messenger im Dialog mit Pascal und ihre Finger zitterten. Noch nie waren die Gefühle so drückend auf ihrer Schulter gesessen und hatten sie aufgefordert, endlich tätig zu werden wie gerade eben. Sie fing die Nachricht an, löschte sie wieder, begann erneut, während sie ein genervtes Seufzen von Maurice vernahm, der sich aus dem Bett erhob und zielstrebig in Richtung Terrasse marschierte. Da sie ihre Aufmerksamkeit nicht vom Display abwandte, landeten seine Shorts direkt auf ihrem Kopf und als sie hektisch die nackten Tatsachen noch erhaschen wollte, war er mit blanker Kehrseite schon hinter dem äußeren Paravent verschwunden.

Mist! Er wird nicht auf dich warten! Also beeil' dich!

Es gab wohl nichts Charakterloseres als eine Beziehung über eine Textnachricht zu beenden. Fraglich war jedoch, war das, was Pascal und sie genau verband überhaupt eine? Sie lebten in getrennten Wohneinheiten, sahen sich meist nur am Wochenende und eine Änderung war nie in den Raum gestellt worden. Er hatte ihr tatsächlich noch nie die drei magischen Worte entgegengebracht und auch kommunikationstechnisch hatten sie all zu oft aneinander vorbeigeredet. Aber egal welche Argumente sie gerade aus dem Repertoire an Gründen herausfischte: es war schäbig. Doch sie zwang sich zum Texten, um diesem aussichtslosen Zustand endlich ein Ende zu bereiten:

Lieber Pascal, ich habe hier viel Zeit mit Nachdenken verbracht und egal, wie sehr ich es versuche, und unsere gemeinsamen drei Jahre rekapituliere, komme ich immer mehr zu dem Schluss, dass wir nicht miteinander alt werden können. Ich schätze, die ständigen Diskussionen und der Fakt, dass wir uns voneinander distanzieren und entfremden, sind dir nicht entgangen und werden diesen Schritt gewiss nachvollziehbar machen. Selbst wenn es mir in der Seele wehtut ... Ich habe die Zeit mit dir genossen und möchte dich als Menschen in meinem Leben nicht missen. Aber im Moment muss ich mich wieder-finden, neu orientieren und von vorne anfangen. Es tut mir leid, bitte sei mir nicht böse.

Tamika

Doch als sie auf Senden gehen wollte, musste sie feststellen, dass das WLAN nicht funktionierte.

Natürlich! Warum quält mich das Schicksal so? Wieso stolpere ich von einer Prüfung in die nächste? Verdammt!

Und was jetzt?

Tamika schlich zur Terrasse und spähte hinaus. Sie sah teilweise auf Maurices nacktes Profil, als er sich gerade einseifte und die Regendusche ihm den Schaum vom Körper wusch. Als hätte er ihre Anwesenheit gespürt, blickte er zu ihr.

„Und? Hast du geregelt, was du wolltest, oder willst du behaupten, dass unser Kuss dir verdeutlicht hat, dass du eigentlich IHN liebst?"

Tamika hätte gerne das Thema gewechselt, denn sie wollte nicht zugeben, dass er recht behalten hatte. Sein Ego war auch so schon groß genug.

„Ich finde, du hast zu viel an zum Duschen." Maurice drehte sich selbstbewusst in ihre Richtung und präsentierte sich ihr, wie Gott ihn schuf. Und dieser hatte ein Meisterwerk geschaffen. Die scharfen Muskeln an den Hüften verliefen zu einem weichen Übergang in seinem Schritt und formten eine sehr ansprechende Erektion. Der gekürzte Flaum endete am Schaftansatz und war ansonsten komplett rasiert. Die Haut darauf musste sich so verführerisch weich anfühlen … Ja, sie konnte nur schwärmen, da er der Typ Mann war, der sich für gewöhnlich nicht für sie interessieren würde. Tamika verstand nicht, was da gerade vor sich ging, und redete sich unentwegt ein, dass die Auswahl auf der Insel nicht allzu groß war und man in Extremsituationen womöglich einen anderen Blick auf die Dinge bekam.

„Du spielst gerne mit mir, habe ich recht?", brachte sie es auf den Punkt, als er nun patschnass auf sie zukam, ohne das Wasser abzudrehen. Unerwartet nahm er ihren Kopf in beide Hände und küsste sie, als würde es um sein Leben gehen. Ihre Knie wurden weich, ihr wurde schwindelig und sie war augenblicklich dankbar dafür, dass er sie festhielt. Es war so unsagbar schön, dass das Prickeln sich in ihrem gesamten Körper verteilte, sie nicht anders konnte, als nun ihre Arme fordernd um seinen nassen, aalglatten Oberkörper zu legen, selbst um den Umstand wissend, dass ihr

Zweiteiler eingeweicht wurde. Neugierig ließ sie ihre Hände nach unten gleiten und ihre Finger gruben sich besitzergreifend in seinen muskulösen Hintern.

Gott, fühlt sich das fantastisch an!

Aber streng genommen zu fantastisch und sie hielt inne, um sich von diesem Rausch zu erholen. Dann blickte sie ihm tief in die Augen und er begann bereits, den Kopf zu schütteln, als wüsste er schon, was folgen sollte.

„Maurice, bitte versteh mich nicht falsch. Ich würde nur all zu gerne meinen Kopf abschalten und einfach dort weitermachen, wo wir gerade sind, doch ich sollte ehrlich zu dir sein."

Seine Umarmung wurde lockerer und der Ausdruck ernst. Er schien sich alle Mühe zu geben, nicht zu urteilen, aber in Anbetracht des Druckes in den Lenden wäre Tamika an seiner Stelle auch unentspannt gewesen.

„Ich weiß, es ist das Dämlichste, was ich offen aussprechen kann, aber ich habe Angst."

Maurice legte die Stirn in Falten und sein Mund verzog sich zu einem ‚What the fuck?'.

„Ich weiß nicht, was das da zwischen uns ist, doch es fühlt sich zu perfekt an, als dass ich zurück nach Hause fahren und mir einreden könnte, ‚Es war eine geile Zeit, aber das war's auch schon.'" Sie studierte seine Reaktion, und nicht zu wissen, wie er es aufnahm, machte es umso schwerer. „Ich weiß, das klingt jetzt absolut bescheuert, doch ich würde lügen, wenn ich behaupte, dass ich nichts für dich empfinde – selbst in dieser naiven, kurzen Zeit." Maurices Ausdruck fror ein und seine Pupillen wurden so klein wie Stecknadeln.

„Wenn die Umstände anders lägen und wir uns ganz normal in Deutschland kennengelernt hätten, zusammen ausgegangen wären, hätte ich großes Potential darin gesehen, mit dir eine Beziehung eingehen zu können. Es ist sehr wahrscheinlich, dass ich einfach mehr will als nur unverbindlichen Sex. Selbst wenn er gewiss der Hammer wäre, ich würde nachher in ein tiefes Loch fallen, denn ich hätte mit meinem Freund Schluss gemacht und stünde dann erst recht alleine da. Und es wäre umso schlimmer, weil du mir gerade wieder in Erinnerung gerufen hast, wie schön es sein kann, mit einem Mann zusammen zu sein, mit dem es klappen könnte. Und ich würde wie eine Abhängige mehr davon wollen. Daher ist es reiner Selbstschutz, dass ich mich nicht fallenlassen kann. Denn egal wie herausragend der Sex mit dir wäre, die Trauer danach dauert bestimmt länger. Wenn ich nicht langsam Gefühle und Interesse an dir entwickeln würde, stünde uns nichts im Wege und ich könnte das differenzieren, aber so …“

Diese Ansprache schien genug zu sein, sodass Maurice sie losließ und die Kälte zwischen sie geriet. Er rubbelte sich mit beiden Händen mehrfach über den Kopf und stieß mit geblähten Wangen Luft aus seinen Lungen.

„Puh, sorry, aber das muss sich einmal setzen“, war alles, was er dazu entgegnen konnte und trieb Tamika mit diesen Worten einen Dolch mitten in die Brust. Ja, sie hatte ehrlich sein wollen und ja, sie hätte mit der Reaktion rechnen sollen, da das Leben bekanntlich kein Ponyhof war, aber dennoch … ihr Herz hatte sich eine völlig andere gewünscht.

16 | Drückende Stille

aurice war ausgelaugt und leer. Er hatte sich bei der Abreise im Wasserflugzeug bewusst auf einen Einzelplatz gesetzt. Das Flugpersonal quittierte es zwar mit skeptischen Blicken, doch es war ihm einerlei. Er brauchte dringend Abstand, da er den Eindruck gewann, dass ihm die Luft zum Atmen fehlte. Zu sehr hatte diese Achterbahn an Gefühlen an seinem Nervenkostüm gerüttelt. Zu sehr hatte er sich nach Tamika verzehrt und endlich am Ziel gesehen, doch die kalte Abfuhr ließ ihn an sich zweifeln, was da überhaupt in ihn gefahren war. War es nur Shanice zum Trotz gewesen, dass er sich an Tamika rangeworfen hatte? Wollte er ihr über 7.000 Kilometer Entfernung tatsächlich unter die Nase reiben, wie einfach es ihm fiel, über sie hinwegzukommen? Genau wie sie? Oder war es der Reiz an Tamika gewesen, dass diese starke Frau kein Interesse an ihm heuchelte und zudem vergeben war? Maurice war sich nicht mehr sicher, denn in seinem Inneren herrschte Zwiespalt. Unterm Strich gesehen fand er Tamika sexy, begehrenswert und ihre Art höchst faszinierend; sie war anders als alle Frauen, die ihm bisher über den Weg gelaufen waren. Ein unberechenbares, hochexplosives und emotional geladenes Gesamtpaket. Und tollpatschig obendrein. Eine tickende Zeitbombe, die man einfach nur küssen und beschützen wollte. Doch allem Anschein nach sollte es schlichtweg nicht sein und jetzt war er müde davon. Von all den Fragen, der Trauer und der Sehnsucht. Streng genommen wollte er direkt weiter in den nächsten Flieger steigen und zurück nach

Deutschland an den Schreibtisch, wo er sich endlich wieder in seinem Revier fühlte. Zwei Wochen Malediven allein waren final gesehen eine absolute Schnapsidee – oder besser gesagt Whiskeyidee – gewesen. Er hatte sich selbst überschätzt und die Situation mit Shanice obendrein.

Maurice bemühte sich bewusst, nicht in Tamikas Richtung zu blicken. Sie hatte einen Sitz in den hinteren Reihen gewählt, als würde sie seinem Wunsch nach Abstand entsprechen wollen. Dennoch fühlte er diese glühenden Pupillen, die sich in seinen Hinterkopf brannten. Und auch die lauteren Seufzer drangen an sein Ohr, obwohl die Propeller dominant waren. Er wusste nicht mehr, wie dieser Zustand sich noch positiv auflösen sollte. Es steckte eindeutig der Wurm drinnen, auch wenn er Tamika nicht das Gefühl geben wollte, dass er sie ignorieren würde, weil sie für ihn nicht die Beine breitgemacht hatte. Im Gegenteil, er respektierte ihre Ängste und Befürchtungen. Wer, wenn nicht sie selbst, wusste am besten, was gut für sie war.

Na ja, bis auf ihre Partnerwahl.

Maurice blickte beiläufig auf sein Handy. Jakob hatte bereits zweimal versucht, ihn zu erreichen. Für gewöhnlich kein gutes Zeichen und zudem wäre es eine Möglichkeit, sich ungeniert mit der Arbeit zu befassen, obwohl er in Gesellschaft war. Doch das erste Mal in seinem Leben war er sogar dafür nicht motiviert.

Plötzlich saß Tamika auf dem Parallelplatz und starrte ihn traurig an. „Ich kann mich nicht genug entschuldigen. Ich wollte dir nicht auf der Nase herumtanzen. Ich bin aber der Meinung, dass ich dich nicht zu einem sexuellen Abenteuer angestiftet oder darum gebeten habe. Im Gegenteil, ich habe mich wirklich sehr lange gegen deine Reize gewehrt. Leider ergebnislos. Wenn du nun diesen Aufenthalt verteufelst und bereust, mich mitgenommen zu haben, kann ich das natürlich verstehen. Daher möchte ich dir anbieten, dir die Hälfte des Honeymoonpackages abzustottern und selbstverständlich auch das Kleid, die Schuhe und das Armband. Letzteres kann dir sogar sofort ausbezahlen. Ich möchte nicht, dass du dir ausgenutzt vorkommst."

Aufgeregt hielt sie ihm einen Hundert-Euroschein über den Flugzeuggang und sah ihn flehend an. Maurice seufzte, schob ihre Hand sachte zur Seite und sah sie dann prüfend an.

„Mach dir keine Umstände. Ich bereue es nicht. Ich hatte gesagt, keine Erwartungen und Gegenleistungen, und ich stehe dazu. Ich hatte die Anzeichen einfach falsch gedeutet. Ich hätte mir nie gedacht …" er hielt inne, denn er wollte sie nicht kränken. „Ich hätte halt nicht erwartet, dass du zu schnell Gefühle entwickelst, um es noch unverbindlich zu sehen. Also ist es auch mein Missverständnis. Mach dir keinen Kopf." Und mit diesen Worten hoffte Maurice, dass das Thema gegessen wäre, denn seine Schläfen fühlten sich an wie in einer Montageklemme eingepfercht.

Tamika drückte sich zurück in ihre Lehne und holte tief Luft. „Wahrscheinlich ist das auch der Grund, warum ich One-Night-Stands aus dem Weg gehe. Ich habe offenbar so einen Nachholbedarf an Aufmerksamkeit und Nähe, dass ich freundliche Annäherungen rasch in den falschen Hals bekomme, obwohl es mir rein vom Kopf her bewusst ist, dass es übereilt ist. Ich schätze, nicht gerade erwachsen, oder?"

Maurice sah sie überrascht an. Er hätte ihr nicht zugetraut, dass sie sich so verletzlich zeigte. Sogar ohne zu flüchten. „Vielleicht gehst du einfach zu streng mit dir ins Gericht und willst immer alles richtig machen. Aber das schafft eindeutig keiner."

Reumütig lugte Tamika zu ihm und knabberte an ihrer Unterlippe.

„Man kann am Anfang eines Aufeinandertreffens nie sagen, was später einmal dabei rauskommt, und planen geht ohnehin nach hinten los. Und glaub mir, nach dem Desaster mit Shanice bin ich auch hin- und hergerissen zwischen ‚Ich kann mir ein erfülltes Leben ohne Partnerin nicht vorstellen' und ‚Bloß die Finger weg, sonst endet es wieder in einem Müllhaufen.' Es ist also normal, nach gescheiterten Beziehungen verunsichert zu sein, und nicht jeder kann seine Emotionen hinter einer Mauer verbergen. Womöglich ist das auch besser so, denn wenn man einmal abgestumpft ist, nicht mehr vertraut oder Liebe zulässt, kann man Letzteres nie vollständig im Leben haben. Ich hoffe also für mich, dass in diesem Punkt hier noch nicht Endstation ist."

Tamika lächelte ihn verhalten an, wirkte jedoch erleichtert über das klärende Gespräch. Er war es ein klein wenig auch.

Als sie vom kleinen Beiboot wieder in ihr Hotel chauffiert wurden, kam ihnen am Steg bereits lächelnd der Barmann entgegen. Maurice war bewusst, dass diese Freude nicht ihm galt und ärgerte sich abermals über diese aufdringliche Art. Stand es einem Mitarbeiter überhaupt zu, einen Gast persönlich kennenlernen zu wollen? Wirkte es nicht unprofessionell? Doch Maurice tat so, als würde es ihn nicht betreffen, während er seine Ohren sehr wohl spitzte.

„Miss Tamika, ich hätte eine kleine Überraschung für Sie. Sie haben sich für die Flughunde auf der Insel interessiert, ein Junges ist gestürzt und wird jetzt von Hand gefüttert. Wollen Sie es besuchen?"

Maurice ging schmunzelnd in sich und dachte *Frau Plus Fledermaus gleich Kreischalarm*. Daher machte er sich keine weiteren Sorgen, als Tamika allen Ernstes zu jubeln begann, den Mitarbeiter, der das Gepäck gerade neben ihr hertrug, bat, ihre Sachen in ihren Bungalow zu bringen und doch tatsächlich mit diesem Einheimischen loslief.

Was ist da gerade passiert?

„Ähm, Tamika? Bist du dir sicher, dass du dort allein hingehen willst?", fragte Maurice mehr als nur nervös, schob dem Mitarbeiter grob seinen Trolley hin und steckte ihm zwanzig Dollar in die Brusttasche. „Bitte ebenfalls in meine Wasservilla bringen. Danke."

Schnellen Schrittes hechtete er den beiden hinterher, obwohl er nicht eingeladen schien. Doch Maurice redete sich ein, dass er Tamika nicht allein lassen durfte, dass dieser Mann womöglich zu allem fähig wäre, selbst wenn er nur eine halbe Portion im Vergleich zu ihm selbst darstellte.

Sicher ist sicher, trieb Maurice sich weiter voran und gelangte in den billig eingezäunten Wohnbereich des Personals mitten auf der Insel. Alle Mitarbeiter, die an ihm vorbeispazierten, musterten ihn skeptisch, aber er nickte nur mit aufgesetztem Lächeln. Maurice war es unangenehm und für gewöhnlich hätten ihn keine zehn Pferde in diese abgestandene Gegend gebracht.

„Hey! Verfolgst du uns? Oder bist du auch ein Tierliebhaber?", hörte er Tamika fragen, die ihn mit einer erhobenen Braue hinter der nächsten Abbiegung bedachte. Sie stand vor einer kleinen, schiefen Holzhütte, in der der Barkeeper offenbar verschwunden war. Um sie herum herrschte reges Treiben, da hier zweifelsohne unfreiwillig eine Zucht an klagenden Wellensittichen betrieben wurde und merkwürdige Moorhühner mit langen Zehen umher stapften.

Hat dieser Kerl seinen eigenen Zoo?, maulte Maurice ungehalten.

Als der Barkeeper gerade mit einem in ein weißes Handtuch gewickelten, zappelnden Bündel herauskam, verschlug es ihm bei Maurices Anblick das Lächeln. Zumindest er hätte ihn nicht zu diesem Wildtierstreichelzoo eingeladen. Doch kaum kam das ohrenbetäubende Jauchzen von Tamika geflogen, waren alle Augen ausnahmslos auf sie gerichtet und die Mundwinkel des Mitarbeiters zogen sich wieder zum Maximum nach oben. Einladend streckte er ihr dieses gewiss flohgetränkte Vieh mit den schwarzen Murmelaugen entgegen. Der Kopf war beinahe nackt, nur ein kleiner, dunkler Irokesenflaum drängte sich zwischen die Vampirohren.

Wie süß ist das denn?

Tamika war gerührt. Dieses kleine, schutzsuchende Bündel bibberte am ganzen Körper, versuchte, sich in den Schutz des Handtuches zu begeben und stank bestialisch. Trotzdem konnte sie es nur fest in ihre Arme schließen und wiegen, als wäre es ein Kleinkind. Nicht zu vergessen ihre übertriebene Kindchenstimme, die sie bei dem Tier nutzte, die höher klang und jegliches Deutsch ins Lächerliche zog: „Na, du kleiner Krümel? Wie geht es dir? Bist du aus dem Nest geflogen?" Seine glänzende Nase kam nun neugierig näher und schien sie zu erschnüffeln und es sah so putzig dabei aus, dass Tamika es nur breit anstrahlen konnte.

„Oh, mein Gott, hast du schon einmal so etwas Süßes gesehen, Maurice?" Euphorisch schleppte sie den Flughund zu ihm, er hielt sich rasch die Nase zu und rollte mit den Augen. „Verflucht, verwest dieses Tier bereits innerlich? Das riecht ja abartig!"

Tamika gab ihm einen Stoß mit dem Ellenbogen, da ihre Hände nicht frei waren, ließ sich jedoch in ihrer Freude nicht trüben.

„Flughunde riechen leider immer so streng. Ist also ganz normal."

Tapfer ließ Maurice seine Finger von der Nase gleiten, nachdem ihn Jolo mit einem koketten Zwinkern aufgezogen hatte. Auch Tamika musste grinsen.

Jolo reichte Tamika nun eine kleine Plastikflasche, die mit einem süß riechenden, dickflüssigen Brei gefüllt war. „Er liebt diesen Saft", gab er ihr zu verstehen und Tamika bemühte sich, ihre Arme so um das Tier zu legen, dass sie die Flasche mit einer Hand nehmen und das Baby füttern konnte. Dieses wusste bereits Bescheid und streckte sich gierig in Richtung Nahrung und Tamika musste lachen. Es war herzerwärmend, einmal so ein exotisches Tier aus der Nähe betrachten zu können. Ein kleiner Traum wurde für sie wahr.

Die lauten Schmatzgeräusche waren zu ulkig und erinnerten eindeutig an ein Ferkel. Als Tamika zu Maurice aufblickte, sah er sie komplett verdattert an, als hätte er sie nie so eingeschätzt.

„Willst du mal?", wollte sie wissen, um ihn zu testen. Die meisten Menschen bevorzugten Wildtiere hinter Gittern oder in sicherer Entfernung. Gewiss war es nicht immer ratsam oder auch für die Tiere nicht unbedingt von Vorteil, den direkten Kontakt mit Menschen zu haben. Trotz allem würde Tamika jede Chance, ihnen nahe zu kommen, ergreifen egal, wie gefährlich oder leichtsinnig es wäre.

Maurice schüttelte zuerst den Kopf, doch als Jolo nun lachte, begannen seine Kieferknochen zu arbeiten, sein Gesicht ließ eine Kampfansage erkennen und er fuchtelte ungeduldig mit den Händen. „Na gut, gib schon her."

Vorsichtig hielt sie ihm das Bündel entgegen und hatte alle Mühe, den Flughund von der Flasche zu lösen, doch als er nun in Maurice Armen lag, passierte etwas. Die beiden sahen sich wie hypnotisiert an. Es war ein Bild für Götter, da sie komplett misstrauisch waren, als hätte man sie zwangsbeglückt.

Tamika musste sich ein Grinsen verkneifen.

„Er scheint dich zu mögen", zog sie Maurice auf, dieser ließ das Baby keine Sekunde aus den Augen. Nicht einmal ein Blinzeln war zu erkennen.

„Er starrt mich so merkwürdig an. Ist das normal?"

Jetzt musste Tamika doch lachen, lehnte sich dicht zu Maurice und ließ ihre Finger sanft über die kleinen Krausen auf dem Kopf des Tieres gleiten. Der Flughund gab einen sich beschwerenden Ton von sich, sodass Maurice sich kurz verkrampfte.

„Also, das mit der Kinderplanung solltest du überdenken", gab sie keck bekannt und wollte ihm das Bündel wieder abnehmen, doch Maurice weigerte sich.

„Nein, ich bekomm das hin. Gibst du mir bitte das Fläschchen?"

Gesagt, getan und siehe da, er brachte es sogar bravourös zustande, sodass Tamika ihm stolz zunickte. Sein Unbehagen war ihm zwar noch immer am Gesicht und den verkrampften Schultern abzulesen, aber die Annäherung war geglückt.

Du schaffst das, es ist ein Kinderspiel. Du jonglierst täglich mit Kunden und Zahlen, also sollte das doch gelacht sein!

Und je länger das komische Vieh ihn mit diesen glänzenden Knopfaugen musterte, umso mehr erkannte er, dass es tatsächlich einen Niedlichkeitsfaktor besaß und einen gewissen Charme versprühte. Selbst wenn Maurice bei weiterem Umgang mit dem Ding einen Duftbaum an sein Ohr hängen müsste.

Aus dem Augenwinkel heraus wurde Maurice Zeuge, wie Tamika den Mitarbeiter freudestrahlend umarmte und sich überschwänglich für diese Tierbegegnung bedankte. In dem Moment, als der Mann über ihre Schulter zu Maurice schielte, kam dieser wissende Blick à la ‚Mach mir das einmal nach, Kumpel'. Wut stieg in Maurice auf, denn er hatte gerade ein paar Tausend Euro für ein Honeymoonpackage ausgegeben und DAS sollte ER ihm einmal nachmachen. Doch als sich Tamika von ihm löste und Maurice ihr leuchtendes Gesicht betrachtete, verknotete sich sein Magen. Sie sah tatsächlich unendlich glücklich aus, dass ihr sogar Freudentränen in den Augenwinkeln tanzten. Die Reaktion fiel sogar noch viel intensiver aus als jene beim Schnorcheln mit den Schildkröten oder dem Dinner im Unterwasserrestaurant. In diesem Moment wurde ihm bewusst, wie anders Tamika tatsächlich tickte. Sie war eine Frau, die die kleinen Dinge des Alltages schätzte. Dinge, die von Herzen kamen oder aus eigener Hand und Planung. Etwas, das mit Natur oder Eigeninitiative zu tun hatte und nichts mit fertig geschnürten Packages, die kaum für jemanden erschwinglich waren.

Plötzlich machte es bei ihm Klick. Vor allem als er erkannte, wie der Barmann noch eines draufsetzte und Tamika offenbar eine selbstgeschnitzte Kette mit einer Meeresschildkröte schenkte.

„Due ist wirklich für mich?" Tamika legte überwältigt eine Hand auf ihre Brust und die andere vor ihren Mund, um nicht zu flennen. Sie ging regelrecht in die Knie vor Begeisterung.

Mein Gott, muss sie so übertreiben!? Beinahe sah Maurice Dampf aus seinen Nasenlöchern steigen. Vor seinen Augen half ihr der Mitarbeiter, die Kette im Nacken anzulegen, und ihre Fingerkuppen strichen immer wieder über das filigrane Schmuckstück aus Holz, das nicht unscheinbarer hätte sein können. Nicht so wie das Swarovskiarmband, das Maurice Tamika bezahlt hatte. Aber auch hier kam die Tatsache zu tragen, dass die Schildkröte selbst gemacht und ein von Herzen kommendes Unikat war. Obwohl Maurice diesem Schleimer brühwarm zutraute, solcherlei Geschenke mehreren Touristinnen warmherzig um den Hals zu legen, als wäre es eine einzigartige Sache.

„Sie ist unglaublich. Dankeschön, Jolo! Aber das wäre wirklich nicht nötig gewesen. Was bekommst du dafür?"

Na was schon?! Am besten einen Heiratsantrag und ein Visum samt Aufenthaltsgenehmigung in Deutschland noch dazu! Wie naiv ist sie?!

„Ich glaube, die Stinkmorchel ist satt und sein eigentlicher Daddy sollte ihm die Windel wechseln, und zwar zügig", erklärte Maurice gedämpft und musste sich zusammenreißen, um zwischen den zusammengepressten Zähnen überhaupt noch einen Ton rauszubekommen.

Tamika sah ihn überrascht an, als dieser Jolo – oder wie der Typ hieß – den Wink verstand und ihm das gefüllte Handtuch voll Haaren und Flügeln abnahm. Mit zu Schlitzen geformten Augen erklärte der Mitarbeiter: „Gar nichts, Tamika. Es war mir eine Freude." Doch anstatt sie anzusehen, fixierte er Maurice, was ihn zusätzlich provozierte. Maurice wollte hier nur schleunigst weg, bevor ihm noch der Geduldsfaden riss und er diesem halben Mann eine scheuern würde.

„Aber das kann ich nicht annehmen …", fing Tamika an und blickte zwischen den beiden misstrauisch hin und her.

„Doch, kannst du. Er wird noch ein saftiges Trinkgeld bekommen als Dankeschön für seinen großherzigen Einsatz." Maurice konnte den Sarkasmus nicht raushalten und hätte am liebsten Tamikas Hand gepackt und sie von dem Charmebolzen weggezerrt, aber sie würde gewiss nicht mitspielen, daher fragte er ungeduldig: „Können wir gehen?"

Tamika blinzelte ihn sauer an, doch da Maurice sich keinen Millimeter rührte, erkannte sie offenbar, dass nur sie nachgeben konnte, und stampfte ungehalten an ihm vorbei Richtung Strand.

„Danke nochmals, Jolo", ließ sie ihn mit einem halben Lächeln beim Vorbeigehen wissen und würdigte Maurice dann keines Blickes mehr.

⚜

„Was fällt dir eigentlich ein? Wir sind nicht zusammen und ich bin nicht dein Eigentum! Ich tue, was und gehe, wohin ich will! Ist das klar?"

So begann die Schreitirade mitten auf dem Strand, um die alle unfreiwilligen Zuschauer und Zuhörer rasch einen weiten Bogen machten.

Maurice packte den tadelnden Zeigefinger aus: „Komm schon, ich kann nicht glauben, dass du so naiv bist. Dieser Jolo schmeichelt sich nicht wegen Trinkgeld bei dir ein. Er erhofft sich entweder einen Sprung in dein Bett oder vielmehr noch den Freifahrtschein in ein gesichertes Land. Mehr aber auch nicht!"

Entrüstet sah sie ihn an: „Ich fasse nicht, was du da sagst." Tamika trat dicht an ihn heran und sprach in ruhigem Ton: „Weißt du, du tust mir leid, wenn du denkst, Menschen sind nur nett und zuvorkommend, weil sie berechnend sind oder sich eine Gegenleistung erwarten. Es ist traurig, solltest du solche Erfahrungen gemacht haben, aber ich bin nun endgültig raus! Bitte tu mir den Gefallen und geh mir die nächsten zwei Tage, die wir noch gemeinsam hier sind, aus dem Weg. Ich ertrage dich einfach nicht mehr!"

Und Maurice hatte ein Déjà-vu. Es waren exakt dieselben Worte, die Shanice vor ein paar Wochen zum Abschied gebracht hatte: *Ich ertrage dich nicht mehr!* Der gleiche eisige Gesichtsausdruck, eine ähnliche Körperhaltung und diese verfluchte Endgültigkeit in den Sekunden, die nachwirkten. Als hätte Tamika ihm einen Dolch mitten ins Herz getrieben, taumelte er zurück, sah sich für einen Augenblick lang um und war vom Schmerz wie geblendet. Alles, was ihm nun blieb, war, sich in seine Wasservilla zu verkriechen, bis dieser beschissene Urlaub endlich vorüber wäre.

17 | Kein Entrinnen

*T*amika liefen fette Tränen über die Wangen. Dieser herrliche Ort, der Schauplatz für einen wunderbaren Urlaub war zum Alptraum geworden. In ihren Händen hielt sie ihr Handy und konnte nicht aufhören, Pascals Nachricht fortwährend zu wiederholen:

Liebe Tamika,

ich bin nicht blind. Mir ist bewusst, dass wir es die letzten Monate ständig versucht haben, damit die Beziehung funktioniert. Wir haben uns gebogen, was das Zeug hält und egal, wie sehr ich mich auch anstrenge, ich werde das Gefühl nicht los, niemals gut genug für dich zu sein und dass du unterm Strich etwas ganz anderes willst. Und es tut furchtbar weh, nicht ausreichend zu sein. Bitte versteh' mich nicht falsch, ich will dich in meinem Leben nicht verlieren, doch ich muss loslassen, denn ich gehe kaputt daran, dich nicht glücklich machen zu können.

Das mit deinen Sachen und dem Schlüssel regeln wir, wann immer du bereit dafür bist.

Alles Liebe

Pascal

Warum tat es jetzt umso mehr weh, obwohl sie doch gestern exakt die gleiche Botschaft hatte übermitteln wollen? Erneut rollte ein Heulkrampf über sie hinweg, wenngleich sie sich schon vor geschlagenen dreißig Minuten vorgenommen hatte, diese letzten Stunden im Paradies noch voll auszukosten. Ihre Finger waren nahe dran, Evelyn anzurufen, denn schon allein ihre Stimme zu hören, könnte Balsam für ihre geschundene Seele bedeuten. Oder ihre Mutter, die zwar nicht immer ihre Probleme verstand, jedoch geduldig zuhörte, wo jeder andere das Verständnis für das Problem bereits verloren hatte. Aber nun hatte Tamika sich lange genug in ihrem Bungalow verkrochen und weitere Telefonate würden ihre Stimmung gewiss nicht heben. Wertvolle Zeit lief ihr davon, da sie sich so schnell solch einen atemberaubenden Urlaub nicht mehr leisten könnte und sie rasch wieder zu funktionieren hatte.

Die Trauer hat genug Platz im Flugzeug oder daheim, aber nicht hier! Das Debakel mit Maurice am Mittag hatte eindeutig gereicht und mittlerweile wurde es dunkel, was bedeutete, dass sie in rund 48 Stunden diese Insel verließ. Ab sofort würde sie daher die Nacht zum Tage machen, den Sonnenauf- und den Sonnenuntergang bestaunen, ins Fitnessstudio gehen, sich massieren lassen und zumindest noch einen Tauchgang in ihrem Terminplan unterbringen. Souvenirs kaufen stand auch hoch im Kurs, geniale Fotos für das Album schießen, schnorcheln und floaten, bis sie schrumpelig war.

Gesagt, getan und auf geht es!

Maurice hatte alle E-Mails abgearbeitet, den Koffer bereits halb gepackt – obwohl es viel zu früh war –, ein paar Nachrichten und Aufträge für Jakob hinterlassen und Fotos an seine Freunde und Familie verschickt.

Dennoch fühlte er sich keinen Deut besser. Die frische Whiskeyflasche lachte ihn an und das Kondenswasser an ihr hatte bereits einen See auf dem Couchtisch hinterlassen. Trotz allem wollte er sie nicht anrühren. Stattdessen blickte er immer wieder auf die Uhr an der Wand des weitläufigen Wohnbereiches und fragte sich: *Was macht Tamika gerade? Ob sie an mich denkt?*

Er verstand noch immer nicht, wie er so hatte austicken können. Bisher war das doch IHRE Spezialität gewesen, aber jedes Mal, wenn dieser Jolo ihr Avancen machte, rastete Maurice aus … und es fiel ihm wie Schuppen von den Augen. Konnte es denn sein, dass er schlussendlich eifersüchtig war?

Ich? Eifersüchtig? Niemals!

Oder doch?

Er ging all ihre gemeinsamen Erlebnisse, alle Gespräche mit Tamika durch und wie er sich dabei gefühlt hatte: aufgeregt, verwirrt, überfordert, erregt. War sie die Flucht nach vorne? Oder konnte es das Schicksal letztendlich gut mit ihm meinen, und er lernte ausgerechnet am entlegensten Ort der Welt die Frau fürs Leben kennen? Wie verflucht kitschig wäre das? Es war viel zu früh, überhaupt darüber zu spekulieren, aber dennoch … Maurice dachte intensiv über die Sache nach. Eine gescheiterte Beziehung sollte ausgiebig verdaut sein, bevor man wieder sein Herz für jemanden öffnete. Oder etwa nicht?

Dann lugte er abermals auf die Uhr. Es war mittlerweile 8:00 Uhr morgens und wenn er sich beeilte, könnte er Tamika womöglich rein zufällig beim Frühstück abpassen und sich entschuldigen. Was langsam zur Gewohnheit wurde.

Und wie hast du dir das vorgestellt?, blaffte ihn sein Ego an. *Zu Kreuze kriechen, das Herz ausschütten? Die Wahrheit sagen?*

Aber was war die Wahrheit? Dass er sie gerne in Deutschland wiedersehen würde, und das, obwohl sie sich noch immer an dieser Beziehung festklammerte, die sie nicht glücklich machte? Ihm fiel gerade ein, dass er überhaupt nicht wusste, wo Tamika wohnte. Womöglich würde die Distanz ohnehin zwischen ihnen stehen, aber wenn nicht, könnten sie es langsam angehen, bis ihre Wunden geheilt waren und sie nicht gegenseitig in die Trostpflaster-Falle tappen würden. Und dann konnte man den Dingen ihren Lauf geben und sehen, was passierte, solange Tamika ihm zumindest die Gelegenheit dazu gab.

Was soll's? Mehr als verlieren kann ich nicht. Ein Versuch ist es allemal wert.

Maurice sprang hektisch vom Sofa auf und spürte sein Kreuz. Er hatte eindeutig die Zeit zu lange verstreichen lassen, jetzt musste er rasch aktiv werden. Sonst könnte es passieren, dass er es vermutlich sein Leben lang bereute.

Ein wenig mulmig war Tamika schon zumute. Mit einem ihr unbekannten Tauchpartner den Abstieg zu wagen, hatte einen bitteren Beigeschmack für sie. Was, wenn etwas schief ginge, konnte sie sich auf ihn verlassen? Grundsätzlich gab es da ja noch den Tauchguide, der sie alle begleitete, aber wohler wurde ihr bei dem Gedanken dennoch nicht. Selbst wenn sie ihrem Buddy ihre Ängste offenbart hatte und dieser in gebrochenem Englisch und durch mehrfaches Nicken – was typisch für die Chinesen war – sie glauben ließ, sie verstanden zu haben, ob er es tatsächlich verstanden hatte, bezweifelte sie.

Trotzdem wollte sie sich diesen letzten Tauchgang nicht madig machen lassen, konzentrierte sich wieder auf die Checks ihres Equipments, bis es endlich aufs Boot gehen würde.

Maurice hatte den gesamten Speisesaal durchkämmt, das Fitnessstudio, den Beautysalon und sogar an ihrem Bungalow hatte er vorsichtig geklopft, ohne Ergebnis. Der Kellner, der sie morgens und abends bediente, verriet ihm, dass sie bereits gefrühstückt hatte und als er dann alle Listen für Tagestouren durchgestöbert und die Mitarbeiter der Rezeption gelöchert hatte, war er schon ein wenig am Verzweifeln. Immerhin befanden sie sich hier auf einer Insel, da konnte doch niemand einfach so verloren gehen!

Dann kam ihm die Idee; er lief erneut zu ihrem Bungalow und blickte durch die gläserne Terrassentür. Es waren keine Flossen und kein Schnorchel zu sehen. Auch auf der Terrasse lagen sie nicht.

Bingo!

Sie musste schnorcheln oder tauchen sein, doch anhand der kleinen Stängel im Wasser konnte er nur schwer Personen identifizieren. Des Weiteren schienen jene Schnorchler, die er beim Umrunden der Insel ausmachte, paarweise oder in größeren Gruppen unterwegs zu sein, was es ausschloss, dass sich Tamika am Hausriff befand. Sie wirkte eher wie eine Einzelgängerin auf ihn.

Völlig außer Puste kam er schlussendlich in der Tauchschule an, als es 9:00 Uhr war. Nach Sauerstoff ringend stellte er sich an das Meldeboard für Tauchgänge und entzifferte Tamikas Zimmernummer und ihre Handschrift. Abfahrt zur Kuda Rah Tila war um 8:30 Uhr gewesen!

Verdammt!

Maurice lief zu einem Assistenten, der gerade Tauchequipment ins Desinfektionsbecken eintauchte, abtropfen ließ und vorsorglich in die Tauchboxen verstaute.

„Hören Sie, ich brauche dringend ein Boot, das mich zur Kuda Rah Tila bringt. Ich bin der Tauchbuddy von Tamika Kaider und zu spät gekommen."

Gähnend langsam schritt der Assistent zum Anmeldeboard für Tauchgänge und schlussfolgerte: „Sie stehen aber nicht auf der Liste und wir haben die Anzahl der angemeldeten Personen durchgezählt."

Maurice wurde ungeduldig.

„Ist das jetzt wirklich von Belang?" Wütend zog er aus seiner Hosentasche sein Portemonnaie heraus, um vor den Augen des Mitarbeiters die Zehndollarscheine abzuzählen und ihm fünfzig in die Hand zu drücken, doch der Assistent wirkte eher beleidigt.

„Mister, wir haben kein Boot mehr hier, also können Sie so viel Geld springen lassen, wie Sie wollen. Die sind alle unterwegs für Tauchgänge und Ausflüge. Ich kann Ihnen nur Ihre Tauchbox und eine Nitroxflasche bereitstellen und Sie gehen zum Steg auf der anderen Seite der Insel und fragen dort nach, ob Sie jemand fahren kann. Aber ich sage Ihnen gleich, auf

IHRE Verantwortung! Ich möchte keine Schwierigkeiten wegen Ihnen bekommen!"

„Ja, ja, ja, dann beeilen Sie sich gefälligst. Ich hab nicht den ganzen Tag Zeit", nörgelte Maurice ungehalten und als er sah, dass der Assistent das Schneckentempo beibehielt, schob er ihn genervt zur Seite und holte sich seine Tauchbox selbst aus der Garderobe. Fuchsteufelswild trug er sie zum kleinen Rollwagen, der für den Transport von Koffern und Boxen bei der Tauchschule stand, und stellte sie dort ab. „Wenn Sie erlauben, borge ich mir den aus, damit ich schneller zum Steg komme." Maurice kündigte es zwar an, hätte aber ohnehin nicht klein beigegeben, falls der Assistent ihm das Hilfsmittel verweigert hätte. Dieser schlurfte gerade mit voller Nitroxflasche und den Listen zum Eintragen auf ihn zu, damit Maurice sie offiziell unterschreiben konnte. Rasch quittierte er diese und machte sich dann mit einem letzten düsteren Blick auf zur anderen Seite der Insel.

Tamika stand wie die anderen Taucher an der Reling und wartete geduldig, dass der Tauchguide auftauchte und ihnen über die Strömungen und die Sicht Bescheid gab, bevor sie alle nacheinander ins Meer springen sollten. Sie konnte ein ungutes Gefühl in der Magengrube nicht ablegen, ihr Mund war trocken und irgendwie hätte sie sich gewünscht, dass Maurice zumindest noch für diesen letzten Tauchgang zur Verfügung gestanden hätte. Doch sie wäre zu stolz gewesen, um nochmal bei ihm anzudackeln. Nichtsdestotrotz konnte man sich unter

Wasser nicht streiten und selbst wenn sie im Bösen auseinandergegangen waren und sie noch lautstark betont hatte, dass sie ihn nie wieder sehen wollte, war er im Moment der Einzige, der ihr Sicherheit geboten hätte. Obwohl sie ihn kaum kannte und sie in einigen Punkten völlig anders tickten, so schien Maurice dennoch zuverlässig und vertrauensvoll. Und sie hatte sich wohl in seiner Gegenwart gefühlt.

Ich kann nicht fassen, dass ich so über ihn denke.

Sie wälzte die Gedanken ab, als sie bereits das Zeichen des Guides im Wasser erkannte. Rasch schob sie ihre Maske über das Gesicht, ließ ihre Tauchweste mit Luft vollströmen, trat näher zur offenen Schneise und legte ihre Finger schützend auf die Maske. Einen herzhaften Sprung später trieb sie an der Oberfläche und wartete auf ihren chinesischen Zwilling, der mehr schlecht als recht von Board kam. Seinen tollpatschigen Ruderbewegungen nach zu urteilen, war er nicht der beste Schwimmer ... *typisch, aber tauchen wollen!* Das mulmige Gefühl wuchs an, doch welche Wahl hatte Tamika?

Der Tauchguide sah die Personen reihenweise an und gab das Zeichen für den Abstieg. Alle hatten ihren Regler im Mund, ließen die Luft aus ihren Jackets, um sich langsam abzusenken. Natürlich hatte Tamika wieder das Problem mit dem Blei und zu viel Sauerstoff in der Lunge. Jedes Mal, wenn sie nervös wurde, atmete sie zu schnell und erschwerte das Abtauchen dadurch. Und während Maurice letztens die Situation sofort erkannt und sie an den Flossen mit hinunter gezogen hatte, war ihr toller Tauchbuddy diesmal bereits ohne sie abgetaucht. Und zwar viel zu schnell, denn wenige Meter entfernt konnte sie sehen, wie er dem Tauchguide deutete, dass er Probleme mit den Ohren hätte. Offenbar gelang ihm der Druckausgleich nicht, wodurch er wieder überstürzt an die Oberfläche schwamm.

Na toll, und jetzt?

Tamika war sauer, sie hing drei Meter unter Wasser und wusste nicht, wie sie zur Gruppe hinunter gelangen sollte, während ihr Buddy den Tauchgang eigenhändig beendet hatte.

Erst als der Tauchguide ihr deutete, dass sie kommen sollte, und elendslang brauchte, um zu erkennen, dass sie es aus eigener Kraft nicht schaffte, holte er sie ab, um ihr als Ersatzbuddy zur Seite zu stehen.

Tamika hatte sich ihr letztes Tauchabenteuer eindeutig anders ausgemalt. Sie kam dem Tauchguide kaum hinterher, obwohl sie ihm regelrecht an den Flossen heftete und er hatte keine Geduld, sie ausgiebig Fotos knipsen zu lassen. Geschweige denn, dass er eine adäquate Lampe bei sich trug, um ihr dafür auszuleuchten. Sie begann gerade, angesäuert zu werden, als sie …

Ist denn das die Möglichkeit? Ist das etwa … Maurice?

Mit Maske und Regler im Mund war es schwer, das Gesicht sofort auszumachen, doch die türkisfarbenen Flossen waren bezeichnend. Er schwamm direkt an sie heran und deutete ihr, ob alles in Ordnung wäre und ob er sie als Partner begleiten dürfte.

Tamika war fassungslos und ihn zu fragen, was zum Teufel er hier verloren hätte, konnte sie ihm mit dem Atemregler im Mund nicht entgegenbringen, daher nickte sie einfachheitshalber. Als sie sich wieder in Richtung Guide orientierte und es diesem offenbar schnuppe war, ob sie nachkam oder nicht, war sie sogar dankbar, in Maurice einen erfahrenen Begleiter zu haben, der sie sicher nicht im Stich lassen würde. Trotz allem, was zwischen ihnen stand.

Daher ging Tamika in sich, um sich zu beruhigen, und hätte ihm gerne ein Danke gedeutet, wusste allerdings nicht, wie das aussehen sollte. Doch Maurice schien nicht darauf zu warten, sondern deutete ihr, dass die Gruppe außer Sichtweite war, sie einen Zahn zulegen mussten, und daher sputeten sie sich.

Maurice war dankbar, dass es letztendlich geklappt hatte. Mit Bestimmtheit hatten ihn der Stress und die Aufregung die ersten weißen Haare gekostet, aber als er nun in Tamikas verdutztes Gesicht blicken konnte, war alles vergeben und vergessen. Er war bei ihr und durfte sie begleiten. Und irgendwie war es auch eine Erleichterung, dass sie ihm keine Standpauke halten konnte und er überbrückte die Situation ganz einfach, indem er so tat, als wäre nie etwas Negatives zwischen ihnen geschehen. Er blieb direkt neben ihr, nutzte die geliehene Videolampe, um ihr auszuleuchten, machte sie auf schöne Korallenformationen oder exotische Fische aufmerksam, die sie dankbar fotografierte. Sie deutete ihm stets das OK-Zeichen, wohlgemerkt so oft, dass er schon darauf spekulierte, dass sie in Wahrheit eigentlich ‚danke‘ sagen wollte. Und er verstand auch warum, da der Tauchguide ein miserabler Begleiter war, kaum auf die Taucher achtete und stur sein Programm durchlief.

Die Strömung war recht stark und jedes Mal, wenn Tamika beim Versuch, etwas zu fotografieren, abdriftete, hielt er sie fest, damit sie sich nur auf das Motiv konzentrieren konnte. Sie waren ein eingespieltes Team und dies löste ein erwärmendes Gefühl in ihm aus. Erst jetzt wurde ihm bewusst, wie oft er diese Emotion in ihrer Gegenwart entwickelt hatte.

Es musste also mehr dahinter stecken.

Als ein kleiner Schwarm Schwarzspitzenriffhaie auftauchte, drängte Tamika sich regelrecht an ihn und hielt sich an seinem Unterarm fest, da sie vor diesen Tieren offenbar großen Respekt hatte. Und Maurice genoss es, der Fels in der Brandung für sie zu sein, da er wusste, was für eine starke Frau in ihr steckte und sie ihm offenbar vertraute. Konnte es ein schöneres Kompliment geben?

Tamika blickte ihn an, lag halb in seiner Umarmung, ihr Haar zog weiche Linien im Wasser und die Luftblasen tanzten um ihren Regler. Und dieser Augenblick hatte etwas Magisches an sich, als würde die Sonne von oben hindurch brechen, um sie zu beleuchten, doch dann geschah es.

Maurice verstand zuerst nicht, was da passierte, aber die Dichtung ihrer Maske musste gerissen sein. Das Schutzglas wurde mit einem Mal durch den Druck herausgedrückt und Wasser drang augenblicklich ein. Panisch klammerte sich Tamika an ihn, presste ihre Lider fest zusammen und fing hysterisch zu strampeln an. Maurice hatte alle Mühe, dass sie nicht gemeinsam einen übereilten Notaufstieg riskierten. Ihr beruhigend zuzuflüstern, dass er sie festhielt und auf sie aufpassen würde, konnte er nicht, aber wie sollte er sie sonst bremsen, mit den Flossen zu paddeln? Wenn sie zu rasch nach oben gelangte, könnte der Stickstoff in ihrem Leib nicht rechtzeitig über die Atemwege ausgeleitet werden. Das Gas würde notgedrungen durch ihre Muskeln, Nerven und Gefäße nach außen drängen und sie im wahrsten Sinne des Wortes durchlöchern. Die Taucherkrankheit war höchst gefährlich und eine Verlegung in eine Druckkammer wäre unumgänglich, daher musste Maurice rasch handeln.

Er presste Tamika von sich, legte seine Hände bestimmend auf ihre Unterarme und drückte so fest zu, dass sie abgelenkt war. Dann drehte er sich in einen Winkel, in dem er mit den Flossen gegensteuern konnte und behielt seinen Tauchcomputer in Form einer Armbanduhr dabei im Auge. Sie befanden sich auf neun Metern. Sie waren innerhalb von wenigen Sekunden von zwanzig Metern ungewollt aufgestiegen und mussten hier mindestens fünf Minuten ausharren, bevor er den Aufstieg auf fünf Meter für den nächsten Stopp wagen würde. Er wollte auf Nummer sicher gehen. Gleichzeitig beobachtete er Tamikas Atmung, die Luftblasen stiegen wie ein Orkan auf, solche Angst hatte sie, doch zumindest war ihre Nitroxvorrat weit vom roten Bereich entfernt. Maurice blickte sich um, und wie sollte es bei diesem unfähigen Tauchlehrer auch anders sein, sie hatten den Anschluss zur Gruppe verloren. Er war somit gezwungen, die aufblasbare Oberflächenboje selbstständig zu öffnen und bei der nächsten Gelegenheit aufsteigen zu lassen. Er konnte nur hoffen, dass Tamika ihm genug Freiraum dafür geben würde.

Er gab ihr durch den Druck seiner Finger Zeichen, legte nun eine ihrer verkrampften Hände um seinen Unterarm, um ihr mit der anderen vorsichtig über den Kopf zu streichen. Sie beruhigte sich augenblicklich, der Nitroxverbrauch ging zurück und Maurice war erleichtert, dass sie sich zu stabilisieren begann, sodass er nicht länger gegen sie ankämpfen musste, und ihre Flossen regungslos mit trieben.

Die Zeit schien nicht voranschreiten zu wollen. Wie gebannt starrte Maurice auf seinen Computer und auch auf die Umgebung, da es ein merkwürdiger Gedanke war, mitten im Blauen bei starker Strömung zu treiben. Da wurde einem wieder bewusst, wie lang eine Sekunde war, und dass solcherlei Situationen automatisch die Filmmusik des weißen Hais heraufbeschworen. Eine Gänsehaut lief ihm über den Rücken, doch er musste stark für sie beide bleiben und einen kühlen Kopf bewahren. Es konnte passieren, dass sie weit ab von den restlichen der Gruppe die Oberfläche durchbrachen, die vielleicht ihre Abwesenheit viel zu spät bemerkt hatten. Grundsätzlich sollte in solch einer Situation der Guide alle an Ort und Stelle zum Auftauchen bringen.

Fünf Minuten, gut, weiter nach oben. Er zog an Tamika, die die Bewegung spürte und folgsam mit paddelte. Ihre Hände waren fest um seinen Oberarm geschlungen und bei fünf Metern wollte er noch weitere drei Minuten ausharren. Maurice öffnete die orangefarbene Boje, die durch das Seil enorm lange benötigte, um abgewickelt zu werden. Für seine Nerven eine pure Zerreißprobe. Denn auch er verbrauchte jetzt mehr Luft als für gewöhnlich. Sein Herz schlug fest gegen die Rippen und er redete sich ein, dass er das schaffte, dass es nichts Schlimmes sei, nur eine defekte Maske und kein Angriff durch einen Meeresbewohner.

Also easy cheesy.

Tamika hörte nur das Rauschen des Blutes in ihren Ohren und die beinahe schmerzenden Geräusche der austretenden Luft. Es gab nichts Schlimmeres, als blind unter Wasser zu treiben und sich an einen Menschen zu klammern, der die einzige Rettung darstellte. Sie wusste nicht, ob der Tauchguide neben ihr war, sie konnte nicht einschätzen, wie lange sie warten mussten, wie viel Nitrox sich in ihrer Flasche befand und wie es um sie herum aussah. Aber ihre Ohren waren hypersensibel. Was hätte sie gegeben, Maurice Stimme zu hören, doch in dem Moment, als er ihr über den Kopf gestreichelt hatte, wusste sie, dass er alles daran setzen würde, sie da heil rauszubringen, und sie ließ sich völlig auf ihn ein. Sie vertraute auf ihn und war so dankbar, dass er auf die verrückte Idee gekommen war, ihr nachzufahren, um sie bei diesem idiotischen Tauchgang zu begleiten.

Als die Zeit einfach nicht enden wollte, zog Maurice sie endlich weiter, bis sie Frischluft an ihrer Kopfhaut spürte. Vorsichtig blinzelte sie und konnte erleichtert feststellen, dass ihre Kontaktlinsen nicht verloren gegangen waren. Sie schob die Maske von ihrem Kopf und sah sich die Ursache an, die ihr solche Angst bereitet hatte. Das Glas war weg und das Silikon hatte feine Risse vorzuweisen. Erst jetzt wurde sie Maurice gewahr, der ebenfalls seine Maske hochgeschoben hatte, geistesgegenwärtig ihr Jacket mit Nitrox flutete und dann seine, um sich an der Oberfläche ohne Anstrengung treiben zu lassen. Eine grelle, mit Luft gefüllte Tauchboje schwamm dicht neben ihnen an der Meeresoberfläche und sollte ihnen helfen, besser gefunden zu werden. Ihr Boot war zwar am Horizont erkennbar, aber recht weit entfernt, sodass Maurice seinen Regler aus dem Mund nahm und mit beiden Armen in der Luft zu wedeln begann.

„Hey! Wir sind hier drüben!", brüllte er aus voller Lunge, während Tamika ihn nur erschöpft anstarren konnte. Er war ihr Held. Komplett erleichtert umarmte sie ihn jetzt mit Händen und Füßen und legte ihren Kopf an seine Schulter, so gut das monströse Jacket es zuließ. „Ich bin dir so verflucht dankbar, Maurice. Ich weiß, ich hab es nicht verdient, aber du hast mir mein Leben gerettet. Ohne dich hätte ich das niemals durchgestanden." Sie fing an, am ganzen Körper zu zittern, Tränen brachen aus ihr heraus, doch es war ihr alles schnurzpiepegal. Sie war am Leben und unversehrt.

18 | Mit anderen Augen

*D*as Boot beschleunigte wieder, als alle mit an Bord waren. Die Blicke hingen an ihnen beiden und das Flüstern war nur schwer zu verdrängen. Tamika lag eingerollt auf Maurices Schoß und schien ihn nicht mehr loslassen zu wollen. Aber er wollte es auch nicht. Die Mitarbeiter hatten ein Handtuch bereitgestellt, das er ihr über die Schultern gehängt hatte, da der Schock einsetzte und sie dadurch fröstelte. Rhythmisch ließ er die Finger durch ihr feuchtes Haar gleiten, streichelte ihr den Rücken entlang und hatte seinen Kopf auf ihren gelehnt. Es tat gut, sie im Arm zu halten, ihr so nahe zu sein und er war so erleichtert, dass letztendlich alles gut ausgegangen war. Wenn man es nüchtern betrachtete, war es die beste Entscheidung gewesen, so beharrlich auf das Boot zu bestehen und ihr nachzufahren. Wer hätte jemals ahnen können, dass dieses so unwahrscheinliche Szenario ausgerechnet jetzt eintreten würde?

„Ich kann nicht glauben, dass du mir tatsächlich nachgekommen bist. Dass du das auf dich genommen hast. Darf ich fragen, warum?", flüsterte sie an seiner Brust und er spürte ihren heißen Atem an der Haut.

„Na ja, weil ich mich wie ein eifersüchtiger Hornochse aufgeführt habe. Du kennst mich zwar nicht gut, aber wenn ich mir etwas in den Kopf setze, bin ich nicht mehr davon abzubringen, und ich hatte vor, dich beim Tauchen zu begleiten. Und siehe da, es hat sich als kluge Entscheidung erwiesen." Maurice schmunzelte und roch intensiv an ihrem Haar, bevor er sich aufrecht hinsetzte, um ihr die Chance auf ein Gespräch von Auge zu Auge zu ermöglichen. Sie blickte nun zu ihm auf, ihre Mascara war komplett verlaufen. Trotzdem sah sie niedlich und schutzbedürftig für ihn aus und er hatte nur das Begehren, sie nicht mehr loszulassen.

Sie nie wieder loszulassen?

Dieser Gedanke machte ihm Angst.

Tamika analysierte ihn und er hielt ihrem Blick stand. „Du bist unglaublich, ist dir das bewusst? Du überraschst mich immer wieder", gab sie zu. Als sie ihn ansah, wurde ihr warm ums Herz, ein tiefsitzender, schwerer Knoten schien sich zu lösen und sie war so unendlich dankbar, diesem Mann auf den Malediven begegnet zu sein. Wie sich doch alles ändern konnte. Es war der Beweis, dass der erste Eindruck nicht immer die beste Methode war, Menschen in eine Box zu sortieren. „Danke", wiederholte sie zum x-ten Mal. Dann folgte sie dem Impuls, ihre Finger nach seinem Gesicht auszustrecken, liebevoll über die Wange zu streichen, dem Kiefer entlang zum Kinn. Wie selbstverständlich setzte er einen Kuss auf ihre Hand, als sie dicht genug vorbeiglitt. Etwas Feuriges loderte in seinen Pupillen auf und erzeugte automatisch eine Gänsehaut ihren Rücken entlang.

„Dafür solltest du mir nicht danken. Es war selbstverständlich, und ich würde es jedes Mal wieder tun." Sein Blick kippte auf ihre Lippen, was dazu führte, dass sie instinktiv auch auf seine starren musste und er sie so sexy benetzte, dass ihr Herz sofort schneller schlug.

„Geht es Ihnen wieder besser?"

Tamika fuhr zusammen, als die Stimme von hinten kam und zum Tauchguide gehörte. Wie ein Wackeldackel nickte sie, wurde sich ihrer aufdringlichen Sitzposition gerade bewusst, vor allem, da sich unter ihrem Schoß etwas regte. Blut schoss ihr in die Wangen und sie rutschte langsam auf die Sitzbank neben Maurice zurück, der sie amüsiert musterte. Dann flüsterte er ihr verführerisch ins Ohr: „Du schaffst es sogar in den unpassendsten Momenten, mich anzutörnen."

Diesmal war Tamika es, die ihn mit einem schiefen Lächeln aufzog.

Wieder festen Boden unter den Füßen, war Tamika überrascht, dass Maurice ihre Hand mit einer Selbstver-ständlichkeit nahm, seine Finger zwischen ihre einhakte und mit ihr in Richtung Bungalow marschierte. Es ging ein leichtes Kribbeln von dieser Berührung aus und ihr Herz tanzte vor Freude in ihrer Brust. Aber warum nur? Was würde jetzt passieren? Es hatte sich doch im Grunde genommen nichts geändert.

Benimm dich nicht absolut bescheuert! Kennst du nicht das Zitat aus dem Film Speed mit Keanu Reeves? Da ist nämlich etwas Wahres dran!, maßregelte sie ihr Gewissen. *Beziehungen, die auf extremen Erfahrungen beruhen, sind nicht auf Dauer.*

„So, ab hier sollte dir Tollpatsch nichts mehr passieren", erklärte Maurice feierlich, ließ sie jedoch vor ihrem Strandbungalow noch immer nicht los. Seine Augen trugen Erwartungen und Tamika wusste nicht, ob sie ihnen entsprechen konnte.

„Und ich schätze, du wirst dich erholen wollen und ich möchte dich nicht stören", ergänzte er mit einem noch hoffnungsvolleren Ausdruck als zuvor.

Tamika musste hart schlucken.

Herz oder Verstand, Herz oder Verstand, ...

Und gerade, als seine Finger sich lösten und er ihr den Rücken zudrehen wollte, polterte es aus ihr heraus: „Ähm, Maurice!"

So rasch, wie er sich umgedreht und alle Mühe hatte, seinen Mundwinkel in eine ernste Stellung zu bringen, musste sogar Tamika schmunzeln. Er war ein ausgekochtes Schlitzohr und wusste genau, welche Wirkung er auf sie hatte. Aber zumindest hatte sie genug Beweise, dass es ihm ähnlich erging wie ihr. Jedenfalls auf körperlicher Ebene; ob da mehr war – was sie sich insgeheim wirklich wünschen würde – musste sie wohl oder übel herausfinden.

„Jaaaaa?", zog er es unnötig in die Länge und hob neugierig seine Augenbrauen.

„Sag mal", druckste sie herum und trat dicht an ihn heran. Allein, ihm so nahe zu sein und zu ihm aufzublicken, bereitete ihr weiche Knie. „Steht dein Angebot mit der Wasservilla eigentlich noch?"

Nun blickte Maurice in die Luft und tat so, als würde er angestrengt überlegen müssen und Tamika boxte ihm sanft in die Rippen.

„Also verlangst du von mir, dass ich nach dieser wirklich dramatischen Rettungsaktion meine Koffer packe und in deinen

Strandbungalow wechsle?" Er setzte einen reumütigen Blick auf und legte die Hand auf seine Brust.

„Du weißt, wie ich es gemeint habe. Ich könnte wirklich eine Verschnaufpause vertragen und mir keinen sichereren Platz dafür wünschen als in deinen Armen."

Maurice zog ein strahlendes Lächeln auf, als hätte er im Lotto gewonnen. „Dein Wunsch ist mir Befehl, Tamika."

Sie musste ebenfalls grinsen. „Ich nehme mir nur noch Umziehsachen und Duschzeug mit." Wobei ihr Kopf bereits fragte, wofür sie das brauchte …

⸙ ⸙ ⸙

Maurice beobachtete Tamika, wie sie verunsichert das von ihm angebotene Handtuch nahm und in Richtung Badezimmer schritt.

„Hey, und eines möchte ich unverbindlich in den Raum stellen, damit nicht wieder etwas missverstanden wird. Ich habe dich gerne hier und ich kann auch stundenlang mit dir im Bett verbringen, ohne über dich herzufallen. Aber vor allem möchte ich nicht, dass du dich zu irgendetwas verpflichtet fühlst, weil du der Meinung bist, du schuldest mir das. Okay? Ich weiß, dass du mich auch aus dem Wasser gefischt hättest, wäre ich in solch eine Situation geraten. Dafür ist ein Buddy nun einmal da."

Sie schmunzelte ihn wieder an: „Hör auf, so nett zu mir zu sein. Du willst doch nicht herausfordern, dass ich mich in dich verliebe."

Maurice reizte es, spontan zu sagen: „Ich würde es darauf ankommen lassen", der Mut fehlte ihm jedoch dazu. Und so verschwand sie im Badezimmer und er blieb mit der geballten Ladung an Fragen zurück.

Was tust du da? Du rutschst immer tiefer da rein! Bist du dir sicher, dass es nicht nur Ablenkung ist und einfacher, den Schmerz zu überwinden, indem du dich neu verliebst? Wäre das nicht blind vor der Realität? Zuerst muss man doch herausfinden, welche Werte der andere hat, welche Zukunftspläne, Vorstellungen vom Leben und einer Partnerschaft. Und dann kann man sich langsam auf den anderen einlassen. Das wäre zumindest vernünftig. Nur weil sie ausnahmsweise mal nicht auf dein Geld scharf ist, ist das noch lange kein Indiz dafür, dass sie die Richtige sein könnte!

Ruhe! Der Tanz in seinem Kopf reichte ihm. Es war Maurice einerlei, was vernünftig wäre oder am besten. Er wollte die Zeit mit Tamika einfach genießen. Intuitiv alles auf sich zukommen lassen, ohne es zu planen, zu manipulieren oder zu steuern.

Er hörte das Wasser plätschern und kam auf eine Idee. Er wollte es diesmal einfach anders angehen. Einmal ohne mit dem Geld zu wedeln und ihr mit Dingen zu imponieren, die man sich leisten musste. Er hatte das Bedürfnis, ihr zu zeigen, dass er auch der Mann sein konnte, der mit Vorstellungskraft Überraschungen plante, die kaum etwas oder gar nichts kosteten. Doch zuerst wollte er ihrem Wunsch nach Erholung nachkommen, benutzte die Dusche auf der Terrasse, um das Salz loszuwerden und wärmte anschließend für sie das Bett.

Tamika verfluchte sich, dass sie keine edle Unterwäsche mit auf Reisen genommen hatte.

Aber wozu auch? Wer hätte damit auch rechnen können?

Sie würde sich viel sexier oder verführerischer vorkommen, nun mit schwarzer Spitze auf ihn zuzuschreiten, als mit ihrem knappen, grauen Schlafzweiteiler. Andererseits wäre es nicht zu offensichtlich? War es das nicht ohnedies?

Als Tamika aus dem Badezimmer kam, lag Maurice mit blankem Oberkörper unter dem dünnen Leintuch und zog ein schelmisches Grinsen auf. Sie konnte es nicht verhindern, dass sich ein Prickeln in ihrer Mitte verteilte. Als er mit seiner Hand über die freie Matratzenseite neben sich strich als Einladung, zu ihm unter die Decke zu schlüpfen, wurde ihr übel und sie war erregt zugleich. Die Schritte barfuß über das Holz schienen weiter zu sein, als sie tatsächlich waren und ihr Herz schlug ihr bis zum Hals, als sie sich zu ihm legte. Was war nun aus dem guten Vorsatz geworden, sich ihm nicht hinzugeben, da sie ihre Gefühle für ihn nicht wegsperren konnte? Schon allein sein Geruch gepaart mit jenem des Duschgels machten sie komplett kirre. Ein kurzer Blick unter das Laken bestätigte schwarze Boxershorts und sie wusste nicht, ob sie erleichtert oder enttäuscht sein sollte. Besitzergreifend wie er war, zog Maurice sie sofort an seine blanke Brust und begleitete es mit einem „Nicht so schüchtern. Du hast schon einmal in meinen Armen geschlafen."

Tamika schloss die Lider und inhalierte seinen Duft. Sie musste nicht zu ihm aufblicken, sie konnte sein zufriedenes Grinsen und seine entspannte Haltung förmlich spüren, als würde er sich tatsächlich auf ein erholsames Nachmittags-nickerchen mit ihr einstellen.

Als ihre Finger über diese weiche Haut glitten und die sich bewegende Brustmuskulatur darunter wahrnahmen, war jedoch die Müdigkeit verflogen und Tamika musste sich schwer konzentrieren. Maurice hatte ihr angeboten, sich zurückzunehmen und ihr Erholung zu gönnen. Er konnte also ein Gentleman der alten Schule sein, dennoch kroch Angst in ihr hoch. Morgen Nachmittag würde ihr Flug gehen und womöglich sah sie Maurice danach nie wieder. Und ihr war auch bewusst, dass der Abschied dann noch schwerer fallen würde, wenn sie sich intensiver auf ihn einließe … Doch seien wir mal ehrlich, war es dafür nicht schon zu spät? Allein diese Heldenaktion war so anbetungswürdig gewesen, dass sie nicht minder Lust hätte, ohne Vorwarnung an ihm hinabzugleiten und ihn oral zu befriedigen, egal wie verwerflich es war. Sie brannte mit Leib und Seele für diesen Mann.

Ihre Finger tanzten um seine Brustwarze, die sich zusammenzog und sie spürte, wie Maurice sanft die Hand in ihr Haar schob, um sie zärtlich am Kopf zu massieren. Warum musste es sich so verdammt schön anfühlen? So schön, dass man nie wieder darauf verzichten wollte, noch bevor man bemessen konnte, ob es überhaupt das Höchste der Gefühle war?

Langsam hob sie ihr Kinn, um ihn anzusehen, ihre Blicke trafen sich und gingen so tief, dass Tamika wusste, sie war verloren. Jegliche Vernunft, jeglicher klare Gedanke und auch jede gut gemeinte Warnung ihres Herzens waren beiseitegeschoben. Etwas Loderndes, Instinktives übernahm die Kontrolle, da ihre Nägel sich tiefer in sein Fleisch bohrten. Überrascht zuckte er zusammen und eine Braue hob sich neugierig nach oben, während Tamika – ohne ihn aus den Augen zu lassen – nun auf seiner Brust abwärts begann, heiße Küsse zu verteilen. Wie selbstverständlich kletterte sie dabei in die Grätsche über ihn und genoss, wie sein Blick von fragend in lustverhangen wechselte. Tamika konnte sich ein schelmisches Grinsen nicht verkneifen, als sie immer tiefer über seine Bauchmuskeln hinabglitt und einen Kuss nach dem anderen hinterließ. Sein Atem beschleunigte sich und er benetzte sich die heißen Lippen.

„Ich trau' mich gar nicht zu fragen, aber bist du dir sicher, dass du das willst?" Ein sehr rauer Ton kam aus seiner Kehle, der enorm sexy klang.

Tamika richtete sich auf und zog als Antwort ihr Spaghettitop über den Kopf und warf es demonstrativ in eine Ecke. Maurices Augen weiteten sich, als sein Blick an ihren blanken Brüsten hängenblieb. „Okay, du bist dir sicher", kam nun ein tiefes Brummen aus der Kehle. Seine Hände wollten gerade nach ihr packen, um sie offenbar zu einem Kuss nach oben zu überreden, doch Tamika wich geschickt zurück und schob dafür beide Zeigefinger tief unter den Hosenbund seiner Shorts. Ihre Daumen tanzten an der Vorderseite des Gummis entlang, um diesen langsam zu greifen. Sie schenkte Maurice einen lasziven Blick und er sog tief Luft ein, als er die Botschaft verstand.

„Ich sollte dich vorwarnen, ich habe nur zwei Kondome mit in den Urlaub genommen, da ich mit solch vertrauter Zweisamkeit am allerwenigsten gerechnet habe und ich bin mir nicht sicher, ob sie abgelaufen sind. Ich schleppe sie bereits Ewigkeiten mit mir rum."

„Dann sollten wir das wohl schleunigst herausfinden", flüsterte sie bestimmend, während sich seine riesige Beule gegen den feinen Stoff unter ihrer Hand drückte. Schon allein der Anblick leitete ein Prickeln in ihrem Schritt ein und ihr Herz schlug fester gegen ihre Brust. Tamika befreite sie und Maurice hungriger Schwanz sprang ihr kerzengerade entgegen. Blitzartig sammelte sich Feuchtigkeit in ihrem Slip und die letzten Unsicherheiten waren wie weggeschleudert. Es stand außer Frage, dass sie ihn unbedingt tief in sich spüren und den Rest des Urlaubes am liebsten nicht mehr rauslassen wollte. Selbst das kurze Bild vom enttäuschten Pascal schlug sie mental weg. Sie brauchte jetzt kein schlechtes Gewissen, denn es gab keinen Grund mehr dafür. Und wie dreckig es ihr zurück in Potsdam gehen würde, sollte sie im Moment nicht belasten. Jetzt wollte sie glücklich und erfüllt sein. Im wahrsten Sinne des Wortes.

Wie elektrisiert drehte sich Maurice zu seinem Nachttisch, auf dem sein braunes Portemonnaie lag. Mit ungeduldigen Fingern suchte er die Fächer durch und zog ein Kondom heraus, dessen Verpackung etwas mitgenommen aussah. Mit zugekniffenen Lidern las er das Ablaufdatum ab und er hielt gespannt den Atem an, so wie Tamika, denn sie könnte im Notfall mit keinem weiteren Präservativ punkten. Wenn es ausgerechnet daran scheitern sollte, würde sie sofort laut losbrüllen.

Maurice stieß die angestaute Luft aus den Lungen und zeigte ihr erleichtert die Verpackung: „Noch zwei Monate gültig."

Gott sei Dank!

Gerade als Tamika sich wieder zu seiner Erektion hinablehnen wollte, erhob sich Maurice blitzschnell, bekam sie an den Oberarmen zu greifen und zog sie flach über sich, sodass sich dieser pochende, harte Luststab direkt gegen ihren Bauch drückte.

Gierig presste er die Lippen auf ihre und nahm fordernd ihren Mund in Beschlag. Seine Zunge zog Kreise, erkundete ihre Mundhöhle und er schmeckte nach purer Versuchung. Ein erlösendes Stöhnen entwich Tamika und sie krallte ihre Hände in sein Haar am Hinterkopf. Instinktiv rieb sie sich an seiner Erektion und wünschte sich, dass das verhasste Stück Stoff sich zwischen ihnen schlagartig in Luft auflösen würde. Im Moment konnte es ihr nicht schnell genug gehen, dabei hätte sie es gerne viel länger hinausgezögert und ausgekostet bis zum Gehtnichtmehr. Doch der Hunger war unerträglich groß und pochte verlangend in ihrem Schritt, als hätte sie ohnehin kein Mitspracherecht mehr.

Blind versuchte Tamika, mit der linken Hand nach dem Kondom neben sich auf der Matratze zu fischen, doch Maurice schlang die Arme bestimmend um sie und drückte ihren Po fest gegen seine Hüfte, sodass sie sich gegenseitig in den Mund stöhnten.

Kurz ließ er von ihr ab. „Übrigens sorry, dass ich dich vorhin unterbrochen habe. Nicht dass ich nicht gerne deine Lippen an meinem Schwanz gehabt hätte, aber ich versichere dir, dann wäre die Freude nur von kurzer Dauer gewesen. Bei der zweiten Runde aber gerne."

Tamika starrte in diese dunkler gewordenen Pupillen und war verzückt, da er von weiterem Sex ausging. Wehrhaft setzte sie sich nun gegen seine dominanten Arme ein, um endlich ihre Shorts samt String loszuwerden. Heiser musste sie ihm jedoch klarmachen: „Trotzdem wirst du mich nicht länger quälen können, denn ich brauche dich JETZT in mir." Sie schnappte sich das Kondom, das halb unter seinem Oberarm hervorlugte, riss es geschickt auf und hielt es auf seiner Hüfte sitzend in Blickhöhe. Maurice brummte zufrieden und nickte ihr kurz zu, dass er einverstanden war, dass sie die Führung übernahm.

Rasch rutschte sie hinter seine Erektion, um das Kondom langsam darauf abzurollen. Schon allein ihn mit beiden Händen zu umfassen, ließ ihren Körper Glückshormone ausschütten. Die starke Hitze zwischen ihren Fingern zu spüren, die prallen Adern zu ertasten, die ihn aufrecht hielten, und diese sehr einladende Dicke und Länge ließen ihren Unterbauch sich verzweifelt zusammenziehen. Maurices Penis konnte nicht perfekter geschaffen sein und das, obwohl ihr das Aussehen und die Beschaffenheit des männlichen Geschlechts bisher nie wichtig gewesen waren. Alles, was zählte, war stets die Qualität des Aktes und nicht die Größe des Werkzeuges gewesen. Doch Tamika wettete darauf, dass Maurice sie in keinerlei Hinsicht enttäuschen würde.

Sie positionierte sich über seinem besten Stück, als seine Hände sich an ihre Hüften schoben und sie bremsten. Etwas wütend sah sie ihn an, da sie keine Sekunde mehr warten konnte.

„Sieh mich an!", forderte er und sein gesamter Oberkörper war angespannt. „Ich will dich sehen, wenn ich eindringe."

Und Tamika gehorchte. Sie stellte sicher, dass die Eichel bereits ihre Schamlippen teilte und drückte sich gegen Maurices starke Hände, doch offenbar wollte er sicherstellen, dass ihr Körper bereit war, um sie nicht zu verletzen.

Da kennt er mich schlecht! Sie ließ sich komplett absinken, sodass sogar er nichts mehr dagegen ausrichten konnte. Ein kurzer, süßer Schmerz setzte ein, als er sie erbarmungslos ausdehnte. Erleichtert über diese innige Verbindung ließ sie ihren Kopf nach hinten sacken und merkte erst jetzt, wie ihr Atem raste. Maurices Finger gruben sich in ihre Taille und stabilisierten sie. Offenbar würde er sie nicht loslegen lassen, bevor er sich sicher war, dass ihr Körper sich an ihn gewöhnt hatte. Tamika richtete sich erneut auf, krallte ihre Finger besitzergreifend in seine Brust und behielt Maurice in den Augen, denn auch sie wollte die Lust in seinem Gesicht ablesen. Endlich ließ er sie gewähren, übte sogar mehr Druck mit seinen Händen aus, als sie begann, sich rhythmisch auf ihm zu bewegen.

Es fühlte sich so berauschend an, dass sie spürte, wie ihr ein Glücksgefühl in den Kopf stieg. Gänsehaut machte sich breit und heiße, kalte Schauer wechselten sich ab. „Oh, mein Gott, wie konnte ich das bisher nur ablehnen", wimmerte sie und beschleunigte ihren Ritt. Ihre Muskeln zogen sich pulsierend um seinen Schaft zusammen, um ihn zusätzlich zu stimulieren und es gefiel Tamika, was sie vor sich sah. Maurice biss sich in die Unterlippe vor Konzentration, um sich nicht zu rasch zu entladen. Immer wieder schloss er die Lider, ein zartes „Mmmhhh" entwich ihm und sein gesamter Leib war angespannt wie eine Pistole. Die ersten Schweißperlen sammelten sich in der Mulde unter seiner Brust und glänzten auf dieser anbetungswürdigen Haut. Tamika fasste fester an seine Muskeln, was Maurice mit energischem Druck an ihrem Gesäß quittierte. Sie schrie auf und merkte, dass der Orgasmus rascher heranrollte, als ihr lieb war, sodass sie ihre Hüfte soweit anhob, dass die Penisspitze noch in sie ragte. Ihre Scheide zog sich klagend zusammen und pochte vor Verlangen, ein Blick in Maurices Gesicht bestätigte den gleichen Hunger, sodass sie sich nach vorne lehnte und ihn leidenschaftlich küsste.

„Ich möchte nie wieder aufhören", hauchte sie ihm in den Mund. Daraufhin schlang Maurice die Arme um Tamika und verlagerte sich rasch, sodass er direkt auf sie rollen konnte, um ihr sein Glied tief hineinzurammen. Ein erlösendes Keuchen drang aus ihrer Kehle und sie umklammerte gierig seinen Oberkörper. Dabei flüsterte er an ihr Ohr: „Dann tu es nicht, denn ich halte dich bestimmt nicht auf."

Tamika trieb in dem Meer an Impulsen, die ihr Körper setzte, als er seine Hüfte fester in sie stieß und ihr die Tränen kamen. Es war so furchtbar intensiv, dass sie losbrüllen und losheulen zugleich wollte. Es war ihr unmöglich, den Orgasmus länger zurückzuhalten und verfluchte es innerlich, dass nur noch ein weiteres Kondom übrig war. Es würde niemals reichen, um ihren gesamten Hunger zu stillen. Doch plötzlich schoss diese Hitze in ihren Kopf, ihr Körper verkrampfte sich, ihre Beine schlangen sich besitzergreifend um sein Gesäß, um Maurice tiefer in sich zu wissen. Ihre Nägel gruben sich energisch in seine Schultern, sodass er den Schmerz lautstark runterwürgte, doch dagegenhielt, um sie ihren Orgasmus austragen zu lassen. Tamika schrie, als dieser Strom über sie hinwegfegte und Maurice sah dies offenbar als Zeichen, sich zurückzuziehen und in kurzen, tiefen Stößen sein eigenes Verlangen zu stillen. Er steigerte sich wieder, wurde schneller, fester. Tamika fühlte, wie ihre Gliedmaßen erschöpft von ihm abperlten und ihr Körper nur noch von seiner Lust getragen wurde. Ihrer beider Schweiß verschmolz zu einem und sein Atem wurde immer lauter, um zu einem tiefen, sexy Stöhnen zu werden. Ihre Brüste wippten in dem Rhythmus, den er vorgab und sie hätte absolut alles mit sich machen lassen, solange es Maurice mit ihr tat. Sie wollte sich ihm hingeben, sein Besitz sein und nie wieder von ihm losgelassen werden, als er sich plötzlich in ihr entlud und sie beinahe traurig war, das warme Sperma nicht direkt in sich zu fühlen. Am liebsten hätte er sie vollspritzen oder sich über ihren Körper entladen sollen, als würde er sie wie sein Eigentum markieren. Tamika wollte ihn riechen, schmecken und verinnerlichen, um niemals zu vergessen, was Maurices Essenz ausmachte.

19 | Die Zeit tickt anders

amikas zuckenden Körper unter sich zu spüren, fühlte sich mächtig an. Maurice lehnte sich zur Seite und rollte sie mit sich, damit sie sein Gewicht nicht länger tragen musste. Dann fuhren seine Fingerspitzen über ihre Wirbelsäule, die Hüfte entlang zum Po. Bei jeder noch so kleinen Berührung begann ihr Körper erneut zu beben und zu verkrampfen, als reiche es aus, um ihr einen zusätzlichen Orgasmus zu bescheren. Und was sollte man da anderes tun? Maurice war süchtig danach, liebkoste ihr Gesicht, führte die Küsse sanft an ihrem Hals, ihrem Schlüsselbein fort und genoss die Wirkung, die er auf sie hatte. Diesen strahlenden Teint, das leichte Seufzen und zarte Aufbäumen ihres Körpers. Aber vor allem dieses unabwendbare Lächeln und die erschöpften Lider. Tamika lehnte sich glücklich gegen seinen Oberkörper und drückte ihre Wange an ihn.

Maurice hatte nie eine Frau erlebt, die sich so fallen ließ, sich auslieferte, aber auch unerbittlich nahm, wonach ihr dürstete. Sie war als Sexpartnerin so viel intensiver als jemals eine Gespielin in seinen Armen zuvor und er fragte sich unweigerlich, woran das lag. Daran, dass er sie schon so dringend hatte ausfüllen wollen, er hungrig gewesen war, da sein letzter Sex zu lange zurückgelegen hatte? Oder daran, dass sie für die Vereinigung wie füreinander geschaffen wurden?

Gott, das klingt ja kitschig, schlag dir das gefälligst aus dem Kopf!

Doch Maurice konnte die Finger nicht von Tamika lassen, ihren Duft aufnehmen und sich fragen, ob ihre Schamlippen genauso süß und verführerisch schmeckten wie ihr Mund. Wie es sich wohl anfühlte, sie in jeglicher Stellung zu nehmen, seinen Namen laut aus ihrem Rachen zu hören, wenn sie kam? Zwischen ihren Brüsten zu kommen, sie in heißen Dessous zu sehen oder ihr Sextoys in jegliche Öffnungen zu schieben? Er konnte an nichts anderes denken ... Obwohl, auch daran, dass er sie für sich allein haben wollte, immer und überall. Sie an sich binden und glücklich machen wollte, sodass ihr kein Zweifel aufkommen sollte, dass sie in den richtigen Armen lag. Dieser Störfaktor von Freund musste um jeden Preis weg!

Als sein Penis sich zusammenzog und das klebende Kondom die einzige Verbindung zwischen Tamika und ihm darstellte, zog er es aus ihr heraus und rollte es ab. Und obwohl sein Glied der Meinung war, seine Aufgabe erfüllt zu haben, verspürte Maurice noch immer den Drang, in ihr zu sein. Er wollte dieses zarte Beben nicht abebben lassen und daran festhalten, solange es ging. Rasch löste er Tamikas müden Glieder um sich, rollte vom Bett, um zu seinem Koffer zu gelangen, wo er das zweite Kondom vermutete und erleichtert in der kleinen Seitentasche vorfand. Dann huschte er schnell ins Bad, entsorgte den gebrauchten Gummi, wusch seinen Intimbereich, um tunlichst wieder zurück unter die Decke zu gelangen und dort fortzufahren, wo er aufgehört hatte.

Maurice zeichnete ihre Silhouette mit seinen Fingerspitzen nach und entlockte ihr eine Gänsehaut. Tamika öffnete ihre schweren Lider und strahlte ihn mit glühenden Wangen an.

„Das war unglaublich", flüsterte sie, was er nur mit einem Nicken bestätigen konnte.

„Aber was, wenn ich mit dir noch nicht fertig bin?", warf er im tiefen Bariton ein und sah, wie ihre Augen aufblitzten und das Grinsen dominanter wurde. Ohne eine weitere Reaktion abzuwarten, rutschte er im Bett an ihr herab, legte sie fordernd zurück auf den Rücken und umfasste ihre Oberschenkel, um sie breit zu spreizen. Augenblicklich kam wieder Leben in die müden Glieder und sie sah ihn verschmitzt an. Sie führte wie schüchtern ihre Finger zu den Lippen, sodass sie ihm verbarg, dass sie in freudiger Erwartung war. Sein Blick fiel auf ihre glänzende, perfekt glatte Ritze und ihm lief das Wasser im Mund zusammen.

„Du bist wirklich ein Augenschmaus. Ich befürchte, du musst etwas länger ohne Essen auskommen, denn nun werde ich dich erst mal vernaschen müssen."

Maurice zog sie mit Leichtigkeit näher heran und sie ließ ein unreifes Quietschen heraus, was ihn zum Kopfschütteln brachte. Er fing mit der Zungenspitze zielstrebig an, an den Innenseiten der Oberschenkel in Richtung Schritt zu lecken. Bei Tamika zog eine Gänsehaut auf, doch sie drückte ihm sofort ihre Hüfte entgegen, um sich willig zu präsentieren. Sie war unfassbar gedehnt, da sie ihre Knie trotz der Spreizung auf der Matratze liegen hatte, was ihn enorm erregte.

Maurice konnte sich kaum beherrschen, wollte sie zwar mit seiner Zungenfertigkeit necken und zum Äußersten treiben, sah sich jedoch wieder tief in sie hineinpumpen, da sein Penis sich gerade zu Wort meldete.

Welcome back, my friend, lobte er ihn und freute sich bereits darauf.

Bei ihrer Klitoris angekommen stieß er heißen Atem auf sie und tupfte mit der Zungenspitze nur zart daran, sodass Tamika es mit einem leichten Beben und ansteigender Körperspannung belohnte. Zu gerne würde er nun mit einem Finger tief in sie eindringen, um die raue Wand in ihr zu spüren, die das Kondom unweigerlich kaschierte. Doch er zügelte sich, leckte, knabberte und saugte stattdessen an ihrer Klitoris und den äußeren Schamlippen. Maurice spürte plötzlich ihre Finger in seinem Haar und er wettete sogar darauf, dass sie Druck ausüben würde, sollte sie ungeduldig werden. Und schon allein der Gedanke daran ließ ihn zusätzliches Blut in die Lenden schicken.

Seine Hände griffen fester um ihre Oberschenkel und er drang mit der Zunge gnadenlos in Tamika ein. Er nahm ihren Saft in sich auf, leckte tiefer und musste unweigerlich stöhnen, sie so intensiv zu riechen. Lange würde er es auch diesmal nicht hinauszögern können.

„Warte, Maurice", kam es kehlig unter schwerem Atem. „Lass mich dich gleichzeitig verwöhnen, bitte!"

Sein Glied sprang voller Erwartung und Maurice bekam sofort ein Bild in seinen Kopf, das ihm gefiel. Er blickte zu ihr auf und sah, wie sie einladend ihren Zeigefinger zwischen die Lippen schob und benetzte. Nochmal zuckte sein Glied, als würde es ihn daran erinnern, keine Zeit zu verlieren.

„Mit Kondom oder ohne? Es ist halt eines ohne Geschmack", stellte er klar, da er mit allem einverstanden war, solange sie ihn oral befriedigen würde.

„Kannst du dich denn zusammenreißen?", fragte sie ihn keck, drückte sich mit den Ellenbogen hoch und er gab ihr den Freiraum, damit sie sich unter ihm um 180 Grad drehen konnte. Doch ehrlicherweise gestand er: „So gerne ich würde, bei dir ist es unmöglich." Daher zeigte er ihr mit hungrigem Blick das Kondom, öffnete es, um es sich sicherheitshalber überzurollen. Zwar würde sein Glied dann nur halb so empfindlich auf ihre Zunge reagieren, doch Tamika sollte ihre Zweisamkeit nicht bereuen, obwohl er ihr bereits mehr vertraute, als er sollte.

Als er sich nun auf allen Vieren über sie lehnte und sie rasch nach seinem Schwanz griff, stieß er angestaute Luft heraus. Tamika war alles anderes als zimperlich, als würden sie sich gut kennen und die Körper schon etliche Male erforscht haben. Und er liebte diesen Umstand. Abwechselnd ließ sie ihre Zunge sanft über seine Eichel gleiten, saugte und knabberte kaum spürbar an ihr, um den Penis im nächsten Moment tief in sich aufzunehmen und den Druck mit Hilfe der Hand zu verstärken. Dieser Wechsel von harter Massage zu zuckersüßer Folter machte es schwer für ihn, sich auf ihre pulsierende Scheide zu konzentrieren. Ihm blieb nichts anderes übrig, als nun gähnend langsam mit dem Zeigefinger in sie einzudringen und sie gleichzeitig mit den Lippen zu reizen. Tamika reagierte sofort darauf, sodass der Druck auf sein Glied so stark wurde, dass er die Augen fest zusammenpresste. Er durfte auf keinen Fall schon kommen, er wollte – nein, musste! – seinen Mann stehen!

Als sie plötzlich sein Problem erkannte und zart an den Hoden zog, ließ zwar der Druck darin nach, aber das Verlangen wurde unerträglich stärker.

„Du treibst mich in den Wahnsinn, Babe", presste Maurice heraus, als er sich nun tief mit dem Finger in ihr versenkte, sie am ganzen Körper vibrierte und ein Stöhnen unausweichlich war.

Heiser hauchte sie: „Ist das nicht meine Aufgabe?"

Gerade da wurde ihm bewusst, dass er Tamika beiläufig ‚Babe' genannt hatte und sich nicht sicher war, ob er damit zu weit gegangen war. Mit treuem Hundeblick sah er sie zwischen ihren Körpern hindurch an: „Sorry, wegen der Babe-Sache, falls dich das stört."

Als sie gerade den Schwanz tief zwischen ihren Lippen aufnahm und wieder herauszog, begannen seinen Oberschenkel zu beben, so sehr wollte er in ihr sein und sie ausfüllen, allein für diesen fantastischen Anblick.

Doch nun hielt sie sein Glied fest neben ihrem Gesicht geparkt und sah ihn nachdenklich an. „So hat mich noch nie jemand genannt und sofern du mich nicht gerade wie ‚sie' betitelst, lasse ich es gerne durchgehen."

Und nein, wenn er darüber nachdachte, hatte er Shanice keinen einzigen Kosenamen verpasst und verstand auch nicht, wo dieses Bedürfnis plötzlich herrührte, als Tamika ihn erneut stimulierte, an ihm zog und der Druck noch anstieg.

Maurice musste aufgeben. Er drückte sich hoch, ließ von ihren Oberschenkeln ab, um sie bestimmend auf den Bauch zu drehen.

Außer Atem musste er es wissen: „Kann ich dich von hinten nehmen?" Noch bevor er eine Antwort erhielt, drehte er sie auf dem Bett wieder in seine Richtung und da sie mithalf und dabei nickte, reichte ihm dies als Erlaubnis. Tamika drückte ihren Oberkörper flach auf die Matratze, während sie sich auf ihren Knien hochzog, um ihm den Hintern einladend entgegenzustrecken. Ihre Mitte glänzte erwartungsvoll und Maurice stieg vom Bett, zog Tamika an die Kante heran, um sich ohne Zögern diesmal direkt in ihr zu versenken. Sie schrie lustvoll auf, Maurice blieb unbewegt, streichelte mit einer Hand vor zu ihrer Schulter, um sich dort einzuhaken und ließ die zweite fest an ihrer Hüfte gelegt.

„Bitte, hör' nicht auf, Maurice, ich brauche dich", hörte er sie ihn anfeuern und mehr brauchte er nicht als Bestätigung. Ihr Körper würde die harten Stöße nun freudig annehmen. Er schloss seine Lider, konzentrierte sich auf ihre Muskeln, die sich um sein Glied wie im eigenen Takt abwechselnd zusammenzogen und losließen. Das Gefühl, wie seine Hoden immer wieder gegen ihren Kitzler schlugen, trieb ihn voran, sodass er fester und schneller zustieß. Tamika stöhnte, drückte ihr Gesäß willig gegen ihn und nahm jeden Stoß freudig auf. Seine Hand blieb an ihrer Schulter, um mehr Druck aufzubauen, sein Atem wurde rascher, instabil, doch er wollte sich nicht öffnen, solange er ihr nicht zumindest vorher einen weiteren Orgasmus schenken konnte.

Neugierig glitt er mit seinem Daumen in Richtung ihrer Rosette. Maurice wollte testen, ob diese Zone zu persönlich war oder generell verboten. Doch sie verkrampfte weder noch wich sie zurück, sodass er mit kreisenden Bewegungen über ihren After massierte, in der Hoffnung, den Druck zu erhöhen, und es wirkte in nur wenigen Sekunden. Sie schrie unglaublich laut, sodass er froh war, dass diese Wasservilla relativ abgelegen lag und nur die Haie Reißaus nehmen konnten. Es war ein erhabenes Gefühl, Tamika zum Höhepunkt zu treiben, sodass er es weiter zurückhielt, schneller in sie hineinpumpte, bis sie sich plötzlich krampfhaft um sein Glied zusammenzog. Ihr Körper durchlebte bebende Schübe, bis ihre Beine anschließend schlaff wurden, sodass er nun beide Hände benötigte, um ihre Hüfte zu stabilisieren.

Maurice hätte gerne das Kondom abgezogen und ihr breit über den makellosen Rücken gespritzt, aber der Druck war zu groß und er wusste auch nicht, ob Tamika dies gutheißen würde, daher ließ er sich treiben. Die Hitze stieg ihm in den Kopf, ein lautes Stöhnen drang aus seiner Kehle und er fühlte den Schweiß über die Brust rinnen, als er ein letztes Mal fest in sie stieß, sodass er nur noch explodieren konnte. Dieses erlösende Prickeln durchzog seinen Leib bis in die Zehenspitzen und ein Glücksgefühl umgab ihn. Es wirkte noch ein paar Sekunden nach, bis er die Hände völlig ausgelaugt von ihrer Haut löste und ihrem Po erlaubte, abzusinken. Zeitgleich zog er sich aus ihr heraus, um sich schwer atmend direkt neben sie ins Bett fallen zu lassen. Wie automatisch holte er ihren Körper wieder dicht heran, sodass er mit ihr gemeinsam die Ruhe nach dem Sturm mit zarten Streicheleinheiten genießen konnte.

Tamika musste komplett erschöpft eingeschlafen sein, sodass sie nicht mitbekommen hatte, dass Maurice das Schlafzimmer still und heimlich verlassen hatte. Sie fühlte sich so schlapp und glückselig zugleich, dass sie sich nur schwerfällig auf den Rücken drehen und einfach wie die Sonne selbst strahlen konnte. In ihrem Schritt pochte es noch immer, doch es war so ein beflügelndes Gefühl, sodass sie keine einzige Sekunde mit Maurice bereute. Im Gegenteil, wenn sie zurück an jenen Abend gebeamt werden könnte, als sie fälschlicherweise an seinem Tisch im Restaurant gesessen hatte, hätte sie ihn, anstatt ihm die kalte Schulter zu zeigen, am Kragen gepackt und hinter das nächstbeste Gebüsch gezerrt. Er hätte schon damals bravourös gemeistert, was er die letzten zwei Stunden getrieben hatte: nämlich sie bewusstlos gevögelt.

Tamika breitete ihre Arme in dem weichen Bett aus und vermisste Maurice augenblicklich. Selbst bei näherem Hinhören konnte sie keine Schritte oder geschäftigen Geräusche vernehmen und war etwas enttäuscht. Sicherheitshalber blickte sie auf sein Nachttisch und zu ihrer Erleichterung lagen keine offenen Scheine schön gefächert darauf.

Zum Glück für dich, sonst hätte ich dich windelweich geschlagen, motzte ihr Ego, als sie sich aufrichtete und noch zerstörter vorkam. Daher beschloss Tamika, sich unter die kalte Dusche zu stellen in der Hoffnung, wieder Leben in ihre müden Glieder zu pumpen und wenn sie fertig war, könnte Maurice vielleicht schon – von wo auch immer – zurück sein.

Nur mit dem dünnen Laken bedeckt schlurfte sie ins imposante Badezimmer, welches rund gebaut war und über eine riesige gläserne Regendusche verfügte. Kaum hatte sie das Licht aufgedreht, sprangen auch bunte LED-Streifen neben der Duschrinne an und tauchten das Bad in wechselnde Farben.

Tamika stellte sich unter die Regendusche und lehnte sich genüsslich an die kühlen Fliesen, die glänzend weiße Schnörkel trugen. Das Plätschern und Rauschen hatte solch eine beruhigende Wirkung auf sie, dass sie nicht einmal mitbekommen hatte, dass Maurice bereits vor der Glaswand stand und diesen Anblick inhalierte wie ein hungriger Löwe. „Darf ich dir Gesellschaft leisten?"

Tamika erschrak, doch als sie ihn durch das von Tropfen benetzte Glas erspähte, konnte sie nur dämlich grinsen und nicken. Diese Wirkung, die er verströmte, schien sich durch den Austausch von Körperflüssigkeiten sogar verstärkt zu haben. Zu ihrem Leid, denn sie verfiel ihm mit jeder Sekunde mehr.

Als Maurice ebenfalls in die offene Kabine eintrat, hatte Tamika eigentlich angenommen, dass er einen weiteren Quickie an den Fliesen herausfordern würde, obwohl sie ehrlich gesagt noch immer erledigt von den ersten beiden Runden war. Doch weit gefehlt. Diesmal ließ er seine sanfte Ader übernehmen, drückte Duschgel aus der Tube von der Wandhalterung heraus, um es in den Händen großzügig zu verteilen und dann zärtlich auf ihrem Körper aufzutragen. In sanften, kreisenden Bewegungen massierte er über ihre Haut und Tamika geriet ins Schwärmen. Sie schloss entspannt die Augen, roch das florale Aroma und genoss die warmen, geschickten Hände an ihrem Leib. Als er sie von hinten fest umarmte und sie ihren Kopf gegen seine harte Brust lehnen konnte, hätte sie am liebsten die

Zeit angehalten. Sie liebte es, wenn sie auf diese Art gehalten wurde. Es gab nichts Schöneres und Vertrauteres als diese Geste. Es war beinahe zu perfekt, um wahr zu sein, und sie musste sich zusammenreißen, um nicht ein paar Tränchen des Glücks zu verdrücken.

„Es ist verdammt schön, dich im Arm zu halten, Tammy."

Tamika musste schmunzeln. Noch so ein Kosename für sie, doch sie wollte sich nicht auflehnen, denn irgendwie bekam es Suchtfaktor. Zudem war es berauschend, wenn es ihm bereits wichtig war, ihr diese Namen zu verpassen.

„Kann ich nur zurückgeben", flüsterte sie und strich liebevoll über die starken Unterarme, die um sie gelegt waren. Je intensiver das – was auch immer das zwischen ihnen zu sein schien – wurde, umso mehr Angst bekam sie und umso lauter wurde das Ticken, bis der Flieger sie wieder ins reale Leben zurückbringen würde.

„Hey? Hörst du mir eigentlich zu?", hauchte Maurice ihr ins Ohr.

Tamika wurde aus ihren Gedanken gerissen, lugte nun zu ihm auf und kassierte einen amüsierten Gesichtsausdruck.

„Ups, habe ich etwas verpasst?"

„Du Träumerin", zog er sie auf und drückte ihr einen sanften Kuss an die Schläfe.

Verflucht, muss er das machen? Ist das normal für einen Urlaubsflirt? Es ist viel zu vertraut, zu nett, schlichtweg viel zu schön. Etwas, was man immer haben wollte …

„Ich habe dich gefragt, ob du Hunger hast. Es ist bereits 18:30 Uhr, aber wenn ich mir deinen grollenden Magen so anhöre, hat er dich eindeutig überstimmt."

Und Maurice hatte recht, ihr Bauch meldete sich klagend zu Wort, da sie seit dem Frühstück nichts mehr zu sich genommen hatte und sie gemeinsam einige Kalorien horizontal abgearbeitet hatten.

Nun drehte Tamika sich zu ihm, legte ihre Arme um seinen Nacken und schmiegte sich dicht an ihn. Seinen nackten Körper an ihrem zu spüren weckte erneut dieses Verlangen, doch sie drängte es zurück, da sie wirklich gerne mit ihm den letzten Abend auch anders genießen wollte. Nach dem Essen sollte sich noch ausreichend Zeit finden, um Maurices Körper abermals zu erkunden.

„Oh ja, ich habe einen Bärenhunger. Lass uns etwas essen gehen."

20 | Der andere Kuss

„ch fasse es nicht, dass du eine Überraschung für mich eingefädelt hast, während ich das Ganze verpennt habe."

Maurice fühlte sich beflügelt. Es war ihm ein Bedürfnis gewesen, Tamika zu demonstrieren, dass er auch etwas aus eigener Kraft schaffen konnte. Einmal ohne – wie sie es so ungalant ausgedrückt hatte – mit den Scheinen zu wedeln. Offen gestanden hatte er es nicht zu hundert Prozent geschafft, aber zum Großteil und war daher mächtig stolz auf sich. Obwohl er zwar aus gutem Hause stammte, war er in seiner Kindheit dennoch ohne großen Reichtum ausgekommen. Ihm war erst durch Tamikas Andeutungen klar geworden, wie selbstverständlich er es sich durch seinen Erfolg in der Firma leichter gemacht hatte, indem er zu monetären Mitteln griff. Dabei war es überhaupt nicht nötig und wirkte persönlicher, wenn man Dinge aus Eigeninitiative schaffte. Und zudem schonte es seine Finanzen. Zwar war die Überraschung auf Hinblick ihres bereits verstrichenen Ausfluges nicht unbedingt neu, aber auf dieser Insel, auf der die Möglichkeiten beschränkt waren, leicht umsetzbar.

Maurice hatte Tamika eine Stoffbinde um die Augen gelegt und führte sie über den Strand. Das Schwierigste – nämlich der zugewachsene Zaunabschnitt hinter der Privatvilla des Eigentümers der Insel – war überwunden und das Ziel, das er sorgfältig vorbereitet hatte, lag nahe.

Er fand es allerliebst zu sehen, wie sie mit erhobenem Kinn und ausgestreckten Händen blind voranschritt. Ihr Haar sah zerzaust aus, da es sich nicht leicht gestaltet hatte, sie zwischen den Büschen, ohne hängen zu bleiben, durchzulotsen. Sie wirkte verunsichert, strahlte aber dennoch übers ganze Gesicht. Und er wusste nicht, was da mit ihm passierte, doch er speicherte diesen Moment für sich ab. Er trug den Namen ‚Einer der einprägsamsten Augenblicke meines Lebens.'

Maurice stoppte Tamika vor dem Meer aus ausgebreiteten Handtüchern und strich ihr zärtlich über die Oberarme. „Bist du bereit?", wollte er wissen.

„Du bist absolut verrückt, warum machst du das …?"

Exakt jetzt lüftete er das Geheimnis und zog ihr die Binde vom Gesicht. Ihr blieb automatisch die Spucke weg, ihr Mund formte ein überraschtes ‚O' und sie führte ihre Hände ungläubig zu den Lippen. „Wahnsinn! Das hast du alles allein organisiert?" Sie blickte auf alle Utensilien, die er in der Restaurantküche, dem Badezimmer, der Wasservilla, dem Souvenirladen und dem Beautysalon hatte finden können. Alles, was ohne Schmiergeld zu leihen war, hatte er freudestrahlend entgegengenommen. Allein die Offenbarung an die Mitarbeiter, dass er seiner Herzensdame eine wunderschöne, romantische Überraschung angedeihen lassen wollte, hatte ausgereicht, damit sie ihm halfen. Keiner hatte ausgestreckte Finger angedeutet, die hungrig nach Scheinen gewesen waren. Und nur jene Dinge, die vergänglich waren oder nicht zurückgegeben werden konnten, hatte er über seine Hotelkarte ausgelegt.

Natürlich war ihm bei dem Titel ‚Herzensdame' ein merkwürdiges Gefühl aufgestiegen, da man das im Anbetracht der Situation und der verstrichenen Zeit nicht sagen konnte, aber es war immerhin eine umschmeichelte Variante, die mehr Gewicht hatte und dadurch erfolgreich zog. Und das war letztendlich alles, was zählte.

Und so stand Tamika vor der Picknickdecke aus Handtüchern, Duftkerzen, einem riesigen Korb voll Leckereien, die kalt genossen werden konnten, geflochtenen Blumen, Dekorationen aus Holz und Glas und hinter ihr das atemberaubende Naturschauspiel des Sonnenunterganges.

„Sag einmal, sehe ich richtig? Hast du den Privatstrand des Eigentümers gebucht?" Dieser kleine Teil war von außen nur über den Wasserweg zugänglich und daher mehr vor den Gästen verborgen. Denn da die Insel rasch umrundet werden konnte, war es Maurice zu riskant gewesen, die Privatsphäre zu verlieren.

Er kratzte sich nervös am Hinterkopf: „Um ehrlich zu sein, habe ich nicht um Erlaubnis gebeten, sondern mich da hinten durch das dichte Gestrüpp einfach durchgekämpft. Ich hoffe also, es kommt niemand darauf, jetzt, wo die Villa offenbar nicht bewohnt ist. Ich wollte mit dir alleine sein, so gut es halt geht und dir beweisen, dass ich es auch kreativ, ohne die VISA zu zücken, schaffe."

Er beobachtete sie, wie ihre Augen das kleine Nest inspizierten: „Natürlich ist es nicht mit jenem Picknick zu vergleichen, das im Honeymoonpackage gebucht war, aber …"

Sie fiel im sofort ins Wort: „Aber es kommt von dir persönlich, daher ist es milliardenfach besser."

Dieser durchdringliche Blick war ganz anders als jene zuvor. Tamika trat direkt zu ihm und starrte ihn unverblümt an. Es war unverkennbar, dass ihre Augen glänzten … *kann es sein, dass sie mich gerade anhimmelt?*

Sein Herz schlug aufgeregt gegen die Brust und er wartete gespannt auf weitere Reaktionen. Würde diese Überraschung etwas Grundlegendes zwischen ihnen ändern?

„Und das hast du nur für mich getan? Das alles hier?" Tamika deutete auf das liebevoll gerichtete Buffet auf den Frotteetüchern und Maurice nickte hastig. Beiläufig fing er eine Strähne an ihrer Wange ein und schob sie sachte hinter ihr Ohr, zu der restlichen offenen Mähne, die wundervoll zu dem verspielten Blümchenkleid passte.

„Aber warum?"

Warum? Eine gute Frage. Was sollte er ihr darauf antworten?

„Ehrlich gesagt weiß ich das selbst nicht so genau. Es waren einfach wunderschöne Tage mit dir und das ... das heute ..." Ihm fehlten die Worte. Er wollte nicht wie ein absoluter Schwachkopf dastehen oder sich lächerlich machen: „Okay, ich sag es einfach frei raus, auch auf die Gefahr hin, dass du mich für verrückt erklärst." Maurice nahm ihre Hand und wies sie zu den Handtüchern und sie setzten sich zeitgleich auf die weiche Unterlage. Die Kerzen flackerten auf und der Schein spiegelte sich in Tamikas Antlitz. Allein die Sterne im Hintergrund setzten sie in ein Gemälde, das nicht atemberaubender hätte sein können.

„Ich weiß, wir kennen uns kaum und unser beider private Situation ist nicht gerade ein guter Nährboden, um sich kennenzulernen. Mir ist auch bewusst, dass es an einem fernen, exotischen Ort mit schwerem Herzen immer leicht ist, sich in etwas zu verrennen, das auf ersten Blick verführerisch oder leichtsinnig wirkt. Aber für mich ist da etwas zwischen uns. Wir mögen unterschiedlich sein, fuhren gemeinsam emotionale Achterbahnen, doch unterm Strich würde ich gerne mehr Zeit mit dir verbringen und es einfach darauf ankommen lassen, was passiert."

Tamikas Augen weiteten sich, was die Nervosität in ihm noch mehr schürte. *Warum sagt sie nicht einfach etwas?*

„Ich würde gerne den Kontakt in Deutschland vertiefen, natürlich nur, sofern das für dich auch vorstellbar ist. Aber vor allem, wenn du dich bezüglich deiner jetzigen Partnerschaft im Klaren bist."

Komm schon! Lass mich nicht im Regen stehen!

Träume ich oder bin ich dehydriert? Das kann doch nur ein schlechter Scherz sein oder meint er das wirklich ernst?

Hoffnung breitete sich in Tamikas Inneren aus und übergoss die Vorsicht und ihr rationales Denken mit zäher Masse. Ob sie das wollte? Und wie! Sie hatte jedoch aufgehört, an Wunder zu glauben oder an das Schicksal. Die Wahrscheinlichkeit, dass sich im gewohnten Umfeld wieder die Routine einstellte und der andere aufgrund des Jobs und der Gegebenheiten nicht in das eigene Leben passte, war zu groß.

Oder etwa nicht?

Andererseits, warum nicht einmal etwas riskieren?

„Ich sehe, du zögerst, was mir ehrlich gesagt den Magen verknotet. Ich wollte dich nicht überfallen. Es ist natürlich klar, dass du das mit deinem Freund klären möchtest und wir beide erst alte Wunden heilen müssen. Ich will genau so wenig wie du, dass es nur zum Trostpflaster reicht. Aber ich würde auf dich warten, egal, wie lange es braucht, wenn du mich in deinem Leben haben willst."

Maurice schluckte mehr als sonst, gestikulierte wild mit den Händen beim Reden, strich sich unentwegt durchs Haar oder zupfte nervös an seinem Hemdkragen, als würde er schlecht Luft bekommen.

Tamika sah ihn einfach nur an und schmolz dahin. Der Gedanke, Maurice in ihrem Leben zu haben, formte sich zum ersten Mal deutlich vor ihren Augen. Eine Möglichkeit, jede Nacht eng umschlungen mit ihm einzuschlafen, ihn nach der Arbeit mit einem Kuss zu begrüßen oder mit Freunden an einem Tisch zu essen und zu lachen ohne Ende. Was für ein Leben könnte das sein? Eines mit Zusammenziehen, Heiraten, Kinderkriegen? Das komplette Paket?

Als Maurice sich verstört abwandte und zum gefüllten Korb griff, wachte Tamika aus ihrer Schockstarre auf.

„Vielleicht sollten wir einfach essen", kam seine Stimme gedämpft und er wagte nicht, sie anzusehen, da er ohne Zweifel enttäuscht war.

Tamika stand auf, nahm ihm den Korb aus der Hand, um ihn demonstrativ beiseitezulegen. Selbstbewusst setzte sie sich auf seinen Schoß, um ihre Beine und Arme um ihn zu schlingen. Mit runzelnder Stirn musterte Maurice sie, als sie ihn langsam zu einem Kuss an sich heranzog. Einem Kuss, der so zärtlich, forschend und liebevoll ausfiel und in Form eines starken Kribbelns durch ihren Körper zog. Maurice Hände legten sich behutsam um sie und seine Zunge suchte sich verhalten Zugang. Die Art, wie er Tamika hielt, umgarnte und streichelte, war so zärtlich, so innig und spiegelte wider, was er vorher in Worten versucht hatte, auszudrücken. Er wollte sie wirklich. In seinen Armen, in seinem Herzen, in seinem Leben, und mit Sicherheit wollte er auch in ihr sein. Jemand, der keine Gefühle hätte, alles nur heuchelte oder Unsicherheit in sich trug, könnte sie unmöglich auf diese vertraute, liebende Weise küssen. Unmöglich.

Als Tamika sich von ihm löste und es in ihrem Schritt erneut zu prickeln anfing, hätte sie sofort auf das Essen verzichtet, wenn er sich einfach nur auf sie legen könnte und das Liebesspiel genauso genüsslich und ausgiebig hinauszögern würde wie diesen besten Kuss ihres Lebens.

„Du meinst es wirklich ernst", bestätigte sie, lehnte ihre Stirn an seine und lächelte ihn glücklich an.

„Natürlich meine ich es ernst." Seine Hände tanzten auf ihrem Rücken, glitten hinab zu ihrem Po, wieder hinauf zu ihrem empfindlichen Nacken und hinterließen dabei glühende Spuren. Das Kleid würde nicht mehr lange auf ihrer Haut liegen, wenn er so weiter machte. Das war gewiss.

„Du solltest wissen, Pascal und ich haben uns getrennt."

Maurice drückte sie nun überrascht von sich und hob interessiert eine Augenbraue. „Ist es … wegen mir?"

„Von meiner Seite aus wohl ein bisschen, aber es war ohnehin unausweichlich. Ich schätze, das hast du ja geahnt."

Seine Finger strichen sanft über ihre Wange und er schien Verständnis dafür aufzubringen, dass diese Nachricht womöglich noch nicht vollends verarbeitet war.

„Keine Ahnung, wo du zu Hause bist, aber wenn sich das mit der Distanz einrichten lässt, würde ich auch gerne mehr Zeit mit dir verbringen und es einfach mit uns versuchen. Denn es wäre gelogen, wenn ich behaupten würde, dass du mir in den wenigen Tagen nicht den Kopf verdreht hast", gestand sie ihm.

So, das war genug Seelenstrip, mein Fräulein!, tadelte sie ihr Ego und wedelte mit dem Zeigefinger.

Aber diese Botschaft war es wert gewesen, denn Maurice strahlte übers ganze Gesicht, umarmte sie fester und zog sie zu einem leidenschaftlichen Kuss heran, der sie um den Verstand brachte. Wieder konnte Tamika es nicht lassen, rieb ihren Schritt an seiner bereits wachsenden Beule, weil das Wissen, dass es heute nicht enden musste, ihr einen Stein vom Herzen fallen ließ.

Maurice drückte sie abermals weg und sah sie hungrig an. „Eine Sache konnte ich jedoch nicht mehr besorgen: Kondome. Dieser verfluchte Souvenirshop ist wirklich zu nichts zu gebrauchen und mit dem Wasserflugzeug wegfliegen, wollte ich auch nicht. Ich konnte es einfach nicht erwarten, dir diese Überraschung zu machen und wollte keine Minute ohne dich missen. Ich hoffe, du bist mir nicht böse."

Und Tamika konnte ihm gar nicht böse sein, stattdessen öffnete sie den Korb, lehnte sich darüber, um den Inhalt zu checken. Zielsicher fischte sie eine kleine, unreife Banane heraus und wedelte vor seinen Augen damit. „Dafür hast du wohl weislich für eine Ersatzstimulation gesorgt." Und das war keine Frage, sondern eine Feststellung.

21 | Sündhaftes Essen

as Essen verlief still und ausgiebig, da das Schmachten, breite Grinsen und Genießen der Köstlichkeiten im Vordergrund standen. Es schien fast wie ein eigenes Vorspiel zu sein. Nie hatte sie ein Mann so ungeniert mit den Augen ausgezogen wie Maurice bei diesem romantischen Abendmahl und sie war elektrisiert von der Stimmung, die in der Luft hing. Zwar bestand jede Sekunde die Möglichkeit, dass sie aufgrund des Kerzenscheins oder den gedämpften Stimmen erwischt wurden oder einfach nächtliche Spaziergänge oder Schwimmeinlagen der Gäste sie störten, doch es war ihr egal. Tamika wusste, dass sie sich Maurice hingeben würde. Exakt hier auf dieser dekorierten Unterlage auf Sand und wenn es sein müsste, würde sie ihm in die Schulter beißen, um nicht lautstark zu kommen. Egal wie, aber es würde passieren.

Das mit dem Kondom war gewiss hinderlich, doch nichts, was geschickte Hände, Zungen oder kreative Hilfsmittel nicht wettmachten konnten.

Tamika konnte nicht aufhören, auf Maurices Mund zu starren, der bewusst langsam von einem Stück Ananas abbiss und sich die feuchten Lippen ableckte. Schon allein dieser Anblick schoss Strom direkt in ihren Schritt. Doch sie tat es ihm gleich, lutschte provokativ an einem übergroßen Stück Melone, bis der Saft ihr aus den Mundwinkeln tropfte und beide gleichzeitig zu lachen begannen. Rasch wischte sich Tamika das Desaster aus dem Gesicht, bevor es ihr Kleid besudeln konnte und amüsierte sich köstlich über dieses Spiel der Verführung, das streng genommen gar nicht nötig war.

Und als sie beide wussten, dass der eine Hunger gestillt war, sah Maurice sie forschend an, hob die Banane und wackelte unanständig mit den Augenbrauen, sodass Tamika wieder lachen musste.

Er ist unmöglich.

„Also habe ich deine Andeutung vorher richtig verstanden? Dieses werte Stück hier …", wie ein geschickter Verkäufer drehte und wendete er sie vor sich und verwies mit seiner Hand auf das gelbe Obst, „… soll uns als Sextoy dienen?"

Tamika war erleichtert, dass das Licht nicht preisgab, dass ihre Wangen rot anliefen, denn sie wollte lieber abgeklärt und selbstbewusst wirken, nicht, als würde sie das zum ersten Mal in Erwägung ziehen. Was leider der Wahrheit entsprach.

„Na ja, bei den kleinen Würstchen oder den Tomaten hätte ich sicher nicht so eine Freude gehabt und die Banane soll ja deine geschickten Hände und Zunge nur unterstützen", witzelte sie und räumte beiläufig die Teller und Essensreste zurück in den Korb, um dem Liebesnest mehr Platz zu verschaffen.

„Du steckst wirklich voller Überraschungen, aber das gefällt mir", kam ein sehr maskuliner, brummender Ton aus seinem Rachen, der ihr Gänsehaut bereitete. Seine Pupillen wirkten schwärzer als die Nacht und funkelten vor Begierde, was ihren Schritt noch freudiger auf das Kommende werden ließ.

Maurice wickelte die rechte Hand um ihre Taille, um Tamika mit Leichtigkeit direkt heranzuziehen, legte die linke zärtlich auf ihre Wange, sodass ein wohliger Schauder durch ihren Leib zog. Er saugte an ihren Lippen, knabberte an ihnen und erzeugte dadurch kleine Blitze in ihrem Kopf. Sie wollte viel mehr!

Tamika glitt mit ihrer Hand unter ihr Kleid, um sich umständlich ihres Slips zu entledigen, ohne den Kuss zu unterbrechen. Ihr Atem wurde schneller, da die Gier wieder einzog. Maurice zu schmecken, die Art, wie seine Zunge sie nun zu einem Tanz einlud, war so köstlich, dass sie bereits feucht war, bevor er sie überhaupt intim berührt hatte. Er hatte eine Macht über ihren Körper, die ihr eigentlich Angst bereiten sollte, aber nicht tat.

Der Kuss wurde fordernder, Tamika setzte sich gegrätscht auf Maurices Schoß und schmiegte sich dicht an seinen Schritt. Sie konnte einfach nicht anders, als sich an diesen Prachtleib zu drängen und ihre Hüfte zu kreisen, um ihm eine direkte Einladung zu geben. Und es funktionierte, denn er wurde so ungeduldig, dass er sie kurz von sich hob und aufsprang, um seine Hose samt Shorts loszuwerden. Seine Erektion stand Tamika kerzengerade entgegen, sodass sie einfach nur daran saugen wollte, doch Maurice las es an ihrem Gesicht ab und deutete auf die Banane, was ein Fingerzeig auf das fehlende Kondom bedeutete.

Verflucht, ist das gemein!

Das Verlangen, Maurice zu verwöhnen und wieder aus dem Konzept zu bringen wie letztens, war viel zu groß, doch es musste auch anders funktionieren. Sie sah, wie er sich erneut mit verschränkten Beinen hinsetzte und ihr deutete, zu ihm zu kommen. Streng genommen eine Position, die gefährlich war, wenn man safen Sex praktizieren wollte. Immerhin konnte die Lust das Gehirn austricksen und sein Penis wäre schneller in ihr, als sie beide ‚Tut' sagen konnten. Doch Tamika war es egal, sie brauchte diesen Mann dringend. Daher setzte sie sich erneut auf seinen Schoß, im vollen Bewusstsein, dass die klagende Erektion nun zwischen ihren Bäuchen eingeklemmt war und gewiss lautstark protestierte. Erneut schlang sie ihre Arme um seinen Nacken, zog ihn gierig heran, um seine Lippen zu erhaschen, während seine Hand unter ihr Kleid glitt und gezielt zwischen ihre Beine gelangte. Mit einem Finger strich er ihr durch die Spalte und schien ihre Feuchtigkeit so prickelnd zu empfinden, dass er ihr laut in den Mund stöhnte. Dies stachelte sie an, sodass sie das Zungenspiel kurz unterbrach, um sich provokativ über die rechte Handfläche zu lecken und diese dann hinab zu seinem prallen Schwanz zu führen.

Maurice starrte sie gebannt an, als sie anfing, ihm sanft mit den feuchten Fingern über die Eichelspitze zu kreisen. Sein Penis schien zu vibrieren und die Anspannung in Maurices Körper wuchs an. Sein heißer Atem peitschte ihr entgegen und Tamika liebte seinen Geruch, der sie umhüllte. Diese süße Folter schlug schneller an, als ihm lieb war. Als Revanche massierte er ihr übervorsichtig über die Klitoris und Tamika musste die Luft anhalten, um es durchzustehen. Sie wollte auf keinen Fall betteln, dieser Reiz löste in ihr jedoch solch einen Druck aus, dass sie es bevorzugt hätte, wenn er ihr einfach den Finger tief hineingeschoben hätte, sodass sie zumindest den hätte reiten können. Doch er las ihr das in den Augen ab und schien es ihr nicht so leicht machen zu wollen. Allein sein gehässiges Grinsen sprach Bände; er wusste eindeutig, was dieses Necken mit ihr anstellte und sie hasste Maurice dafür. Aber sie liebte es auch wieder, dass er es tat.

Tamika streichelte den Schaft sachte auf und ab, benetzte sein Glied mit Feuchtigkeit, während Maurice mit der anderen Hand fordernd an ihren Po fasste und sie näher heranschob, als wäre da überhaupt noch Platz. Doch es fühlte sich mehr wie ein Besitzanspruch an, ein Zeichen, dass sie ihm gehörte, seins war … *eine so heiße Geste!*

Als er nun mit dem Zeigefinger einen Hauch weit in Tamika vorstieß und dann dort verharrte, hätte sie ihm am liebsten gebissen. Ihre Mitte verzehrte sich danach, ihn endlich so tief wie möglich in sich zu spüren, sodass ungewollt ein wütendes Knurren aus ihrer Kehle kam.

Maurice quittierte es mit einem amüsierten Grinsen, das sie ihm am liebsten aus dem Gesicht gewischt hätte. Als seine Fingerkuppe leicht in ihr zu trommeln begann, es kurz den Anschein hatte, als würde er tiefer in sie abtauchen, aber er den Finger dann wider Erwarten fast komplett herauszog und dort verharrte, verkrampfte sich alles in Tamika: „Ich hasse dich!"

Doch Maurice lächelte sie entspannt an und erwiderte: „Nein, du liebst es."

Tamika packte sein Glied nun fester, begann die Massage zu verstärken, wodurch Maurices Lider kurz flatterten und er sich versteifte. Ein Stöhnen rutschte aus seinem Mund und erfüllte sie mit Genugtuung.

Was du kannst, kann ich schon lange!

Maurice öffnete wieder die Augen mit einer Entschlossenheit, die sie nervös machte. Mit Leichtigkeit schob er Tamika zurück auf die Decken, drängte ihren Rücken zu Boden und fischte nach der bereitgelegten Banane.

„Mit oder ohne Schale?", fragte er mit belegter Stimme und sein gesamter Arm zitterte vor Anspannung, so sehr war er am Explodieren. Ein kurzer Blick auf die präsentierte Erektion legte einen großen Lusttropfen an der Spitze offen und Tamika verspürte den Drang, diesen abzulecken. Doch als Maurice ihr Kleid über die Hüfte stülpte und sie dadurch ins Hier und Jetzt katapultierte, wurde ihr bewusst, dass sie ihm eine Antwort schuldete: „Ohne ist sie weicher und vor allem sauberer."

Gesagt, getan. Maurice schälte das Obst, warf die Schale blindlings in das nächstbeste Gebüsch und unterbrach dadurch das stetige Rauschen der Wellen durch ein Rascheln. Tamika musste unweigerlich lachen, da Maurice in seinem hellblauen Hemd, mit Latte und Banane bewaffnet so ein komisches Bild abgab.

„Das Lachen wird dir noch vergehen, wenn Mr. Banana dir seine monströse Stärke demonstriert", kommentierte Maurice munter drauf los. Seine gestellt strenge Miene schlug augenblicklich zu einem Lachen um. Es war auch schwer, bei der Sache ernst zu bleiben, und sogar Tamika musste die Lippen fest aufeinanderpressen, um nicht lautstark loszuprusten.

Maurice legte sich zu ihr, stützte sich auf dem linken Ellenbogen ab und streichelte ihre Innenseite des Oberschenkels Zentimeter für Zentimeter mit der Banane entlang. Es kitzelte enorm und Tamika kämpfte um ihre Beherrschung, um nicht loszugackern. Sie überlegte, sich abzulenken, raffte sich etwas auf, um an seinen Ständer zu gelangen, doch er schob ihre Hand desinteressiert beiseite.

„Zurücklehnen und genießen. Um mich können wir uns nachher kümmern." Maurice zwinkerte ihr zu und als sie ihn ansah, wurde ihr bewusst, wie sehr es um sie geschehen war. So verrückt, dumm und unvernünftig es auch war, und selbst wenn sie es nicht laut aussprechen würde, ihr Herz schlug bereits für ihn. Niemals hätte sie es für möglich gehalten, dass Pascals Platz so schnell geräumt werden konnte. Aber womöglich war er dort nie wirklich eingezogen und sie hatte es nur nicht realisieren wollen, da es einfacher war, blind durch die Welt zu schreiten, als allein zu bleiben.

Maurice drückte den Kopf der Banane gegen ihre Öffnung und vergewisserte sich nochmals mit einem skeptischen Blick, ob es ihr ernst war. Tamika nickte, hielt sich aber sofort die Hände vor das Gesicht, um nicht wieder zu lachen. Wann war aus diesem leidenschaftlichen Akt eine Komödie geworden?

Vielleicht war es doch eine doofe Idee gewesen, die Banane mit ins Boot zu holen, rätselte sie, während der erste Versuch, das Obst vorsichtig in sie hineinzuschieben, misslang. Maurice half mit seinen Fingern nach und Tamika kippte ein wenig das Becken, sodass sie das kühle, weiche Fleisch in sich gleiten spürte. Sie schloss ihre Lider und ließ das Gefühl auf sich wirken. Ihr Körper weitete sich, nahm es an und das Befremdliche daran perlte zügig ab.

Nach verhaltener Zurückhaltung schien Maurice Gefallen an dem selbsternannten Spielzeug zu finden, schob es erst halb in sie, dann wieder fast komplett heraus, um es abermals hineingleiten zu lassen. Diesmal vollständig.

„Wow, ich sollte aufpassen, dass sie da drinnen nicht verloren geht", gab er überrascht bekannt, sodass Tamika erneut einen Lachflash durchlitt, der ihren Körper beutelte. Ihre Augen wurden feucht und unweigerlich zog sich ihre Mitte erregt zusammen.

„Das gefällt wohl jemandem", erwiderte Tamika und blickte zu Maurice, der große Augen bekam.

„Na und wie, so nahe war ich noch nie am Geschehen dran. Es wirkt geradezu, als wäre ich Regisseur von einem Obstporno geworden."

Das reichte aus, um Tamika erneut zum Prusten zu bringen, doch diesmal wurde es zu einem Lachanfall. Sie hielt sich bereits den Bauch, konnte sich nicht mehr einkriegen, als ein lautes „Ups!" von Maurice die Situation durchbrach.

Tamika wischte sich die tränenden Augenwinkel ab und lugte erneut zu Maurice, der nun erschrocken wirkte. In seiner Hand lag eine halbe Banane.

„Wo ist der Rest?", stammelte Tamika entsetzt und starrte gebannt auf Maurices Zeigefinger, der zögerlich auf ihren Schritt deutete.

Tamika riss die Lider auf und stemmte sich hoch, um in ihren Schritt zu starren. Es war erschreckend und besaß dennoch an Komik, sodass es aus Maurice herausplatzte:

„Warte, Onkel Doktor wird das Kind schon herausholen. Einfach nur die Beine spreizen und pressen, wie bei den Wehen."

Tamika schlug ihm herzhaft mit der Faust auf die Schulter, in der nächsten Sekunde lachte sie erneut los und konnte ihre Gesichtsakrobatik zwischen wütend und amüsiert kaum in den Griff bekommen. „Du bist unmöglich, weißt du das?"

„Aber … du liebst es", wollte er sein Tantra wiederholen. Als sie ihn ansah, kam eine merkwürdige Schweigesekunde zustande, doch dann vermied sie den direkten Blick auf die abgebrochene Banane, indem sie die Schenkel fest zusammenpresste.

„Sieh es mal so, ich bin schuld. Ich hätte immerhin zu einer Gurke oder Zucchini greifen können", platzte es aus ihm heraus. Diesmal konnte Maurice sich vor Lachen nicht einkriegen und Tamika legte sich winselnd auf den Rücken, da sie ebenso einstimmen musste. Nur mit Mühe konnte er wieder den Ernst der Lage erkennen: „Kann ich dir irgendwie helfen? Ich hoffe ja nur, weil die Banane keine Schnur oder ein Stromkabel besitzt, dass das Problem trotzdem ohne Arzt zu beheben ist."

Erneut erhob sie ihren Oberkörper und boxte ihm auf die Schulter.

„Aua!", gab er theatralisch von sich und massierte sich die schmerzende Stelle, als Tamika beschwerlich aufstand und er augenblicklich auf das Handtuch unter ihr starrte, in der Hoffnung, ein kleines ploppendes Wunder zu erleben. Doch die Banane hielt sich offenbar nicht an die Theorie der Schwerkraft.

„Mist", bestätigte Tamika und wirkte peinlich berührt. „Bevor ich jetzt dezent vor deinen Augen in mir herumkrame, werde ich wohl das Kleid ausziehen und ins Meer gehen. Ich kann nur hoffen, dass mich keiner sieht und dafür einsperrt. Immerhin sind die hier übertrieben streng mit Freizügigkeit." Mit diesen Worten streckte sie ihren Arm über den Kopf, um das Gewand von hinten zu öffnen.

„Okay, und, Tamika?"

Sie zog gerade am Verschluss ihres Kleides, Sekunden später segelte es langsam zu Boden. Als er sie splitterfasernackt vor sich stehen sah, wurde ihm offenbar sein schmerzender Schwanz wieder bewusst.

„Jaaaa?", zog sie es schmunzelnd in die Länge und sah ihn mit klimpernden Wimpern an, doch er hatte vergessen, was er im Begriff gewesen war, zu sagen. Er stand ebenfalls auf, zog sich hektisch das Hemd über den Kopf, um ihr anschließend die Hand zu reichen.

„Ich komme mit dir. Wenn sie dich festnehmen, sollen sie mich gleich mitnehmen, denn ohne dich gehe ich hier nirgendwo mehr hin."

22 | Abschied vom Paradies

uch der letzte Tag war wie im Flug vergangen. Tamika dachte an die gemeinsamen Stunden mit Maurice. Sie hatten sich im Bett herumgewälzt, waren nackt im Whirlpool auf seiner Terrasse gesessen mit Sektflöten in der Hand, hatten die Unterwasserwelt erneut erkundet und kaum die Finger voneinander gelassen. Kondome hatte sich bis zuletzt keine mehr auftreiben lassen, sie waren sich nachts dennoch nackt in den Armen gelegen. Ihre Körper hatten auch so perfekt zusammengepasst und selbst wenn der Orgasmus nur durch die Hände oder die Zunge erfolgt war, konnten beide gut damit leben.

Es war schön, sich frei und unbeschwert zu fühlen, bis sich der Glücksnebel langsam gelichtet hatte und die Kontaktdaten ausgetauscht wurden. Die Realität trudelte wieder ein, als auch ihre Freundin Evelyn die ‚No-Internet-just-relax'-Regel aufgehoben und ihr bereits mehrfach auf WhatsApp geschrieben hatte, wie es ihr ging und dass sie unbedingt Fotos sehen wollte. Maurice hatte mehr am Handy gehangen, hatte sich ein Taxi für den Flughafen organisiert, mit seinen Mitarbeitern telefoniert und seine Mutter am Ohr kauen gehabt, die ihm offenbar wegen Shanice die Hölle heiß machte.

Aber zumindest war Tamika beruhigt, dass er direkt in Berlin wohnte und sie so den gleichen Arbeitsplatz teilten. Da sie in ihrer Eigentumswohnung in Potsdam nicht weit entfernt lebte, war es tatsächlich möglich, den Kontakt eingehend auszubauen.

Einmal hatte also das Schicksal es gut mit ihr gemeint, denn immerhin hätte er am anderen Ende von Deutschland leben können ... Schade war nur, dass ihr Flug bereits um 17:10 Uhr gehen würde, während seiner erst um 23:25 Uhr startete, was bedeutete, dass sie jetzt auschecken und sich die Koffer vom Pagen abholen lassen müsste.

Tamika schaukelte auf ihrer Terrassenliege, während sie aus ihrem Bungalow Maurices gedämpfte Stimme hörte, der ungestört ein Geschäftsgespräch erledigen wollte. Das, wie versprochen, letzte. Und obwohl sie nach dieser atemberaubenden Nacht und dem traumhaften Vormittag vor Glück nur so strotzen sollte, lag Schwermut auf ihrer Seele. Was passierte, wenn sie zurückkam? Wie würde das Wiedersehen mit Pascal ablaufen? Würde sie abermals rückfällig werden und ihn zu einer Fortsetzung der Beziehung überreden? Oder könnte Maurice seinen Wunsch in Realität gießen und sie besuchen, damit sie gemeinsam etwas unternahmen wie normale Menschen, die sich kennenlernten? Wie ein neues Kapitel in einem dicken Buch? Oder könnte doch der stinknormale Alltag einsetzen und der gewisse Zauber, der sie jetzt miteinander verband, wäre wie weggefegt?

Angst kroch in ihre Knochen und sie musste instinktiv ihre Gänsehaut an den Oberarmen weg reiben. Tamika wollte einfach an das Glück und die Möglichkeit glauben. Natürlich würde es anders sein. Sie wären nicht mehr zusammen auf dieser Trauminsel gefangen, es würde Alltagsprobleme, die Eltern, Freunde, die Arbeit, Verpflichtungen geben, ... aber sie wären ja nicht die einzigen Menschen auf der Welt, die versuchten, alles unter einen Hut zu bekommen und eine ganz normale Beziehung aufzubauen. Dennoch hatte sie ihre Zweifel, da sie zu Beginn von Maurices Verhalten überhaupt nicht angetan gewesen war und sie ihn auf gewöhnlichem Weg mit Bestimmtheit niemals kennengelernt hätte.

Plötzlich ging die Schiebetür auf und Maurice kam mit einem zufriedenen Ausdruck heraus, um sich neben sie auf die Schaukel fallen zu lassen. Er löste dadurch ein unruhiges Pendeln aus. Blitzschnell legte er die Arme um Tamika, um sie an seine Brust zu ziehen und sich mit ihr auf den Rücken zu legen. „Ich habe eine gute Nachricht für dich."

Tamika hob ihren Blick und wartete gespannt. Maurice gab der Schaukel mit seinem linken Fuß am Boden einen Stoß, um die Richtung des Schaukelns vorzugeben und spielte mit einer ihrer Haarsträhne zwischen den Fingern.

„Es war zwar eine Tortur, aber ich habe meinen Flug umgebucht, sodass wir nun zusammen im Flieger sitzen. Da ich dich kenne, habe ich, anstatt dich auf die Businessclass zu upgraden, die Holzklasse gebucht. Also können wir direkt nebeneinandersitzen."

„In der Holzklasse", äffte sie ihn nach, musste grinsen und er stieß ihr mit den Fingern an die empfindliche Stelle zwischen den Rippen, um sie zu kitzeln. Wie kindisch zwei Erwachsene werden konnten, wenn sich Gefühle entwickelten.

„Ja, in der Holzklasse, was sagst du dazu?", wurde er euphorisch. Maurice blickte sie lächelnd an und sie konnte nur in den dunklen Augen versinken, als er ihre Stille als Einladung sah, um sie sanft zu küssen. Und wieder schlug dieser Zustand zu. Jedes Mal, wenn er seine Lippen auf ihre legte, schien sie ihren Kopf abzugeben, förmlich zu schweben und das Kribbeln in ihrem

Bauch übernahm die Kontrolle. Sie wollte nichts anderes mehr, als diese geschickten Lippen an jeder Stelle ihres Körpers zu wissen.

Als Maurice sich löste, stupste er bewusst mit seiner Nase gegen ihre, da er sie immer damit aufzog, dass ihre zu klein geraten war, um überhaupt als Riechkolben durchzugehen. Aber diese Neckereien gefielen ihr besser als die ersten Auseinandersetzungen, die sie mit ihm erlebt hatte.

„Du bist absolut verrückt, so viel Geld auszugeben, nur, um mit mir das gleiche Flugzeug zu teilen. Aber ich freue mich wirklich unheimlich. Der Abschied wäre mir bereits schwergefallen."

„Tja, so soll es ja sein", zog er sie lässig auf und drückte ihr einen Kuss an die Schläfe, als gerade der Page mit seinem kleinen Rollwagen vorfuhr, um Tamikas Koffer abzuholen. Maurice sprang auf, erklärte die Vorverlegung seines Fluges und bat ihn anschließend, das Gepäck aus der Wasservilla abzuholen. Der Mitarbeiter – hörig, wie er war – vertraute den Angaben der Rezeption anscheinend mehr als den Gästen und Tamika musste wieder den Kopf schütteln, als Maurice wieder ein paar Dollarscheine zückte.

He is back!

Als Tamika und Maurice mit drei anderen abreisenden Gästen in Richtung Steg an der Bar vorbeikamen, fiel ihr Jolo ins Auge, der wie stets die Baroberfläche bearbeitete. Dieser erkannte sie sofort, winkte ihr mit breitem Grinsen zu und schien auf sie loslaufen zu wollen, um sich persönlich zu verabschieden. Doch Tamika umschloss in diesem Moment ihre Hand um Maurices, der neben ihr ging, um ein eindeutiges Zeichen zu setzen. Jolo stoppte abrupt, sein Blick fiel auf diese unmissverständliche Geste und seine Mundwinkel sanken ab. Erst als Tamika zu Maurice blickte und dieser sehr entspannt auf ihre verschränkten Finger sah und dann zum Barkeeper, verstand auch er, dass sie sich offiziell zu ihm bekannt hatte. Mit einem zweifachen Druck seiner Hand gab er ihr ein Zeichen und blinzelte sie mit leuchtenden Augen an, als würde er sich über diese Offenlegung freuen. Eine weitere Bestätigung, dass Maurice mehr als ein Abenteuer in ihr sah, das und die Tatsache, dass er ihretwegen sogar einen lächerlichen Flugunterschied von sechs Stunden überbrückte, um stattdessen 15 neben ihr im Flugzeug verbringen zu können.

Wenn das nicht romantisch ist, was bitte dann?

Maurice starrte auf die ineinander verschränkten Hände. Vor ein paar Wochen hätte er sich nicht erträumen können, nochmal zierliche Finger zwischen seinen zuzulassen. Es ging alles zu schnell … Doch Tamika neben sich friedlich im Flugzeug dösen zu sehen – wohlgemerkt mit einem dezenten Schnarchen – gab ihm das Gefühl von innerer Ruhe und Wärme. Ihr Kopf war mittlerweile von ihrem grelltürkisen Schlafhörnchen auf seine Schulter gewandert, ihre Beine lagen kerzengerade bis weit unter den Vordersitz und er rätselte, wie sie, ohne sich ein einziges Mal zu bewegen, überhaupt so schlafen konnte. Aber es fühlte sich unendlich richtig an, sie nahe bei sich zu haben.

Maurice verfolgte bereits den dritten Kinoblockbuster vor sich auf dem privaten Bildschirm im Rücken des Vordersitzes, als er ein Blinken an der Seite von Tamikas Handy ausmachte, das offenbar eine verpasste Nachricht signalisierte.

Kann es sein, dass sie vergessen hat, das WLAN auszuschalten und in den Flugmodus zu wechseln oder ist die Nachricht noch vor dem Abflug eingegangen und ungelesen geblieben?

Maurice überlegte, ob er sie wecken sollte, damit sie es sicherstellen und das WLAN aus- oder umschalten konnte. Immerhin bestand die Möglichkeit, dass das Handy bei der Landung des Flugzeuges Störungen hervorrief. Er glaubte zwar nur minder daran, aber irgendetwas musste es auf sich haben, wenn vom Flugpersonal bei jedem Flug immer darauf gepocht wurde, dass alle elektronischen Geräte während des Starts und der Landung abzuschalten seien.

Daher beschloss Maurice, ein vorsorglicher Gentleman zu sein, das Handy zu überprüfen und bei Bedarf in den Flugmodus zu schalten. Bemüht, Tamikas Kopf nicht zu sehr zu bewegen, zog er es aus dem Netz in der Lehne vor ihr, öffnete das Schutzcover und malte das Muster nach, das er beiläufig bei ihr mitbekommen hatte, ohne sich etwas Böses dabei zu denken. Seine flinken Finger interessierten sich auch nur für den oberen Balken, der, einmal nach unten gewischt, besagten Modus umstellen ließ. Doch als er seinen Daumen wieder hoch wischte, um den Urzustand herzustellen, fiel sein Blick auf eine Nachricht von einem gewissen Pascal:

Hey, Tamika. Steht der Termin zum Abholen heute um 8:25 Uhr noch? Ich warte …

Mehr war in der Vorschau nicht zu erkennen und da er in ihre Privatsphäre bereits zu ausgiebig eingedrungen war, wollte er den Text nicht auch noch aufschieben. Als wäre das Handy ansteckend, klappte er den Schutz wieder zu, schob es in das Netz zurück und verschränkte die Arme resolut vor sich. Doch die Unruhe blieb und die Nachricht lief in seinem Kopf ab wie eine Endlosschleife.

Hat Tamika nicht behauptet, es wäre Schluss zwischen ihnen? Warum bietet er dann an, sie vom Flughafen abzuholen?

Diese Ungewissheit nagte immer tiefer an ihm und automatisch führte er den Daumen zwischen die Lippen, um an seinem Nagelbett zu kauen.

Rede dir nichts ein! Vielleicht hat es einen simplen Grund, warum er sie abholt …

Aber welcher verfluchte Grund konnte das sein? Dass sie keine Freunde hatte, sich kein Taxi leisten wollte oder dieser Pascal ihr Auto fuhr und ihr daher zurückgeben wollte?

Maurice stieß angestaute Luft aus den Lungen, was dazu führte, dass Tamika sich an seiner Schulter mit dem Kopf ein wenig drehte und neu positionierte. Ihr Schlaf schien jedoch ungebrochen.

Da er sich nicht selber fertigmachen und ihr vertrauen wollte, war er bemüht, das Thema mental wegzuschieben. Immerhin hatte er keine Ansprüche auf Tamika. Sie waren kein Paar. Zumindest noch nicht und er hatte selbst angeboten, auf sie zu warten, bis sie soweit war und alles in ihrem Leben geklärt war.

Aber warum hat sie dann erwähnt, die Beziehung wäre beendet? Sind sie jetzt nur noch gute Freunde? Befreundet mit dem Ex zu sein, von heute auf morgen, ging so etwas überhaupt? Was, wenn er bereits plant, Tamika zurückzugewinnen? Ich bekomme die Krise!

Maurice betätigte die Servicetaste und wollte nur noch seinem Drang nach Alkohol nachkommen. Ein Tropfen Whiskey sollte die Nerven beruhigen. Ein einziger.

Als Tamika von dem Rütteln der Landung wach wurde und sich erst einmal orientieren musste, wirkte Maurice abwesend und spähte aus dem Fenster neben sich.

„Wow, den ersten Flug habe ich ja noch mitbekommen, aber dass ich den zweiten von Doha nach Berlin komplett verpasse, hätte ich nicht gedacht. Du hättest mich ruhig anstupsen können. So konntest du nur die halbe Zeit mit mir genießen, für die du gezahlt hast", gluckste sie fröhlich und schmiegte sich näher an ihn. Sie war bereits süchtig nach seinem Parfüm geworden, sodass sie beim letzten Badezimmerbesuch sogar eine Minute lang an dem Flakon geschnüffelt hatte.

„Das ist schon in Ordnung", brummte er beiläufig und hielt den Blick nach draußen gerichtet, doch Tamika hatte den Eindruck, dass eine leichte Whiskeyfahne von der Seite wahrzunehmen war. Sie richtete sich langsam auf, während das Flugzeug sich in Parkposition begab und die Gäste bereits lautstark zu murmeln und herumräumen anfingen.

„Geht es dir gut?", erkundigte sie sich skeptisch, denn ihr Instinkt schlug Alarm, dass etwas merkwürdig war. Doch Maurice wandte sich ihr zu und war um ein Lächeln bemüht. Seine Hand glitt selbstverständlich auf ihre und drückte zweimal zuversichtlich, als wäre nichts gewesen, aber sie wollte nicht so ganz daran glauben.

„Natürlich", log er, doch sie kannte ihn nicht genug, um ihm das offen vorzuwerfen. Wollte sie auch nicht, denn ihr Happy Place sollte seine Grenzen noch nicht gefunden haben. Nicht hier und nicht jetzt.

„Okay", murmelte sie leise, starrte nun den Gang nach vorne und wartete, dass das Anschnallzeichen erlosch.

Maurice war weder dumm noch blind. Natürlich hatte er ihre hochgezogenen Brauen und die gerunzelte Stirn wahrgenommen. Sie kaufte ihm die Scharade keine Sekunde lang ab. Doch er war jetzt nicht in Stimmung für Erklärungen. In seinem Kopf rotierten die Fragen und er war müde von dem anstrengenden Flug. Er wollte sich nur den Alkohol raus schwitzen und schlafen; morgen würde die Welt gewiss wieder ganz anders aussehen.

In der Ankunftshalle warteten Tamika und er wortlos auf die Koffer, die Stille lag bleischwer in der Luft und er wusste nicht, wie er die Situation noch retten sollte. Immerhin hatte sie die Nachricht bisher weder gesehen … obwohl …

Tamika fischte ihr Handy beiläufig aus der hinteren Jeanstasche und schaltete es frei. Ihre Pupillen verfolgten offenbar Linien zum Lesen und ihr Ausdruck blieb regungslos.

Ist das jetzt gut oder schlecht für mich?, bohrte sich die glühende Frage zusätzlich in seinen Kopf.

Du verhältst dich absolut unreif! Nur weil dich Shanice getäuscht und belogen hat, heißt das nicht, dass das automatisch jede Frau macht, die dir in die Arme läuft. Du machst womöglich aus einer Mücke einen Elefanten und zerstörst dadurch etwas Essentielles, was noch so zerbrechlich ist!

Doch Tamika erkannte im Seitenblick ihren Koffer, schob ihr Handy rasch zurück, um nach ihm zu greifen und Maurice sprang zur Hilfe, um wenigstens hier etwas richtig zu machen.

„Danke." Sie lächelte ihn an und studierte seine Gesichtszüge und Maurice tat sich schwer, ihrem Blick standzuhalten, da er befürchtete, sie könnte in ihm lesen wie in einem Buch. Er wollte nicht enttäuscht wirken. Daher räusperte er sich und konzentrierte sich erneut auf das Fließband, wo – *Gott sei Dank* – sein Koffer gleich für Ablenkung sorgte. Maurice hievte ihn vom Förderband und zwang sich ein kleines Lächeln auf.

„Wollen wir?"

Tamika nickte verwundert oder gar traurig, was ihm einen Stich ins Herz versetzte. So durfte es sich nicht weiterentwickeln, sonst wäre es aus, bevor es überhaupt begonnen hatte. Denn eigentlich könnte Maurice sie brühwarm auf die Nachricht hin ansprechen und Licht ins Dunkle bringen, bevor es noch schlimmer werden konnte. Doch wie würde das aussehen, wenn er ungefragt einfach ihr Handy nahm, obwohl sie sich kaum kannten und privaten Nachrichten hinterherschnüffelte? Nicht gerade vertrauenserweckend … Er selbst würde diese Art von Verhalten auch schwer verurteilen.

Maurice fing zu schwitzen an. Mit jedem Schritt, den sie näher an die Schiebetüre hinaus auf offiziellen, deutschen

Boden gelangten, umso lauter wurde jeder seiner Herzschläge. Wie ein Countdown, der angab, wie lange noch Zeit verblieb, bevor alles zu spät wäre. Tamika spazierte in ihrem Tempo weiter, während seine Beine immer träger wurden, bis …

„Tamika?" Maurice blieb stehen und stellte den Koffer aufrecht hin. Er gefror zur Salzsäule.

Sie drehte sich überrascht um, nahm die drei Schritte zurück samt Gepäck in Kauf und musterte ihn. „Ja?" Es war ein neutrales Ja, kein Vorwurfsvolles, was es ihm leichter machen sollte, doch es war nicht so.

Maurice sog tief Luft ein und stellte die Frage, die ihm mit Sicherheit Klarheit verschaffen würde: „Was hältst du davon, wenn wir uns gemeinsam ein Taxi teilen? Wir könnten einen kleinen Umweg zu dir nach Potsdam machen und ich fahre dann allein weiter. Mir macht das nichts aus und zudem sehe ich dann gleich, wo du wohnst? Was hältst du davon?"

Sein linkes Knie zuckte verdächtig und die Nervosität war kaum zu unterdrücken. Tamika blickte zu Boden und schien sich ihre Worte genau zu überlegen.

Kein gutes Zeichen! Sie zögert! Hätte sie nicht freudestrahlend sagen müssen „Gerne, das ist eine tolle Idee!"?

Dann sah sie ihn wieder an und schon allein der Gesichtsausdruck löste in ihm den Fluchtinstinkt aus, denn er wollte die Antwort streng genommen nicht mehr wissen.

„Leider werde ich bereits abgeholt. Ich konnte ja nicht ahnen, dass wir uns kennenlernen und zusammenfahren würden. Bitte nicht böse sein."

Bitte nicht böse sein, echote es in seinem Geist und wirkte lächerlich auf ihn. Er war nicht böse, er war enttäuscht und fühlte sich wie ein verwundeter Welpe, der erneut in die Gefühlsfalle getappt war.

Als Tamika plötzlich Anstalten machte, ihn zu umarmen und sich zu verabschieden, übernahm er die Führung. Maurice legte eine Hand freundschaftlich auf ihre Schulter, lehnte sich nun zu ihr, um ihr einen keuschen Kuss auf die Wange zu platzieren. Er quittierte es mit einem „Sorry, aber ich habe einen merkwürdigen Geschmack im Mund. Es war mir ein Vergnügen, dass wir zusammen geflogen sind und ich hoffe, du meldest dich rasch bei mir, wenn du dich wieder eingelebt und über mein Angebot nachgedacht hast. Würde mich wirklich sehr freuen." Ja, es hatte sich steif und halbherzig aus seinem Mund angehört, aber besser hatte er es nicht hinbekommen. Tamika hatte noch immer völlig verloren die Arme ausgebreitet und in ihren Augen schien etwas abzusterben. Da er diesen Anblick nicht ertrug, lächelte er sie vertrauensvoll an und wollte es nur noch hinter sich bringen: „Danke nochmals für alles. Und du entschuldigst mich, ich muss dringend auf die Toilette. Man sieht sich." Rasch griff Maurice nach der ausziehbaren Schiene seines Koffers für den leichteren Transport und rollte diesen an ihr vorbei durch das Schiebetor, in Richtung der Piktogramme, die das stille Örtchen ankündigten.

Maurice brachte es nicht fertig, sich noch einmal umzudrehen, sondern schritt zielstrebig weiter. Hinter der geschlossenen Tür der Toilettenanlage angelangt, trat er in die erste Kabine und schloss sich ein. Mit dem klickenden Geräusch rollte die Enttäuschung über ihn hinweg wie eine Lawine, die nicht enden wollte.

Als Maurice wenige Minuten später zum Ausgang des Flughafens trat, um auf die Namensschilder der Taxifahrer zu achten, die ihre vorbestellten Gäste abholten, blieb sein Blick an der nächsten Fahrspur hängen. Dort wurde ausgerechnet Tamika von einem großen, dunkelhaarigen Mann begrüßt. Er war sehr jung, jünger als er, umarmte Tamika innig und sie ließ sich ohne Zögern darauf ein. Schlimmer noch, sie verharrten ein paar Sekunden in dieser Position, als würden sie das Wiedersehen wirklich genießen.

Sie hatte sich also entschieden und es war alles auf der Insel nur Show and Shine gewesen. In Wahrheit hatte sie offenbar einen Urlaubsflirt oder lediglich ein Abenteuer in ihrer gemeinsamen Zeit gesehen, um sich von ihren Beziehungsproblemen abzulenken. Nichts Beständiges.

Maurice riss sich los, da er den Anblick nicht mehr ertrug. Kaum hatte er den Fahrer seines Taxis erspäht, deutete er ihm mürrisch auf seinen Koffer, den er augenblicklich auf dem Gehsteig stehen ließ.

„Beeilen Sie sich gefälligst", brummte er ihn ungehalten an, ohne ihn eines weiteren Blickes zu würdigen.

23 | Unliebsame Begegnung

Zwei Wochen später ...

Tamikas Magen war auf dem besten Weg, seinen Inhalt direkt vor dieser Türschwelle zu entleeren. Sie war nervös und all ihre Instinkte schrien auf, es sein zu lassen. Vor Maurices besagter Wohnungstür angekommen war sie sich nicht mehr so sicher, ob es eine gute Idee war, hier uneingeladen aufzukreuzen. Immerhin war ihr sein Verhalten am Flughafen mehr als merkwürdig vorgekommen. Was konnte passiert sein, dass er sich binnen weniger Stunden – eigentlich während ihres Dornröschenschlafes – von Dr. Jekylle in Mr. Hyde hatte verwandeln können? Oder war er nur mürrisch und überfordert gewesen? Sie selbst nahm sich da nicht aus. Jedes Mal, wenn sie nach einer herrlichen Flugreise wieder den Boden der Heimat unter ihren Füßen spürte, war sie meistens mies gelaunt, da sie am liebsten auf den Fersen kehrtmachen wollte. Urlaub war einfach viel schöner. Doch mit dem Wissen, dass mit Maurice womöglich etwas Neues, Aufregendes auf sie in Berlin wartete, war ihr der Heimweg so viel leichter gefallen als jemals zuvor. Sie hatte etwas, auf das sie sich freuen konnte und über dem Arbeitsstress und den alltäglichen Ärgernissen stand.

Aber jetzt? Jetzt stand Tamika mit einem selbst zusammengestellten Fotobuch vor dem Eingang eines riesigen Wohnkomplexes und umschlang es wie eine Rettungsboje. Ihr Atem überschlug sich beinahe, so aufgeregt war sie, denn seit über zwei Woche hatte sie von Maurice weder gehört noch ihn gesehen. Sie hatte sich daraufhin eingeredet, dass Maurice ihr Freiraum und Zeit hatte geben wollen, die sie brauchte. Nicht umsonst hatte er – trotz seiner durchgeknallten Minuten – die Einladung nochmals laut ausgesprochen, sich bei ihm zu melden. Also hier stand sie nun. Verunsichert und verkrampft in einem engen Stiftkleid und aufreizenden Pumps. Und sie hatte genug Zeit gehabt, alles zu regeln.

Tamika gab sich einen Ruck und betätigte die Glocke an der großen Glastür des modisch und teuer wirkenden Hochhauses. Da es sehr zentral lag und neu wirkte, wettete Tamika darauf, dass es nicht gerade in ihre Gehaltsklasse passen würde. Was anderes hätte sie Maurice aber auch nicht zugetraut.

Als sie plötzlich anstatt seiner Stimme nur ein Rascheln aus der Sprechanlage vernahm, als würde jemand abwarten, wer sich meldete, gab sie sich zu erkennen: „Hallo, Maurice? Ich bin es, Tamika."

Sekunden vergingen, in denen sie nervös mit den Schuhspitzen abwechselnd auf den Boden trommelte, bis das erlösende akustische Signal des sich öffnenden Schlosses ertönte. Tamika lehnte sich gegen das schwere Tor und schritt schnurstracks zum Aufzug. Da sie bei der Türnummer gesehen hatte, dass die Wohnung ganz oben situiert lag, wollte sie die etlichen Stockwerke nicht hinter sich bringen und einmal im Dachgeschoss angekommen, ein verschwitztes Häufchen Elend darstellen.

Als der Aufzug die Sicht auf einen weitläufigen Gang preisgab, hatte Tamika auf eine offene Tür gehofft, da dies Indiz genug für sie gewesen wäre, wo es lang ging. Zum Glück lag sie richtig. Doch anstatt einer sperrangelweit geöffneten Pforte, in der Maurice sie mit breitem Lächeln in Empfang nahm, war nur ein Spalt zu sehen, durch den ein wenig Licht flutete.

Ihr Mund wurde trocken, sie benetzte sich die Lippen und strich sich nervös die Mähne ordentlich hinters Ohr.

Du schaffst das, er freut sich sicher darüber, dich zu sehen, sprach sie sich selbst Mut zu.

Aber sie hätte nicht dümmer aus der Wäsche gucken können, als die Tür plötzlich vor ihr aufgerissen wurde und eine exotische, schwarzhaarige Schönheit sie mit überheblichem Blick musterte. Sie war zehn Zentimeter größer als sie und gewiss zehn Kilo leichter. Tamika kämpfte mit einem Frosch im Hals, so perplex war sie. Erst mehrfaches Räuspern half dagegen an und sie fühlte, wie ihr das Blut zu Kopf stieg.

„Entschuldigen Sie, bin ich hier richtig bei Herrn Maurice Leitner?"

Die Frau mit dem glänzenden, ellenlangen Haar, dem verflucht perfekten Teint ohne eines einzigen Makels, sah sie von oben herab an: „Und Sie sind?" Schlagartig blieb ihr Blick an dem Geschenk zwischen Tamikas Fingern hängen und sie hob missbilligend eine Braue.

Doch Tamika wollte sich nicht klein vor dieser Frau fühlen, straffte ihre Schultern und hob stolz ihr Kinn. „Tamika."

„Tamika wer?" Die Worte hätten nicht mit mehr Gift versetzt sein können und langsam fiel der Groschen. Diese Frau war nicht irgendeine Frau. Es musste sich um keine geringere als Shanice höchstpersönlich handeln. Sie stand Maurice total zu

Gesicht und war der Typ Frau, die an seine Seite gehörte. Und offenkundig markierte sie gerade ihr Revier. Wer war Tamika schon, um sich jetzt um einen Mann zu schlagen, der offenbar seine Wahl getroffen hatte?

„Wollen Sie ihm das dalassen, dann geben Sie gefälligst her. Ich habe nicht den lieben langen Tag Zeit." Sie deutete ungeduldig auf das Fotobuch, welches Tamika nun noch mehr mit ihren Krallen in Beschlag nahm. Sie hatte es sich plötzlich anders überlegt. Mit einem zuckersüßen Lächeln entgegnete sie: „Machen Sie sich keine Umstände, sagen Sie ihm nur, dass ich da war." Mit diesen Worten begab sie sich auf den Rückweg und hörte noch ein sarkastisches „Natürlich" hinter sich. Doch es war Tamika einerlei. Maurices Verhalten am Flughafen machte letztendlich Sinn. Es war eine abweisende Haltung gewesen, der Entschluss, es an Ort und Stelle enden zu lassen. Warum er es sich dennoch geleistet hatte, mit ihr im Flugzeug zu sitzen und ihr noch ein gemeinsames Taxi anzubieten, war ihr schleierhaft. Aber sie hatte an der Türschwelle gesehen, was sie sehen musste. Mit dem Moment, als sie dieser hochnäsigen Person den Rücken kehrte, drückte die Trauer sich aus ihrem Herzen. Wie ein Vulkan brodelte sie empor und Tamika wollte nur rasch genug im Aufzug landen, bevor es jemand mitbekommen sollte. Solange konnte sie den stolzen Gang gerade noch aufrecht halten.

Evelyn legte verständnisvoll ihren Arm um Tamika, um sie zu trösten. „Oh Süße, es tut mir so furchtbar leid. Ich hätte dich aber auch warnen können, dass es nicht einen perfekten Schlagabtausch geben kann. Zuerst Pascal in den Wind zu schießen und gleichzeitig den Traummann – der, seien wir mal ehrlich, nicht von schlechten Eltern ist und dazu noch Kohle hat – an Land zu ziehen, wäre mehr als nur Glück gewesen. Das wäre so kitschig, dass selbst Hollywood das Drehbuch verworfen hätte."

Tamika schniefte, tupfte sich eine Träne aus dem Augenwinkel und nickte, obwohl die Aufmunterung nicht wirklich in ihrem Herzen Einzug fand. Sie saßen gemeinsam auf dem petrolfarbenen Sofa ihrer Wohnung, da Tamika sich einen ausgedehnten Mädelsabend mit Primevideo und Popcorn gewünscht hatte. Doch nun war es bereits 20:30 Uhr und seit zwei Stunden immer die gleiche Leier. Tamika kam aus dem Trauerkarussell um Maurice einfach nicht heraus.

„Ich weiß ja selbst, dass ich mich da zu schnell darauf eingelassen habe. Lange genug habe ich mich gegen diese Gefühle aufgelehnt, aber da waren dieser weiße Sandstrand, das unendlich blaue Meer und ein Hunger nach einem Partner, der mich mit Leib und Seele in seinem Leben haben wollte."

„Tja, offenbar eher mit seinem Leib. Du hast ihn über das Tief mit seiner Beinahefrau oder Ehemalsverlobten hinweg getröstet und mehr aber auch nicht." Evelyns Finger strichen sanft Tamikas Schulter entlang, und es erinnerte sie allzu sehr an Maurices Art, sie zu berühren. Das Déjà-vu machte es noch schlimmer.

„Aber ich hätte schwören können, dass da mehr war. Ich kann doch nicht so blind gewesen sein und er so ein brillanter Schauspieler? Zu viele Punkte sprechen eindeutig dagegen: Das Picknick, seine Eifersucht beim Barkeeper, die Umbuchung des Fluges, die Offenlegung, dass er sich eine Beziehung mit mir vorstellen kann, … Das wäre doch alles nicht nötig gewesen, wenn es nur um Sex ging? Den hatten wir doch bereits." Fragend starrte Tamika ihre Freundin an und hoffte, sie würde etwas sagen, was ihre Hoffnung noch nährte, sodass es eine Option gab, das alles ein blödes Missverständnis gewesen war.

Lediglich ein „Hm" schlüpfte durch Evelyns Lippen, und sie schien in Gedanken versunken zu sein, was Tamika eindeutig zu lange dauerte. „Was denkst du?", drängte sie ihre Freundin und zog ihre Nase ungalant hoch.

„Also entweder Shanice kam auf Knien zurück und hat ihn breitgeschlagen oder sie hat es versucht und er hat sie nach dir noch am selben Abend hinausgeworfen. Aber wie kannst du das herausfinden?" Evelyns Lippen zogen sich zu einer Schnute zusammen und kreisten nachdenklich. Eine Geste, die befremdlich wirkte, ihre Freundin aber immer tat, wenn sie grübelte.

„Ich hätte da eine Idee …" Mit listigem Blick sah sie Tamika an.

Maurice saß hinter einem Stapel an Unterlagen und ging die Angebote durch, die Jakob während seines zweiwöchigen Urlaubs gesammelt hatte. Es waren ein paar Punkte dabei, die er getrost auch ohne ihn hätte erledigen können, doch offenbar war es seinem gereizten Ton in letzter Zeit zu verdanken, dass seine Mitarbeiter lieber Verantwortung abtraten, bevor sie einen Kopf kürzer gemacht wurden. Daher seufzte Maurice müde vor sich hin und war bemüht, das Chaos noch am heutigen Tage zu beseitigen, als plötzlich seine Assistentin Martina anklopfte und sich halb durch den Türspalt quetschte. „Maurice? Es ist ein Päckchen für dich abgegeben worden. Willst du es gleich aufmachen oder soll ich es dir zur Seite legen, bis du mit deinem Stapel durch bist?"

Genervt deutete er ihr, einzutreten und konzentrierte sich erneut auf das vorliegende Angebot, während sie ihm ein in hellblaum Papier eingewickeltes Paket in Größe 30 mal 30 Zentimeter auf den Schreibtisch legte. Bei seiner Laune konnte er nur hoffen, dass es sich nicht um eine Briefbombe handeln würde. Doch es neben sich demonstrativ liegen zu haben, war Grund genug, die Akte in den Händen zurück auf den Stapel zu legen und diese ungeplante Lieferung näher zu inspizieren. Indes zog sich seine Assistentin wieder aus dem stickigen Büro zurück.

Maurice nahm das Päckchen zwischen die Finger und drehte es automatisch auf die Rückseite, um den Absender abzulesen, wo keiner stand.

Merkwürdig.

An der Vorderseite angekommen, hatte unverkennbar eine Frau die schönen Linien seines Namens gezogen. Fakt war, es war nicht Shanices Handschrift, was ihn erleichtert gegen die Lehne gleiten ließ.

Also keine Briefbombe, dachte er zynisch.

Maurice drückte den stabilen Inhalt und entschied dann, mit dem Daumen die halbherzig geklebte Lasche zu lösen und den Gegenstand zu Tage zu befördern. Schon wenige Sekunden später hatte er ein Hochglanzfotoalbum zwischen seinen Fingern mit eingestanzten silbernen Lettern auf der Front: Malediven Mai 2019.

Tamika!

Nur sie hatte ihm dieses Paket liefern können. Sein Herz machte einen Luftsprung in der Brust und beschleunigte so seinen Sprint zur Tür. Er riss sie auf, um der Assistentin einen Schrecken einzujagen, die sich dabei ertappt fühlte, sich die aktuellen Modetrends im Internet angesehen zu haben. Doch dieses Fehlverhalten interessierte ihn gerade herzlich wenig, als er sie aufgeregt anfuhr: „Ist die Frau noch da, die das Päckchen geliefert hat?"

Mit aufgerissenen Lidern verneinte sie und ließ ihre Finger beiläufig über die Maus gleiten, um besagten Link zu schließen. Da sie blass um ihr gepudertes Näschen wurde, schenkte er ihr ein aufgezwungenes Lächeln zur Beruhigung. „Macht nichts, danke, Martina."

Maurice schlich nachdenklich zurück zum Schreibtisch, ließ sich langsam in den ledernen Drehsessel sinken, den er nun in Richtung Glasfront hinaus über die Dächer Berlins schwang, und ging dabei die einzelnen Seiten des Albums in Ruhe durch. Erinnerungen wurden wach, Wärme stieg in ihm auf und eine Sehnsucht kroch aus seinen Untiefen, sodass es wehtat. Tamika hatte die schönsten Augenblicke für immer festgehalten. Den gemeinsamen Sonnenuntergang im Whirlpool, die Tauchgänge, die Shopping-Jagd in der Mall, den Ausblick auf die überteuerte Wasservilla, sogar das Selfie bei ihrem letzten Picknick mit Bananenunfall … Der sich letztendlich im Wohlgefallen der hungrigen Fische im Meer aufgelöst hatte. Tamika war sogar so dreist gewesen, ein Foto zu knipsen, als er halb nackt auf dem Bauch im Bett lag und sich im Land der Träume befunden hatte. Unweigerlich zauberte es ihm ein Grinsen ins Gesicht.

Warum schickt sie mir das? Hat sie sich nun doch für mich entschieden oder ist es nur reine Höflichkeit? So ein Geschenk macht man nicht, wenn man einem egal ist oder etwa doch?

Maurice rieb sich beiläufig über das Gesicht, als er bei weiteren Selfies von ihnen zusammen landete, auf denen sie beide so unsagbar glücklich wirkten. Er hätte in dem Moment alles gegeben, um diesen Zustand wieder zurückzuholen. Doch war es vielleicht schon zu spät oder lag da zwischen seinen Händen die eindeutige Bestätigung, dass es das nicht war?

24 | Alles anders

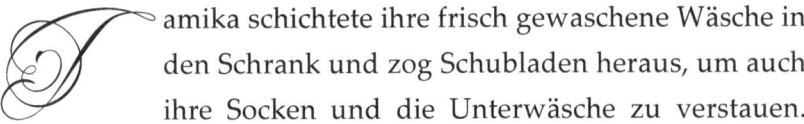amika schichtete ihre frisch gewaschene Wäsche in den Schrank und zog Schubladen heraus, um auch ihre Socken und die Unterwäsche zu verstauen. Die letzten Überreste ihres Maledivenurlaubes waren somit aus dem Sichtfeld geräumt, nachdem sie zu lange auf der Wäschespinne gehangen hatten. Maurice hatte sich nach ihrem Besuch in seinem Büro nicht mehr gemeldet. Wehmütig wurde ihr immer klarer, dass sie sich mit einem neuen Kapitel in ihrem Leben beschäftigen musste. Doch ihn endgültig ad acta zu legen fiel ihr dennoch schwer.

Tamika sah aus ihrer Terrassentüre auf ihren Doppelstabmaschenzaun, in dem ein Bild der Seychellen auf Folie eingefädelt war, und ihr Herz schien zusammenzuschrumpfen, als plötzlich das Läuten ihres Handys die Trübsal durchbracht.

„Kaider", gab sie von sich.

„Frau Kaider, schön, Sie am Apparat zu haben. Mein Name ist Knieriem und ich leite den Berliner Zoo. Ich wollte Ihnen nur im Namen des Zoos zu Ihrer Patenschaft gratulieren und mich persönlich bei Ihnen bedanken. Es kommt selten vor, dass jemand die Patenschaft bereits für fünf Jahre im Voraus begleicht. Vor allem unsere Flughunde Bernd und Klara freuen sich tierisch darüber."

Tamika rauchte der Kopf und sie musste sich aufs Bett setzen. „Patenschaft? Bernd und Klara?", fragte sie verwirrt und massierte sich die Schläfen.

„Ja, unsere Flughunde. Sie sind doch Tamika Kaider?"

Tamika verstand nur Bahnhof, um was ging es hier eigentlich?

„Ja schon, aber ..."

„Ich möchte nochmal betonen, dass Patenschaften in unserem Zoo einen großen Beitrag zur Aufzucht und ärztlichen Versorgung unserer Tiere leisten und wir immer sehr dankbar sind, wenn Gönner sich dafür interessieren. Natürlich geht mit dieser Patenschaft die Möglichkeit einher, dass Sie die Tiere regelmäßig besuchen und auch direkten Kontakt mit ihnen aufnehmen können. Vielleicht haben Sie ja noch heute Lust, auf einen Sprung vorbeizukommen? Ich könnte einen Fotografen organisieren, der dies für die Medien festhält. Was halten Sie davon?"

Und da machte es Klick. Flughunde. Dieser verrückte Mistkerl hatte es echt getan! Tamika schlug sich halbherzig ins Gesicht und musste erleichtert grinsen. „Ich schätze, das würde sich einrichten lassen, Herr Knieriem."

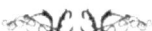

Noch komplett überdreht übernahm Tamika die offizielle Urkunde und schüttelte überschwänglich die Hand des Direktors. Dreißig Minuten lang hatte sie für den Fotografen neben der Pflegerin posiert, die die beiden Tiere umgehängt trug. Tamika hatte sogar die Möglichkeit, die Flughunde mit ihrem mit Bananenbrei bekleckerten Zeigefinger zu füttern. Der Gestank, den sie ausdünsteten, war in einem geschlossenen Raum noch viel aufdringlicher, dennoch konnte es ihr die Laune nicht verderben. Tamika war so glücklich gewesen, als dieses goldene Schild offiziell an die Wand des Geheges der Tiere angeschraubt wurde, auf dem ihr Name ‚Tamika Kaider, mit Dank für die Patenschaft' stand.

„Ach ja, Frau Kaider, hier habe ich noch ein Schreiben erhalten, das ich Ihnen übergeben soll." Der Direktor legte ihr ein Kuvert vertrauensvoll in die Hand und verließ dann, tief im Gespräch vertieft mit dem Fotografen, das Gehege der Flughunde.

Betty, die Pflegerin, gab Tamika noch die Möglichkeit, sich von Bernd und Klara zu verabschieden, und sie sah dann zu, wie Betty die Tiere auf der Rückseite des Geheges wieder auf ihrem Lieblingsbaum absetzte.

Während Tamika im Hintergrund das schmatzende oder grunzende Geräusch der klagenden Tiere wahrnahm, die offenkundig lieber bei der Pflegerin bleiben wollten, widmete sie sich neugierig dem Schreiben. Sie war nur wenig verwundert, dass es ein abgetippter Brief mit Unterschrift von Maurice war.

Liebe Tamika!

Da du mir auf so bunte Weise eine Erinnerung von diesem einzigartigen Urlaub auf den Malediven geschenkt hast, wollte ich mich erkenntlich zeigen und dir auch etwas Unvergessliches bieten, das dich an die Insel erinnert. Jetzt hast du regelmäßig die Möglichkeit, den Stinker persönlich zu besuchen und hoffe, du hast ganz viel Freude daran.

Liebe Grüße

Maurice

Tamika schmunzelte in sich hinein und presste dann den Brief gegen ihre Brust. Und mit dieser liebevollen Geste beschloss sie für sich, dass es noch nicht zu Ende sein musste und Maurice einen Besuch abzustatten an jenem Ort, an dem sie am wenigsten auf Shanice treffen würde.

Als Maurice ein Klopfen an seiner Bürotür vernahm, hatte er mit Martina gerechnet, die ihm einen Kaffee bringen sollte, doch stattdessen steckte ein Blondschopf seinen Kopf durch die Öffnung und fragte: „Darf ich eintreten, Herr Leitner?"

Tamika uneingeladen auf seiner Arbeit anzutreffen, war die schönste Überraschung des Tages, nachdem so vieles schief gelaufen war und er sich mehr ärgern musste, als dass etwas glückte. Zumindest hier schien das Schicksal ihn nicht im Stich zu lassen.

„Was für eine wundervolle Überraschung. Komm doch rein."

Sie trug ein marineblaues Kleid mit tiefem Ausschnitt und hochhackige Pumps, die ihre Beine betonten. Ihm gefiel, was er da sah … mehr, als ihm lieb war. Vor allem ihr leicht gelocktes Haar, das sie extra gepimpt hatte, und er hoffte, dass es ausschließlich ihm gegolten hatte.

Mit verschmitztem Lächeln trat sie direkt an seinen Schreibtisch heran, neben dem er stand und begrüßte ihn mit einem freundschaftlichen Wangenkuss links und rechts, was ihn etwas schmerzte, doch in Anbetracht dessen, wie er sie beim Flughafen abgefertigt hatte, hatte er wohl nichts anderes verdient. Allein ihre Hand an seinem Oberarm zu spüren, ihr

Parfüm tief einzuatmen und diese perfekten, roten Lippen zu sehen, machten es wieder wett.

„Ich wollte mich persönlich bei dir für die ausgefallene Idee mit den Flughunden bedanken. Aber vor allem musste ich dich fragen, ob mit ‚Ich kann nun regelmäßig den Stinker besuchen' in Wahrheit DU gemeint warst."

Maurice rutschte ein amüsiertes Grunzen heraus, da dies wohl aufgelegt war. Er behielt beide Hände in den Hosentaschen seiner schwarzen Stoffhose und sah ihr an, wie ihr Blick minutiös über sein petrolfarbenes Hemd glitt, das er an den Ellenbogen hochgekrempelt hatte und die edle Seidenweste, die nur mit einem Knopf zugeknöpft war.

„Na ja, es kommt darauf an, wie das dein Freund Pascal sieht. Ich habe mitbekommen, wie er dich vom Flughafen abgeholt hat und ich wollte einem Neuanfang nicht im Wege stehen."

Tamikas Gesichtsausdruck wirkte verwirrt. Dann runzelte sie die Stirn: „War das etwa der Grund, warum du am Flughafen so abweisend warst? Pascal hatte mir vor der Abreise bereits zugesagt, mich abzuholen und wollte nur sein Versprechen einhalten. Wir sind gute Freunde und werden es auch bleiben, da wir die gleiche Leidenschaft für Sportwagen teilen, aber das ist alles. Kein Drama, kein Streit oder Zurückgewinnen." Bei der Art, wie sie ihn nun anlächelte, wollte er sie an sich nur heranziehen und küssen, doch plötzlich blickte sie zu Boden und ihre Mundwinkel sackten ab.

„Ich bin übrigens bewusst ungeladen in dein Arbeitsfeld eingedrungen, da ich dem bissigen Tiger in deiner Wohnung aus dem Weg gehen wollte. Bei meinem ersten Versuch, dir vor einer Woche das Fotoalbum zu bringen, hätte er mir fast die Augen ausgekratzt."

Ah, daher weht der Wind!

„Verstehe, du hast Shanice höchstpersönlich kennengelernt, wie sie leibt und lebt. Gratulation! Aber keine Sorge, sie ist nach Dubai zu ihrem aktuellen Traummann gezogen und hat sich nur ihre letzten Sachen aus meiner Wohnung abgeholt. Sie hat den Schlüssel abgegeben und ich habe ihre Nummer blockiert. Zu einer Reunion wird es also auch hier niemals kommen."

Als Tamika nun erleichtert aufblickte und ein schelmisches, verruchtes Grinsen aufgesetzt hatte, zuckte kurz sein Glied vor Verzückung. Tamikas Zeigefinger strich auf dem edlen Holz seiner Tischplatte entlang und sie trat direkt an ihn heran.

„Heißt das etwa, ich darf dem Stinker wirklich regelmäßig einen Besuch abstatten?"

Maurice lachte auf und konnte sich nicht mehr halten. „Und muss ich mich nun darauf einstellen, immer Bananen, Gurken oder Zucchini bei der Hand zu haben?"

Auf diese Meldung hin musste auch Tamika lachen, bekam rote Wangen und ließ nun beiläufig ihre Finger in ihrer Handtasche gleiten. Flink zog sie eine aneinandergereihte Kondomschlange heraus in jeglichen Farben des Regenbogens, woraufhin Maurice im Hintergrund ein lautes Scheppern von Geschirr vernahm, als Martina mit hochrotem Schädel bei dem Anblick beinahe den Kaffee verschüttet hätte.

„Entschuldigung, Maurice, ich wusste nicht …"

Maurice deutete schmunzelnd auf die Tür in ihrem Rücken. „Kein Problem, Martina, nichts, was du nicht schon mal gesehen hättest. Könntest du bitte die Türe hinter dir schließen und den Kaffee gleich mitnehmen? Danke und sag' alle heutigen Termine für mich ab. Ich bin beschäftigt."

Tamika hielt sich die Hand vor die Augen und wollte offenbar nur im nächsten Loch im Boden verschwinden. Zwischen ihren Fingern blinzelte sie ihn verlegen an: „Gott, war das peinlich."

„Finde ich keineswegs", grinste er hämisch, zog seine Hände aus den Taschen, um sie mit einem Arm verlangend an sich heranzuziehen. Nur wenige Zentimeter, bevor sich ihre Gesichter zum Küssen treffen konnten, studierte er ihr Gesicht und ein Glücksgefühl verteilte sich in seinem Inneren. „Ich kann dir gar nicht sagen, wie sehr ich mich freue, dich zu sehen. Dich und deine Tasche, aus dem ein Regenbogen strahlt." Seine Finger strichen über ihre Lippen, die sich bereits leicht öffneten und er verfiel ihren Augen, die ihn genauso studierten wie er sie.

„Wie wäre es, wenn wir es wie ganz normale Menschen angehen?", flüsterte er, während er sich ihrem Mund näherte und sie voller Vorfreude bereits den Kopf neigte.

„Du meinst mit Kino, Ausgehen und sich gemeinsam an den Herd stellen?", hauchte sie ihm entgegen. Und Maurice nickte, konnte jedoch gleichzeitig einen anderen Hunger nicht verbergen. „Aber erst, nachdem wir deine Wundertüte abgearbeitet haben."

Tamika grinste ihn frech an und ihre Lippen berührten sich, erst zaghaft, verspielt, als würden sie sich neu kennenlernen müssen, um sich dann in pure Leidenschaft zu verwandeln, in der ihre Hände sich gegenseitig erkundeten und neu willkommen hießen, auf dass es diesmal länger währte.

Zeitfracht Medien GmbH
Ferdinand-Jühlke-Straße 7
99095 Erfurt, Deutschland
produktsicherheit@kolibri360.de